U0619275

本书承蒙浙江大学董氏文史哲研究奖励基金资助出版

龙瑜宬 ———— 著

边缘崛起

俄罗斯文学传统的跨文化生成与重释

ZHEJIANG UNIVERSITY PRESS
浙江大学出版社
·杭州·

图书在版编目（CIP）数据

边缘崛起：俄罗斯文学传统的跨文化生成与重释 /
龙瑜宬著. -- 杭州：浙江大学出版社，2023.9
ISBN 978-7-308-24005-5

Ⅰ. ①边… Ⅱ. ①龙… Ⅲ. ①俄罗斯文学－文学史
Ⅳ. ①I512.09

中国国家版本馆CIP数据核字(2023)第125830号

边缘崛起：俄罗斯文学传统的跨文化生成与重释
龙瑜宬　著

责任编辑	谢　焕	
责任校对	陈　欣	
装帧设计	云水文化	
出版发行	浙江大学出版社	
	（杭州市天目山路148号　　邮政编码　310007）	
	（网址：http://www.zjupress.com）	
排　　版	杭州林智广告有限公司	
印　　刷	杭州高腾印务有限公司	
开　　本	880mm×1230mm　1/32	
印　　张	8.375	
字　　数	180千	
版 印 次	2023年9月第1版　2023年9月第1次印刷	
书　　号	ISBN 978-7-308-24005-5	
定　　价	68.00元	

目　录

绪言:"边缘"何以崛起?

一、正确的提问方式

巴灵(Maring Baring)是英国最早的俄罗斯文学史撰写者之一。在《俄罗斯文学概要》(*An Outline of Russian Literature*, 1915)一书的结尾,他对俄罗斯文学"开始于 19 世纪"表现出双重的惊讶。其一是这个民族迟迟没有进入欧洲的"整体"历史,中世纪、文艺复兴与"大世纪"(Grand Siècle)的辉煌均告阙如,在这里找不到堪与维庸、但丁和乔叟创作比肩的传统;其二则是如此年轻的一种民族文学却表现出极为老到成熟的精神,"有些方面似乎在还未达到成熟期之前就已经过熟了"。①

第一重惊讶对于非西方读者来说可谓再熟悉不过,他们所处的文明与欧洲的不同之处总是被描述为一种匮乏、缺憾。这

---

① See Maring Baring, *An Outline of Russian Literature*, London: Thornton Butterworth Ltd., 1929, pp. 248-249.

种思路甚至一度被俄罗斯人自己接受，被用来表达现代化滞后的焦虑——最著名的例子，当数恰达耶夫（П. Я. Чаадаев）发表于 1836 年、宣布"俄罗斯没有历史"的《哲学书简》（Философические письма）。众所周知，正是这部作品正式拉开了斯拉夫派与西方派论战的序幕。但对于巴灵及其身后的西方读者而言，真正让俄罗斯文学的这种"后发"成为一个有价值的问题的，还是第二重惊讶。19 世纪大批杰作的出现帮助俄罗斯在世界文学空间中占有了自己的位置，获得了让西方人都颇觉艳羡的成功。似乎也只有在得到了这种认可后，俄罗斯文学才终于有了被比较的资格。它的异军突起让它与西方文学的差异需要得到更细致的阐发。

事实上，相较于巴灵等英国论者，欧陆学者更早注意到这股来自"边地"的文学洪潮，并对其展开了系统研究。1886 年沃盖（Eugène Melchior de Vogüé）在巴黎出版的《俄国小说》（Le roman russe）从民族性的角度对俄罗斯文学的形式特征与内容取向加以解释，为之后的文学史写作建立了一种重要范式。[①] 人们相信隐身于文学作品中的，就是兼具美感与精神深度的"俄罗斯灵魂"（Русская душа/ Russian Soul），并为之迷醉不已。

但这种将文学特质与民族性绑定的解释模式也暗藏风险：既然是所谓民族性的自发呈现，就无须以理性分析，也不可对之进行复制。随着"俄罗斯灵魂"的日渐魅化，对俄罗斯文学的解读陷

---

① 怀着对当时欧洲宗教衰落景象的担忧，这位笃信天主教的作家兼外交官尤其强调了俄罗斯人的宗教感在文学中的显现。参见：Всеволод Багно, "Представление о национальном своеобразии русской литературы в «Истории русской литературы»", 收入刘文飞编：《俄国文学史的多语种书写》，东方出版社，2017 年，第 3-5 页。

入了一种神秘的不可知论。到斯坦纳（George Steiner）写作《托尔斯泰或陀思妥耶夫斯基》（*Tolstoy or Dostoevsky: An Essay in the Old Criticism*, 1959）时，这套话术已让其深恶痛绝。他犀利地指出了这种赞美背后隐藏的毋宁说是西方对"欠开化"地带的傲慢：

> 他们承认，那些俄罗斯作家表现出一定的创造力和新颖力。但是，在他们谨慎的赞赏之词中……欧洲小说是精美和可以辨识的技巧的产物，而诸如《战争与和平》这类作品是没有受过培训的天才和无形活力共同形成的神秘结果。在其最低级的层面上，这一观念从整体上导致了布尔热对俄罗斯文学的攻击；在其最精微的层面上，它给予纪德灵感，促使他在《陀思妥耶夫斯基》一书中提出了文采飞扬但又很不稳定的看法。①

陀思妥耶夫斯基被认为是"俄罗斯灵魂"乃至"斯拉夫灵魂"（Славянская душа/Slavic Soul）的代言人，受这种不可知论的影响最大。韦勒克（René Wellek）的下述警示在今天看来仍未过时：

> 对"斯拉夫灵魂"（据说陀思妥耶夫斯基是它的代表）的空泛概括，以及诸多西方作者顽固而盲目地认定陀思妥耶夫斯基与西方传统全然无关，说他是混乱、晦涩，甚至"亚洲式的"或者"东方式的"，这一切造成了更大的危害。②

---

① 乔治·斯坦纳：《托尔斯泰或陀思妥耶夫斯基》，严忠志译，浙江大学出版社，2015年，第48页。

② René Wellek, "Introduction: A Sketch of the History of Dostoevsky Criticism", in René Wellek ed., *Dostoevsky: A Collection of Critical Essays*, Englewood Cliffs, N. J.: Prentice-Hall, 1962, p. 7.

　　在"理性的西方"的比照下，其他文明总是被放置到非理性的一端。但即使抛开这种比较的漫画化不论，一种去历史化的民族特性说显然也不足以解释为什么俄罗斯到19世纪才突然获得巨大成功。关于俄罗斯文学之崛起及其特殊性的另一种解释范式，就主要从社会政治的角度展开。研究者强调19世纪的帝俄动荡不安，作家深刻感受到了社会冲突与阶级矛盾，在自己的作品中对之加以呈现，并尝试给出解决方案。文学孕育于现实，并反映了现实。在列宁著述的推动下，这一解释范式在苏联时期获得了统治性地位，① 当然也深刻影响了中国的俄罗斯文学研究。

　　和民族特性说一样，社会政治说不无解释效力。但完全从政治的角度解释文学的成功终有力所不逮之处，走到极端后更可能沦为一种庸俗社会学。虽然未必要像某些论者主张的那样将传统的延续与更迭视为文学发展最主要的动力，但很难否认，文学作为一种语言艺术，其写作与阅读总要以一些公共规范作为起点（哪怕这些规范充当的是被挑战的对象）。关于巴灵对俄罗斯文学在19世纪前是一片荒漠的论断，无疑可以找到很多反证，当代学界对俄罗斯古代与18世纪文学的挖掘、研究早非20世纪初可以想象。但相较于拼命寻找俄罗斯的"文艺复兴"或"大世纪"，米尔斯基（Д. Святополк-Мирский）在他那部经典的俄罗斯文学史中的说法更自信坦然，或许也更接近事实：历史上，文学并不是俄罗斯人用来定义和承载自己核心价值、运用得最充分和自如的一

　　① См.: Всеволод Багно, "Представление о национальном своеобразии русской литературы в «Истории русской литературы»", с. 6-10.

个表现门类。其地位亚于绘画与建筑。① 如果不是用某种单一标准来理解文明的发展路径，这也根本不是什么需要拼命洗刷的耻辱。诚如丸山真男所言：

> 一切时代、一切社会，都具有各自典型的学问。某个时代、某个社会以什么作为学问的基本型，这是依存于那个时代、社会的对人生和世界的根本价值的。因此，反过来说，通过看其学问的中心领域的转移，可以知道人们的生活态度本身的转变。②

在俄罗斯这样一个世俗化进程相对缓慢的社会里，文学未能脱颖而出、成为"基本型"并不奇怪。真正奇怪，或者说值得深思的问题应该是：文学为何，以及如何在 19 世纪的俄罗斯上升为"学问的中心领域"，以致有了"文学中心主义"（литературоцентризм）这一专门表达？而回过头来看，前面提到的两种传统解释路径看似分别强调了文明本质和时代语境，实则都囿于"民族文学"这一深入人心的知识框架，着意从民族国家内部寻找俄罗斯文学发展的动力机制。但文学的边界并不与政治疆界天然同一，它往往更具弹性。在传统积累不管怎么努力挖掘都谈不上特别丰厚的情况下，俄罗斯文学的迅速成熟需要借助与一个更大的文学、文化共同体的充分对话，而不只是民族性的自然显现或者对外部语境的应激式反应。考之于历史，这一判断很容易得到支持：俄罗斯从 18 世纪开始了同欧洲一体化的进程，而到

① 参见德·斯·米尔斯基：《俄国文学史》上卷，刘文飞译，人民出版社，2013年，第3、24页。
② 丸山真男：《福泽谕吉与日本近代化》，区建英译，北京师范大学出版社，2018年，第14页。

了 19 世纪更是空前融入相应的政治、经济与文化空间。也是在这一时期，俄罗斯在世界范围内率先以"西方"这一概念作为了"议定本土文化"的关键参照。[①] 正是在面向西方、想象和塑造俄罗斯民族身份的过程中，文学表现出了其他表现门类不可企及的创造力和影响力，一种独特的文学文化在 19 世纪的俄罗斯形成，并成为这个民族最宝贵的资产之一。

二、接触地带

从地理位置和文化谱系来看，相对于其他"非中心"地带，俄罗斯与西方文化更容易发生实际接触。尤其是自彼得大帝以降，国家层面不断推进现代化改革，贵族往往从出生开始就接受西化教育，精通一门乃至数门外语。到 18 世纪 40 年代，西方作品已经被大规模引入，模仿性写作日渐流行。市场的旺盛需求，让一些西方出版商将自己刊物的出版地直接设在圣彼得堡，有的作品在这里甚至比其在本国刊发得还要早。[②] 除了通过阅读在想象中跨界，彼得三世、叶卡捷琳娜二世对贵族的"解放"，还让无须再终身为国服役的本国精英有了更多机会前往欧洲。俄罗斯作家和读者也有了更多可能来克服"时差"，掌握所谓的"文学现

---

① 参见艾恺：《世界范围内的反现代化思潮——论文化守成主义》，贵州人民出版社，1999 年，第 62 页。

② See Priscilla Meyer, *How the Russians Read the French: Lermontov, Dostoevsky, Tolstoy*, Madison, WI: University of Wisconsin Press, 2008, pp. 15-17.

时"。^①卡拉姆津（Н. М. Карамзин）在《一位俄罗斯旅行者的书信》（*Письма русского путешественника*, 1797—1801）中对欧洲文化、风尚的介绍被认为"教育了整整一代俄罗斯人",^②而作品对叙事者形象的塑造、对时空的感知和书写无不反映出当时正盛行于西方的感伤主义文学的影响。就连"某国旅行者的书信"这一命名方式也是时髦而程式化的。不过，在卡拉姆津的实际行文中，书名所显示的民族视角被一种更具包容性的欧洲姿态所取代，博学多闻的俄罗斯旅行者时而与康德谈笑风生，时而凭吊卢梭作品中提到的某处名胜，鲜有障碍，俄罗斯与西方文化的通约性被充分凸显。^③

　　这种文化心态从一开始就拓宽了俄罗斯文学的空间。费吉斯（Orlando Figes）在其极言俄罗斯文化之化合性的《娜塔莎之舞：俄罗斯文化史》（*Natasha's Dance: A Cultural History of Russia*, 2002）中感慨，当普希金视俄罗斯为西方和世界文明的一部分，毫不犹豫地将已经糅合了本土多种传统的俄罗斯传奇进一步与

---

　　① 世界文学空间中的时间分布与"现时性"问题参见：Pascale Casanova, "Literature as a World", in *New Left Review*, vol. 31(2005), pp. 75-78. 关于卡萨诺瓦世界文学理论中暗含的西方中心主义倾向，学界已多有批评。19世纪俄罗斯文学的崛起及其对西方文学的影响恰恰有力挑战了那种认为"中心"示范的文学发展路径是历史之必然且具有唯一合理性的看法，这也是本书写作的一个基本立足点；但对西方中心主义的检省，正需要进一步正视和反思，而非简单否认世界文学空间内存在严酷秩序，而且这一秩序对历史实践者产生了真实的影响。

　　② 参见奥兰多·费吉斯：《娜塔莎之舞：俄罗斯文化史》，郭丹杰、曾小楚译，四川人民出版社，2018年，第80-81页。

　　③ See Sara Dickinson, *Breaking Ground: Travel and National Culture in Russia from Peter I to the Era of Pushkin*, Amsterdam-New York: Editions Rodopi B.V., 2006, pp. 114-118. 洛特曼更详细论证了卡拉姆津在游记中针对不同对象呈现了两种文学姿态：在面向俄罗斯读者时他夸张地扮演了"欧洲人"的角色，在欧洲交游圈中又充分展示出俄罗斯启蒙主义知识精英的形象。См.: Ю. М. Лотман, Б. А. Успенский, "*Письма русского путешественника* Карамзина и их место в развитии русской культуры"// Ю. М. Лотман, *Карамзин*, СПб.: Искусство-СПБ, 1997, с. 484- 486.

"拉封丹的寓言和格林兄弟的童话这些源自欧洲的故事结合起来"时，这位"俄罗斯民族文学奠基人"其实就已经是在进行一种世界主义的写作了。[①] 当然，这个持续吸收西方养分的过程也充满历史的偶然。其中，最为思想史研究者津津乐道的是，1814—1815年大批贵族军官挺进并暂居欧洲时，正值浪漫主义大兴；稍后，尼古拉一世为防止法国革命思想"腐蚀"俄罗斯，禁止臣民赴法留学，更将本国知识精英送到了浪漫主义的大本营德国。屠格涅夫就是其中的一员，他于19世纪30年代在柏林大学深研的唯心主义哲学将在其未来创作中留下深刻印记。而除了对个别跨界者的"熏染"，浪漫主义更是对俄罗斯文学的发展产生了整体的、决定性的影响。其中非常重要的一项遗产，是对艺术、艺术家地位的神圣化。诗人是不被承认的世间立法者，是未来的镜子，是先知。1826年，也即十二月党人起义失败的次年，普希金就曾以"先知"为题作诗，想象诗人如何在六翼天使的帮助下经历痛苦变形、终于感识敏锐，被上帝派往世界执行旨意，"用语言把人们的心灵烧亮"。[②] 本就有着强大神秘主义与象征主义传统的俄罗斯文化很容易接受浪漫主义赋予艺术的类宗教角色。虽然到19世纪40年代，法国重新成为俄罗斯思想的宗主国——面对帝俄严酷的社会现实，知识分子从德国浪漫主义影响下的向内静观更多地转向了法国社会批判传统，要求更积极地介入现实——但之前接受的那种浪漫主义艺术观与其说是被取代了，不如说是变得更落地了。席

---

① 参见费吉斯：《娜塔莎之舞》，第136页。

② 普希金：《先知》，收入沈念驹、吴笛主编：《普希金全集》第2卷，魏荒弩译，浙江文艺出版社，第165-166页。

勒关于艺术能让人性恢复完整的构想，施莱格尔关于艺术家是聚焦镜，"通过他，他所处社会和时代最深刻最具特征的趋势得到聚集、结晶，化为对现实的一种集中和精粹的表达"的比喻成为一种切实追求。① 伯林（Isaiah Berlin）在《艺术的责任：一份俄国遗产》（"Artistic Commitment: A Russian Legacy"，1962）一文中以别林斯基为主人公详解的，正是这段历史。虽然外语能力和西学知识相对有限，别林斯基仍然通过屠格涅夫、赫尔岑等友人获取了所需资源，接过圣西门主义者的大旗，为本国文学的写作与批评制定规范。尤其让人动容（同时也应加以警惕）的是，因为身处专制黑暗之中，俄罗斯知识分子总是容易将看到的一点光亮无限放大。那些舶来思潮在俄罗斯很少像在其原生地那样受到其他竞争性资源的牵制、补充，别林斯基及其继承者关于艺术家应成为社会良心、艺术家的人格与作品之间具有强相关性的信念异常热烈。② 而1848年革命最终构成了俄罗斯与欧洲文学、文化的一个重要分岔口。革命失败后欧洲知识分子那种失败情绪并未波及俄罗斯，对比唯美主义逐渐抬头的欧洲，"只有在像俄国这样的国家中，没出现过1848年的幻灭（那仅仅是因为它未发生过1848年革命），艺术一如既往地承担着社会义务，或像以前一样专注于社会事务"。③

在"失去的七年"（1848—1855）这类专制统治高压时期，文

---

① 参见以赛亚·伯林：《艺术的责任》，收入《现实感》，潘荣荣、林茂译，译林出版社，2004年，第245-246页。

② 参见伯林：《艺术的责任》，第232-262页。

③ 艾瑞克·霍布斯鲍姆：《革命的年代：1789—1848》），王章辉等译，中信出版集团，2017年，第310-311页。

学的传播虽也饱受审查之苦，却仍较其他领域拥有更多自由。文化精英们纷纷涌入这一阵地，以一种富含寓意的暗示性语言表达社会理想，并争论思想、政治问题。① 在这个文学日益成为共同体文化之中心的过程中，西方文学构成了一种既相对安全又暗含理想的公共资源，"读者甚至学会了从小说里面吸取当时深恐他们知道的一切"。② 席勒、拜伦、司各特、巴尔扎克、乔治·桑、狄更斯等都曾领一时之风骚。作为高压下的"透气孔"，他们的作品较一般社会更易引发阅读热情，"吸引了很多很多人的头脑、爱、神圣而高尚的激情力量，吸引了充满活力的生命和宝贵的信念"。③ 借助陀思妥耶夫斯基晚年在《作家日记》（*Дневник писателя*, 1873—1881）中写下的这些依然涌动着强烈情感的回忆文字，我们不难推想，除了培养阅读兴趣、习惯和品位（"合格"的读者群的形成对于文学的发展至关重要），西方文学取得的这种成功也对俄罗斯作家的创作产生了激励和引导作用。

　　不过，俄罗斯与西方这两个文明体本身都十分丰厚复杂，在二者"接触"的现场，存在各种可能，双方的异质性也常常会凸显。拉吉舍夫（А. Н. Радищев）的《从彼得堡到莫斯科旅行记》（*Путешествие из Петербурга в Москву*, 1790）与卡拉姆津的游记出现在同一时期，且同样大幅借鉴了西方的旅行文学。作家仿照斯泰恩（Laurence Sterne）的《感伤的旅行》（*A Sentimental Journey : Through France and Italy*, 1768），通过一系列地点间的

---

① 参见费吉斯：《娜塔莎之舞》，第3-4页。

② 陀思妥耶夫斯基：《关于乔治·桑的几句话》，《作家日记》上卷，收入陈燊主编：《费奥多尔·陀思妥耶夫斯基全集》，张羽译，河北教育出版社，2010年，第333页。

③ 陀思妥耶夫斯基：《乔治·桑之死》，收入《作家日记》上卷，第325页。

快速转移，以及想象性事件的不断插入来组织全篇。但相较于西方以及本国同行那种感伤主义的"内倾式"情感呈现，对时代政治抱有强烈不满的拉吉舍夫试图融入更多社会批评，呼唤积极行动，这也让作品有了强烈的个人风格。可惜，在不同传统、诉求的铰接中，作品沉重的主题、叙事者严厉的批判与挪用来的空间转换模式，以及华丽修辞之间并不完全合拍，由此带来了一种颇为奇怪的阅读感受：叙事者不断对各个驿站听闻的专制惨剧加以渲染，但又总是迅速结束话题和情绪，转向下一站，开启另一个全新的、基调可能完全不同的故事，在社会批判与展示自我之间陷入分裂。而在这种跳跃中，读者往往很难及时调整自己的情绪。①

　　这一个案也很好地揭示出，文学的跨界很难像莫莱蒂（Franco Moretti）主张的那样，用"外来情节加本土风格"之类的模式加以简单概括。②除了情节与风格的二分大可商榷外，在现代西方规模与烈度空前的文化侵入中，"外来"与"本土"更是叠加和互渗的，无法再对它们进行简单指认。通过拉吉舍夫的书写，彼得堡和莫斯科进入了文学。而投向它们的"目光"显然已经经过感伤主义和浪漫主义的"编码"——"从彼得堡到莫斯科"，意味着远离浮华帝都走向俄罗斯腹地，并最终抵达古老的莫斯科。而正是在浪漫主义怀旧情绪的助推下，后者指向了一个更传统、更和谐正义的俄罗斯。稍后，旅行文学衰落、小说兴起，普希金、莱蒙托夫等人对高加索地区的描写，更明显受到浪漫主义，尤其是拜伦的影

① See Sara Dickinson, *Breaking Ground*, pp. 78-93.
② See Franco Moretti, "World-Systems Analysis, Evolutionary Theory, 'Weltliteratur'", in *Review (Fernand Braudel Center)*, vol. 28, No. 3 (2005), pp. 224-227.

响。拜伦将"东方"与自由、活力联系起来，而俄罗斯也以同样的方式将自己的南方变成了带有乌托邦色彩的"东方"（普希金恰好是在自己流放南方时，通过曾经挺进欧洲的军官圈子接触到了拜伦的作品[①]）。此外，如当代研究者热烈讨论的，从普希金到托尔斯泰、陀思妥耶夫斯基，19世纪的俄罗斯作家也调用了英法文学的殖民主义话语模式和典型形象，合力塑造了帝俄充满野性又始终可以被解码和控制的广阔边疆。[②] 这是一个俄罗斯人将自己的地理一点点与历史、民族性紧密结合起来的过程，一个能够与西方并提的帝国形象逐渐被创造出来。我们所熟悉的那些小说人物都将在这个历史文化空间中展开自己的行动。[③] 而这个所谓的"本土"又从一开始就渗入了各种西方因素与力量。仅以此为例，亦可看出俄罗斯文学的底色比陀思妥耶夫斯基等人所意识到的还要混杂斑驳，西方的影响不仅仅在于某种具体文学知识的提供，更在于对深层认知与想象模式的塑造。这种文化影响的强度，既为俄罗斯近代文学的迅速成形带来了助力，也对作家们主体性的发挥构成了真正的考验。

三、从"跟着写"到"对着写"

不过，相较于各种实际的接触证据，俄罗斯与西方之间抽象

---

①　See Monika Greenleaf, "Pushkin's Byronic Apprenticeship: A Problem in Cultural Syncretism", in *The Russian Review*, vol. 53, No. 3 (Jul., 1994), p. 386 .

②　参见埃娃·汤普逊：《帝国意识：俄国文学与殖民主义》，杨德友译，北京大学出版社，2009年，第67页。

③　See Sara Dickinson, *Breaking Ground*, p. 236.

的位置关系对其文学崛起的影响更容易被忽视：与世界经济体系一样，跨民族文学空间的内部也非均匀分布，而是暗含等级秩序。不同"位置"享有不同的文学资本和权力。这种秩序的形成与经济、政治力量紧密相关（但并不完全同步，俄罗斯文学的崛起恰为力证），而它一旦形成，就会不断自我强化，深刻影响所有参与者关于文学的认知、实践。① 作家个体不同的天赋、气质和思想立场自然需要得到充分考虑，但来自西方这一强大"中心"的压力，在相当程度上也会让身处"边缘"的作家们分享同样的文化心态，并采取某些相似的写作策略。这样一种无形却又如影随形、必须加以应对的空间感受或许也更能解释 19 世纪俄罗斯文学取得的整体性成功。

诚然，在 18 世纪下半叶的俄罗斯，针对西化狂热已经出现了冯维辛（Д. И. Фонвизин）式的讽刺，在那些早期的虚构性创作中也可以找到对西方范式的有意识的挑战；② 但总体看来，此时的俄罗斯知识圈基本处于西方，尤其是法国文化的辐射之下，在较宽泛的意义上，甚至可以认为"所有人都是西方主义者"；③ 只有到了 19 世纪，西方和西方化才真正成为一个困扰俄罗斯知识分子的严峻问题。法国大革命的走向让俄罗斯人开始重新审视启蒙理想，而 1812 年对法战争的胜利与挺进欧洲的失落，浪漫主义、民族主义思潮的涌入，使得他们对世界以及自身的认识趋向复杂。加上长期西化带来的问题已现，各个阵营的知识分子都开始更有意识

---

① See Pascale Casanova, "Literature as a World", pp. 80-82.
② See David Gasperetti, *The Rise of the Russian Novel: Carnival, Stylization, and Mockery of the West*, DeKalb: Northern Illinois University Press, 1997, pp. 3-6.
③ В.В. 津科夫斯基：《俄国思想家与欧洲》，徐文静译，上海三联书店，2016 年，第 33 页。

地探索俄罗斯自身发展的道路。1848 年欧洲革命的失败，则为俄罗斯的这种精神独立正式吹响了号角。

而在诸领域中，文学尤其成功地完成了从"跟着西方写"到"对着西方写"的转变。如前文已经提到的，在国内外因素的耦合下，并非传统优势项目的文学成为 19 世纪俄罗斯人想象和建构自身民族身份的中心舞台。几乎所有伟大的俄罗斯作家都以不同形式在作品中触及了"俄罗斯与西方"这一最重要的公共议题。一个颇具象征意味的事实是，两部被公认聚焦乡土、揭示了俄罗斯民族性的经典著作《死魂灵》（*Мёртвые души*, 1842）和《猎人笔记》（*Записки охотника*, 1847—1852），都有很大部分写成于西方，而且果戈理与屠格涅夫这两位对西方态度大不相同的作家都明确意识到了西方的这种"在场"对自己创作的影响。屠格涅夫甚至坦言，若非在西方就写不出《猎人笔记》：

我把我决心与之斗争到底并发誓与之永不和解的一切都归到和集中到这个名字（指"农奴制"——引者注）下面……这是我的终生不渝的誓言；当时立下这种誓言的并不只是我一个人。我到西方去，就是为了更好地履行这个誓言。我不认为我的西欧派观点会使我失去对俄国生活的任何好感，会使我不再理解它的特点和需要。《猎人笔记》这些当时曾是新的、后来被超过的习作，是我在国外写的，其中某些篇目写于我在考虑是否返回祖国的苦恼的时刻。……我只知道，如果我留在俄国，我当然不会写出《猎人笔记》来。①

　　"西方"从来就不只是一种地理意义上的存在，它更多地存在于文化心理层面。好像越是迫近、直面西方这面镜子，作家越能看清俄罗斯的面容——它可以是落后而充满苦难、亟待变革的，也可以是富有人情和宗教气息、代表着一种反资本主义理想的。更多时候，作家笔下的俄罗斯与西方都含混而多义。虽然 19 世纪西方文明的强势扩张带来的契机和压力在许多"边缘"地带的文学创作中都有所反映，但比起其他文明，俄罗斯既（不）是东方又（不）是西方的"门槛"位置，更容易造成身份意识的紧张，正如已经看到过何为现代，却又没办法真正加入其中的外省知识青年最容易成为痛苦纠结的多余人一样。《猎人笔记》中那位"希格雷县的哈姆莱特"感受到的正是丹麦王子口中的时代"脱了节"（out of joint）。他在莫斯科知识分子小组听到的那些高谈阔论，在德国留学时接触的那些浪漫主义辞令，在外省现实的面前一触即溃。他努力扮演这个社会认可的角色，但到最后也不知道自己该是什么样的，"只有我不幸，像捏蜡泥一样把自己捏了又捏"。②

　　可以说，俄罗斯作家强烈地感受到了统一价值观崩塌、历史断裂带来的冲击。尤其是，他们不相信"文明之坚固性"，以及作为资本主义世界之基础的"那些原则的稳定性"：③数百年来，现代

---

　　① 屠格涅夫：《代前言》，收入刘硕良主编：《屠格涅夫全集》第 11 卷，张捷译，河北教育出版社，2000 年，第 495-496 页。西方经历对《死魂灵》创作的影响，参见：Sara Dickinson, *Breaking Ground*, p. 199.

　　② 屠格涅夫：《希格雷县的哈姆莱特》，收入《屠格涅夫全集》第 1 卷，力冈译，第 298 页。

　　③ См.: Н.А. Бердяев, *Истоки и смысл русского коммунизма*, М.: Наука, 1990, с. 64.

化进程在俄罗斯被强力推进，各个领域、阶层和地区的卷入程度
却又极不均衡，造成了各种撕裂景象。东正教本就突出的末世论、
启示录因子被进一步放大，关于危机、堕落以及大动乱的主题和
情绪充斥于俄罗斯文学中。沃盖在《俄国小说》中就直指俄罗斯文
学充满悲观主义和虚无主义。到"世纪末"情绪、斯本格勒的"西
方的没落说"席卷 19 世纪末、20 世纪初的西方时，人们回过头来
在这批写成已久的俄罗斯小说中找到了共鸣。[①] 巴灵之所以认为俄
罗斯文学成熟，乃至过熟，即在于其"深于悲哀而敏于流泪"（old
in grief and very wise in tears），此时，这种特殊的"悲哀"已经被
盛赞为"对人类灵魂的贡献"。[②] 而如别尔嘉耶夫（Н. А. Бердяев）
一针见血地指出的，这里最重要的不是什么民族的天赋（或原罪），
更不存在什么俄罗斯文化的宿命。19 世纪的俄罗斯不是前现代，
也不是非现代、反现代，它就处在欧洲现代大潮之中，只是它是
加速撞过去的，遭受的冲击更大：

　　整个尼采现象连同他对悲剧、对狄奥尼索斯文化的热烈向往，
是对正在取胜的欧洲文明的极端的和病态的抗议。这一主题是世
界性的，它不可能被理解为俄罗斯与欧洲、东方与西方对立的主
题。这是两种精神、两种文化类型既在欧洲内部，也在俄罗斯内
部，既在西方，也在东方对立的主题。那些卓越的俄罗斯人，伟
大的和具有独创精神的思想家和作家在这一主题中比西方人——

---

① 　See Ani Kokobobo and Katherine Bowers, "Introduction: The Fin-de-Siècle Mood in Russian Literature", in Katherine Bowers and Ani Kokobobo eds., *Russian Writers and the Fin de Siècle: The Twilight of Realism*, pp. 2-5.

② 　See Maring Baring, *An Outline of Russian Literature*, p. 249.

与其文化历史联系得更为紧密——感到了某种更为尖锐的东西，甚至，赫尔岑在欧洲比 19 世纪 40 年代的欧洲人自己更好地感觉到了某种东西。[①]

引文中之所以提到赫尔岑，是因为 1848 年他正好在欧洲革命现场。失望之余他完成了一系列反思、批判欧洲现代文明的作品。在本书《追求伟大：陀思妥耶夫斯基的英、法书写》一文中，我们可以看到陀思妥耶夫斯基如何在自己的欧洲游记中继续和发挥了赫尔岑的观点。在世界范围内，19 世纪中期这批有着多元文化背景和现实紧迫感的俄罗斯知识分子率先意识到：

西方现代化的爆炸性气氛——社会的破坏和个人的心理孤立，大众的贫困和阶级的分化，源于令人绝望的道德和精神无政府状态的文化创造——很可能是一种文化的特殊表现，而不是整个人类必然会去追求的一种铁定的必需品。为什么其他的民族和文明就不可以把传统的生活方式与现代的可能性和需要更加和谐地融合在一起呢？[②]

正是基于对西方"正解"的这种怀疑，俄罗斯作家和评论家对差异性表现出极度的敏感，并对之加以自觉追求。"不是模仿西方"这样一个否定性判定成了衡量文学成就的一个重要标准。绝

[①] 尼·别尔嘉耶夫：《陀思妥耶夫斯基的世界观》，耿海英译，广西师范大学出版社，2008 年，第 107 页。

[②] 马歇尔·伯曼：《一切坚固的东西都烟消云散了——现代性体验》，徐大建、张辑译，商务印书馆，2004 年，第 159 页。

非偶然，在普希金的神话化过程中，莱蒙托夫、别林斯基、陀思妥耶夫斯基和托尔斯泰等人都会强调他的创作建立了一个不同于欧洲已有美学范式的"纯粹"的俄罗斯体系。[1]

但作为后起者，要真正进入，乃至撬动中心，在获得差异性（有被阅读的价值）和可被识别（有被阅读的可能）之间还需要达成精妙的平衡，也即实现一种"距离的艺术"（art of distance）。[2] 对这一"艺术"的磨砺，集中体现于俄罗斯作家对西方资源越来越自如的调用、改写。这种实践进行得如此频繁和自觉，以至于有研究者认为已经不能用"源文本"或"互文"这类传统术语，而需要引入"潜文本"（subtext）的概念来形容西方文学与俄罗斯创作之间的关系。[3]《恰尔德·哈罗尔德游记》（*Childe Harold's Pilgrimage*, 1812—1818）之于普希金的《奥涅金之旅》（"Путешествие Онегина", 1830）、《1829 年远征时游阿尔兹鲁姆》（"Путешествие в Арзрум во время похода 1829 года", 1836），感伤主义套话之于果戈理的《外套》（"Шинель", 1840），惊险小说、侦探故事传统以及"拿破仑主题"之于陀思妥耶夫斯基的《罪与罚》（*Преступление и наказание*, 1866），等等，都可归入此类，不胜枚举。但这里更重要的是，作为俄罗斯作家对话之"潜文本"的，还可能是"小说"（novel）这一文体本身。一个有趣的事实是，一般放在 19 世纪俄国小说史最前面的几部"小说"都多少有些不"标准"，普希金强调《叶甫盖尼·奥涅金》（*Евгений Онегин*,

---

[1]　See Priscilla Meyer, *How the Russians Read the French*, p. 7.

[2]　See Pascale Casanova, "Literature as a World", p. 89.

[3]　See Priscilla Meyer, *How the Russians Read the French*, p. 8.

1831）是"诗体小说"，莱蒙托夫的《当代英雄》（*Герой нашего времени*, 1840）是一组彼此互有关联但又十分松散的故事，《死魂灵》的副标题是"一首诗"，正文中也以"小说"与"史诗"交替自称。认为作家们是在"以这种骄傲的姿态支持俄国文学界拒绝照搬欧洲文学样式的做法"或许有些夸张，[①] 但无论如何，小说这一崛起于现代欧洲的文体并未一蹴而就、依样画葫芦式地被移植到这片土地。

　　关于这一点，托尔斯泰说得尤其直白。他明确提出了俄罗斯人的"роман"不会，也不必等同于"novel"。早在写作《战争与和平》（*Война и мир*, 1863—1869）时，他就已经开始对既有的欧洲小说模式、"即有开端，有不断复杂起来的趣味以及大团圆的结局或者不幸的收场的那种小说"提出疑问，认为其不足以表现"庄严、深邃而全面的内容"，并且多次强调不能用欧洲小说的标准来评价自己的创作。[②] 而在后来的《安娜·卡列尼娜》（*Анна Каренина*, 1873—1877，作家声称这才是自己的第一部长篇小说 [③]）中，托尔斯泰尝试与欧洲小说传统进行更深入的对话。比起《战争与和平》，这部作品确实更加遵循当时的现实主义小说规范，叙事更为冷静中立，"结构更要'欧化'得多，严谨得多，故事的展开也紧张得多。主题跟 19 世纪欧洲小说的主题有更密切的类似

---

　　① 巴特利特：《托尔斯泰大传：一个俄国人的一生》，朱建迅等译，现代出版社，2014 年，第 85 页。

　　② 参见列夫·托尔斯泰：《〈战争与和平〉·序（草稿）》，收入《列夫·托尔斯泰文集》第 14 卷，陈燊、丰陈宝等译，人民文学出版社，2013 年，第 10 页；列夫·托尔斯泰：《〈战争与和平〉·序（初稿）》，收入《列夫·托尔斯泰文集》第 14 卷，第 12 页。

　　③ 参见列夫·托尔斯泰：《致尼·尼·斯特拉霍夫（1873 年 5 月 11 日）》，收入《列夫·托尔斯泰文集》第 16 卷，周圣、单继达等译，第 130 页。

之处"。① 然而，也正因为空前地深入小说传统内部，托尔斯泰更强烈地感受到个人创作与它的不协调，他投入大量心力对英法家庭小说、私通小说的既有程式进行了调整，最后形成的双线结构很大程度上就是这一对话的结果。无论是篇幅大幅增加的列文精神探索这一线，还是原初的安娜—弗龙斯基一线，都被收束在了福音书的理想光辉之下，与欧洲小说传统背靠的个人主义与世俗主义形成了有力对冲。②

屠格涅夫对"小说"的理解与实践同样耐人寻味。他向来被认为是同时期俄罗斯作家中最西化的一位。1852 年，按照欧洲经验，他对俄罗斯作家能否写出欧洲那种成熟的、有相当规模和构造的长篇小说还有所怀疑，原因在于"我们的社会生活现象"还没有"显露到这种程度"，可以支撑"再现这些现象的小说"。他建议同胞先写片段式的作品。③ 此时的屠格涅夫没有预料到，对一个未定型的社会中人物激荡内心的挖掘就足以支撑一批鸿篇巨制问世。事实上，从 1856 年的《罗亭》（Рудин）到 1877 年的《处女地》（Новь），他也连续推出了六部长篇作品，它们被统称为这一时期俄罗斯社会变革的编年史。但区别于同样用文学编织历史的巴尔扎克式"事件的小说"，这些作品没有将焦点放在外部世界和人物行动，而是由大量对话构成。在对话中，各种人物的精神世界相

---

① 卢卡契：《托尔斯泰和现实主义的发展》，收入陈燊编选：《欧美作家论列夫·托尔斯泰》，中国社会科学出版社，1983 年，第 570 页。

② 关于《安娜·卡列尼娜》写作过程的调整，最详细的讨论见：Б. М. Эйхенбаум, *Лев Толстой: семидесятые годы*, Л.: Советский писатель, 1960, с. 151-189；另见：K.M. Newton, "Tolstoy's Intention in *Anna Karenina*", in *The Cambridge Quarterly*, vol.11, No.3(1983), pp. 359-374.

③ 参见屠格涅夫：《图尔的长篇小说〈侄女〉》，收入《屠格涅夫全集》第 11 卷，张捷译，第 133 页。

互敞开，对生活的不同认识展开交锋。对话的结果往往不会引发实际行动、改变事件走向，然而，这种精神意义上的"可能性"的集合，而非历史实然或许才是能够长久吸引这位俄罗斯作家的。①

至于"三巨头"中的陀思妥耶夫斯基，无疑是走得最远的。作为民族意识最强的一位，他对大量西方"潜文本"进行了戏仿，这其实也是造成其作品复调效果的一个重要原因。②陀思妥耶夫斯基作品中的许多声音、裂缝，最有力地标示出了19世纪俄罗斯文学的"文化间性"：如前所述，在这个文化激烈碰撞、交融的时代，已经没有什么纯粹的本土。即使保守如陀思妥耶夫斯基，其头脑和视野也是被现代重塑过的。当他强调"人感受的自然是通过他的感觉而反映在他的思想中的自然"，"必须给思想以更多的活动余地，不要惧怕理想的东西"时，③支撑他的，当然有克服了认识与存在形式的分离、天然带有道德指向的俄罗斯传统真实观，有强调人之内省灵悟重于外在驯服的正教信仰；但与此同时，很难说其中完全没有高抬主体、向内转的西方现代思潮的影响。至少他在《作家日记》中深情回忆的那批西方作家作品都孕育于，并反过来强化了这一思潮——更准确的说法或许是，正是自身的传统决定了俄罗斯人更容易接受并化用这样的西方现代思想和文学资源。对主体世界的共同强调，让两种真实观有了对话的可能。这

---

① 另一方面，对俄罗斯受教育者"言大于行"这一主题的喜爱也与屠格涅夫长年同德国唯心主义哲学诱惑的作战有关。在作家看来，德国唯心主义哲学让其俄罗斯拥护者精于定义"意义"而无力生活，他们总是相信生活指向某种更高的存在，并以自己为存在之工具。See Jane Tussey Costlow, *Worlds Within Worlds: The Novels of Ivan Turgenev*, New Jersey: Princeton University Press, 1990, pp. 12-16.

② See David Gasperetti, *The Rise of the Russian Novel*, pp. 161-187.

③ 参见陀思妥耶夫斯基：《作家日记》上卷，第100页。

种对话不可避免地充满误读，陀思妥耶夫斯基的否定性表述"人是不可能认识事物的本质的"[①] 和理性主义者关于"思考的经验本身能够作为唯一确定性基础"的肯定性结论终究貌合神离；但无论如何，只有对现代主体的紧张关注和书写，才能让陀思妥耶夫斯基如此清楚地看到自我意识取代上帝成为一切之起点所带来的灾难。最后，其笔下的"地下室人"也好，"人神"也罢，都以极端形式展示了"我思故我不在"，[②] 人在自由中走向了隔绝封闭，在解放中远离了现实生活。

　　关于如何应对这种现代危机，作家们也调用俄罗斯传统与西方反启蒙思想资源进行了严肃探索。《对话卢梭：托尔斯泰与"文明人"的困境》和《追求伟大》两篇文章都将对此有所讨论；但无论如何，对于这批 19 世纪的俄罗斯作家而言，"现代"已经不可避免。他们同样拥抱了各种现代价值，只是并不认为历史至此已经走到了顶峰。对话中，传统既构成了某种路径依赖，也被不断激活和重塑。作为文化间性的产物，俄罗斯作家的创作不仅不是神秘、反智的，反而如伯林通过大量个案力证的，充满了思辨力量和道德勇气。可以说，整个 19 世纪俄罗斯文学正是这个文明体对着西方"发明"出的一个既可被有效辨识，又具有足够创见的新传统。而身处历史之中的作家对此甚至有着强烈自觉。陀思妥耶夫斯基对《安娜·卡列尼娜》的下列著名评论，也是关于一个伟大文学传统已然诞生的宣言：

---

① 参见陀思妥耶夫斯基：《作家日记》上卷，第 100 页。
② See Michael Holquist, *Dostoevsky and the Novel*, Evanston: Northwestern UP, 1977, p. 64.

《安娜·卡列尼娜》乃是艺术作品的尽善尽美之作，而且正巧在当代的欧洲文学作品中没有任何类似的作品可以与它匹敌。其次，就其思想来说，这是一种我们的、与我们**自己**血肉相连的，也正是在欧洲人面前构成我们别具一格、构成我们民族"新的成就"或者起码是它的开端的作品，——这样的见地正是在欧洲听不到的，然而它又非常需要被听到，尽管它傲视一切（黑体为原文所有——引者注）。①

四、回旋与扩散

陀思妥耶夫斯基发表这番言论是在 1877 年，"在当时，这些话可能显得过于大胆、过于自信"，但到梅列日科夫斯基（Д. С. Мережковский）1914 年给《托尔斯泰和陀思妥耶夫斯基》（Толстой и Достоевский）写序言的时候，他已经开始责怪陀思妥耶夫斯基太过保守，对俄罗斯文学的这种世界意义表达得"不够清晰和明确"。② 短短几十年间，俄罗斯文学实现了真正意义上的崛起。这不仅有赖于伟大作品的涌现，更需要在广泛的阅读接受中积累和稳固声名。而且不能否认，这一过程所需的种种文化资源在相当程度上是由既有文学中心掌握并分配的。③ 除了写作本

---

① 陀思妥耶夫斯基：《〈安娜·卡列尼娜〉是具有特殊意义的事实》，收入《作家日记》下卷，张羽、张有福译，第 804-805 页。

② 参见梅列日科夫斯基：《托尔斯泰与陀思妥耶夫斯基》上卷，杨德友译，华夏出版社，2009 年，第 2-3 页。

③ See Pascale Casanova, "Literature as a World", pp. 82-84.

身的跨文化性，俄罗斯文学的"封圣"过程也充满了与西方因素的互动。

　　在商贸、军事等因素的驱动下，西方世界对俄罗斯素有关注。16世纪以来，除了旅行者留下的种种记录，对俄罗斯历史、宗教以及文学作品的翻译都在陆续进行。但总体而言，这种关注十分有限，且多为"野蛮""专制"等负面套话所左右。真正的转折点出现在19世纪后半叶：克里米亚战争（1853—1856）中的直接交锋，以及亚历山大二世在战败后进行的大改革，让俄罗斯与西方对彼此的态度都变得更为微妙，而俄罗斯小说创作的高峰也恰在此时到来。几乎就在俄罗斯作家更积极和多元化地应对西方压力的同时，不再满足于种种刻板印象、对俄罗斯的"真实"情况感到好奇的西方也开始更有意识地译介屠格涅夫、普希金、莱蒙托夫、果戈理等人的作品，译者中不乏梅森堡（Malwida von Meysenbug）这样富有影响力、足可转借自身声名的重要人物。[①] 而对于西方关注的重要性，俄罗斯作家也颇有意识。作为第一位真正在欧洲获得广泛认可的俄罗斯作家，屠格涅夫就一直在精心维护自己的这一声望。1868年12月5日的《帕尔摩报》（*Pall Mall Gazette*）发表了作家致编辑的一封信。屠格涅夫批评了自己作品的译文质量，并郑重地指出："英国公众以这样一种扭曲的方式看到我的作品，对于我来说是特别痛苦的一件事，对于任何一位写作者而言，他们的意见都弥足珍贵。"[②] 这并不完全是一种客套辞令。当有更可靠

---

　　① See Patrick Waddington, "Some Salient Phases of Turgenev's Critical Reception in Britain (Part I: 1853-1870)", in *New Zealand Slavonic Journal*, No. 2 (1980), pp. 18-19.

　　② Qtd. in Patrick Waddington, "Some Salient Phases of Turgenev's Critical Reception in Britain", p. 36.

的译者出现时，屠格涅夫细心地提供了作品的注释版，以及语言、背景方面的翻译建议。根据英国读者（当时他们对俄罗斯文学的热情尚不及法、德诸国）的喜好，他更与合作者一起挑选了译介篇目，参与塑造自身的文学形象。① 待其在西方声望日隆，屠格涅夫又继续向这里的读者推荐了托尔斯泰、谢德林等人的作品，希望俄罗斯文学的整体成就能够得到承认。毫无疑问，俄罗斯知识分子足够丰厚的西学素养，以及与西方文化圈的深度接触为这类文学推介活动提供了便利。

当然，对于这段历史的参与者而言，俄罗斯文学得到承认的过程仍显缓慢。陀思妥耶夫斯基对《安娜·卡列尼娜》的上述赞美，很大程度上也是在回击西方对俄罗斯文化的习惯性轻视——在《作家日记》中，我们时时可以看到作家的抱怨，与俄罗斯人对西方文化的热情投入相比，西方人显得太过冷淡。好在从 19 世纪后半叶到 20 世纪初，俄罗斯与西方诸国政治、外交关系的重大变动，以及西方自身出现的文化转型需求，持续提供了文学跨界传播所需的"东风"。俄罗斯文学引介规模不断扩大，终于在 20 世纪前 20 年引发了空前热潮。陀思妥耶夫斯基本人在文学史中的地位也是到此时方得以确立的。加纳特（Constance Garnett）翻译了托尔斯泰、果戈理、冈察洛夫、奥斯特洛夫斯基以及赫尔岑等作家共 70 余部作品，极大地丰富了英语世界的 19 世纪俄罗斯文学版图，对一众欧洲作家、评论家影响巨大。她于 1912 年推出的《卡拉马佐夫兄弟》（*Братья Карамазовы*, 1880）译本更被认为正

① See Patrick Waddington, "Some Salient Phases of Turgenev's Critical Reception in Britain", pp. 37-42.

式拉开了英国"俄国热"（Russian Fever）的序幕；① 由"六月俱乐部"创立者凡登布鲁克（Arthur Moeller van den Bruck）策划的《陀思妥耶夫斯基全集》（*F. M. Dostojewski: Sämtliche Werke*, 1906—1919）则"一举奠定了陀思妥耶夫斯基在魏玛共和国知识界中的文学霸主地位"。② 与翻译热潮同步，对俄罗斯文学的评论研究也大幅增加。③ 同时期流亡西方的众多俄侨，如梅列日科夫斯基、米尔斯基、克鲁泡特金（П. А. Кропоткин）等都挟裹着不同文化与政治意识主动面向西方言说自身传统（加纳特的翻译即直接得益于俄罗斯无政府主义流亡圈子的指导），乃至亲自用西语写作，帮助俄罗斯文学出现在西方的最佳"视距"中。

毋庸赘言，西方世界在俄罗斯文学中看到的只能是其想看到的东西。因为急需借助外力挑战原有传统，理解并表达现代困境，人们会特别强调俄罗斯文学的内倾，以及形式上的去结构化。19世纪俄罗斯文学被推崇为新的文学"现时"，用以宣判它曾努力破解的那些规范的过时。总体而言，对旧传统的离心力越大，对新资源差异性的包容性也就越大——从19世纪下半叶到20世纪初，西方对俄罗斯作家接受的中心发生了从（似乎最贴合西方传统的）屠格涅夫到（兼具世界主义气质与民族特性的）托尔斯泰，再到（最具"俄罗斯性"的）陀思妥耶夫斯基的滑移；而就个体来看，与俄罗斯作家当年对西方资源的调用一样，面对这场俄罗斯文学

---

① See Gilbert Phelps, "The Early Phases of British Interest in Russian Literature", in *The Slavonic and East European Review*, vol. 36, No. 87 (1958), p. 418.
② 参见洪亮：《凡登布鲁克与"俄国神话"》，载《俄罗斯研究》2013年第6期，第155页。
③ 参见蒋虹：《英国现代主义文学中的俄罗斯影响》，载《外国文学评论》2008年第3期，第41页。

盛宴，亨利·詹姆斯、劳伦斯、艾略特、纪德、托马斯·曼等一大批西方作家采取的具体接受策略也不尽相同。我们将以进入晚期写作的伍尔夫以及身份特异的康拉德为例，展示他们究竟如何通过与俄罗斯文学的对话缓解各自创作中的焦虑，支持关于文学的多种想象。而这段"倒转"的、产出丰富的接受历史也格外有力地证明了不必将地区差异简单换算为进步时序，将文学的现代化等同于西方化，从而以单一标准制定文学发展的时刻表。恰恰只有足够的多样性才能带来更多扩容的可能，帮助包括西方在内的诸文明想象并建构变动中的世界。

　　故此，本书第二部分的标题借用了以赛亚·伯林在《艺术的责任》中的说法，强调俄罗斯文学借西方资源发明出的"新传统"最终又"回旋"到了西方，对西方文学、思想产生了重要影响，甚至构成了西方文化史的一部分。[①] 可以说，在这个过程中，俄罗斯与西方互为磨石，反复碰撞、切磋琢磨，最终打造出了更多文明的"美玉"。伯林自己的自由论和价值多元论就可列入其中。

　　而更进一步，传统不断"回旋"、扩容，影响的不只是俄罗斯与西方：西方对俄罗斯文学的积极翻译与阐释，还帮助其获得了更大的流通空间。以现代中国为例，如国内研究者已经指出的，在"五四新文化运动以来知识界所兴起的俄国文学热"中，中国引入的作品就"多是借助西文译本而再度翻译，且这些选篇和译文确立了中国后来接受 19 世纪俄国文学的基本框架"。[②] 不只是作

---

　　① 参见伯林：《艺术的责任》，第 248 页。
　　② 参见林精华：《俄罗斯问题的西方表述——关于欧美俄苏研究导论》，载《俄罗斯研究》2009 年第 3 期，第 98 页。

品的翻译，在 20 世纪 30 年代中期以前，国人对俄罗斯文学、文学史的评价和解释也都受到了西方这一滤镜的巨大影响（很多时候还应考虑日本这个"三传手"的存在）。巴灵、勃兰兑斯（Georg Brandes）等人的著作几乎是这时期中国学界讨论俄罗斯文学时必须参考的。[①] 而中国的知识分子之所以会如此笃定而快速地投身俄罗斯文学的译介事业，除了人们经常提到的那些历史政治因素，还多少受到了一种微妙心态的影响：同为后发民族，俄罗斯通过自己的文学创作示范了超速进入，乃至超越"中心"的可能，毕竟"俄罗斯当十九世纪初叶，文事始新，渐乃独立，日益昭明，今则已有齐驱先觉诸邦之概，令西欧人士，无不惊其美伟矣"；[②] 有了西方关于 19 世纪以来俄罗斯"于文学界已执欧洲之牛耳"的背书，[③] 俄罗斯文学在进入一个已经深受进化论影响、呼唤文学革命的社会时，无疑会顺利许多。在中、俄的这场对话中，西方始终在场。当然，如本书最后一部分所呈现的，在文明跨界的现场，中国知识分子最终还是会根据自身传统以及不同的政治、文化诉求想象"现时"，对过滤后的俄罗斯文学资源再次加以选择和发挥。现代的"多源"与"多元"在此显露无遗。无论是从其复杂性，还是对现实的影响来看，这段交流史都还值得细细挖掘。

　　而在更广大的文明空间留下足够印记后，俄罗斯文学的崛起与繁荣也进入了世界文学史的书写，成为一种"坚固"的知识。这种认可对整个俄罗斯文明都意义重大：在对内凝聚共同体的同时，

---

　　① 　参见陈建华：《百年中国的俄国文学史研究》，收入刘文飞编：《俄国文学史的多语种书写》，第 49-50 页。

　　② 　参见鲁迅：《摩罗诗力说》，收入《鲁迅全集》第 1 卷，人民文学出版社，2005 年，第 89 页。

　　③ 　参见田汉：《俄罗斯文学思潮之一瞥》，载《民铎》1919 年第 1 卷第 6 号，第 86 页。

文学作为一种民族资本的流通和"兑换"，在相当程度上还改善，或者至少是丰富了各国的俄罗斯想象。[1] 这也反过来巩固了文学在俄罗斯文化的中心地位，让索尔仁尼琴这样的作家在日后的极端形势下仍有信心面向同胞、面向强势的西方发表异见。回旋仍在继续，由此释放出的能量也仍在不断扩散。

概而言之，将近代俄罗斯文学的写作与经典化放置在跨文化语境中加以解读，可以更有效地解释这一文学史上的"奇迹"。这种解释绝非要贬低特定民族传统、历史在俄罗斯文学的崛起过程中产生的影响，而是希望强调这种影响往往是通过与其他文明的复杂互动展开的。所谓"民族文学"并非孤立存在，也绝不会一成不变，在暗藏等级秩序的世界文学空间中，它必须不断以多种形式展现活力，进行再创造。这种主体能动性的艰难发挥与俄罗斯文学的厚重和坚韧之间恰好形成了有力呼应；而这一新的文学传统的发明，也为整个世界文学拓展了空间。

---

[1] 参见弗谢沃洛德·巴格诺：《西方的俄国观》，刘文飞译，载《外国文学评论》2012年第1期，第155-159页。

俄罗斯:"对着"西方说

对话卢梭：托尔斯泰与"文明人"的困境

一、在卢梭的故乡写作

列夫·托尔斯泰对让-雅克·卢梭的推崇众所周知。他 15 岁就戴上了一枚刻有卢梭肖像的纪念章，而直到晚年谈及自己通读这位前辈著作的经历仍兴致盎然，感慨有时会觉得对方的文字仿佛出自自己笔下。① 对于以怀疑多思、反偶像崇拜著称的托尔斯泰而言，这样的热情实属罕见。津科夫斯基（В.В.Зеньковский）在那部经典的俄国哲学史中甚至断言，人们"有权把托尔斯泰的全部观点放在卢梭主义的框架下来加以阐释"。②

除了通过阅读、写作神交，托尔斯泰与卢梭最接近的一次，当数其 1857 年旅欧期间亲至瑞士朝圣，探访留有卢梭或其笔下人

---

① 参见托尔斯泰 1901 年与保尔·鲍耶尔的谈话，转引自巴特利特：《托尔斯泰大传：一个俄国人的一生》，朱建迅等译，现代出版社，2014 年，第 66 页。

② 瓦·瓦·津科夫斯基：《俄国哲学史》上卷，张冰译，人民出版社，2013 年，第 434 页。

物踪迹的山地、村庄以及湖泊瀑布。① 在此之前，这位退役军官已经在巴黎待了近两个月，五光十色的巴黎生活，以及那种他在帝俄时从未享受过的自由一度让其迷醉不能自拔；直到 4 月 6 日观看了一场公开执行的死刑，他才从迷梦中惊醒。杀人机器的精巧，围观者的习以为常，让他痛感文明建制不过是掩盖暴力的谎言。② 托尔斯泰几乎是一路逃至瑞士的。有此前情，更不难理解他会长时间地徒步于经由卢梭妙笔封圣的阿尔卑斯山区，想象自己正与当年那位少年出逃的日内瓦公民一样借助自然之力疗愈被文明撕裂的灵魂。③ 就连在旅途偶遇一位法语流畅、辩才无碍的瑞士青年，他也会立时联想到卢梭。④

事实上，托尔斯泰逃离巴黎时，这一时期与其交往甚密的屠格涅夫已在他身上看到了卢梭的影子，并预言其强烈的道德诉求不会因为旅行地的更换而得到长久满足。⑤ 果然，就像《爱弥儿》（*Emile ou De L'education*, 1762）在巴黎被查禁后卢梭逃回瑞士，

---

① 参见巴特利特：《托尔斯泰大传》，第 134 页。

② 观刑前后托尔斯泰对巴黎的不同印象最集中地体现在其 4 月 5 日—6 日给鲍特金写的信中。参见列夫·托尔斯泰：《致瓦·彼·鲍特金（1857 年 4 月 5—6 日）》，收入苏·阿·罗扎诺娃编：《思想通信》上卷，马肇元、冯明霞译，文化艺术出版社，1997 年，第 191-193 页；另可参见托尔斯泰：《日记》，《列夫·托尔斯泰文集》第 17 卷，陈馥、郑揆译，人民文学出版社，2013 年，第 74-76 页。

③ 18 世纪时阿尔卑斯山区在（前）浪漫主义浪潮的塑造下变成一片具有精神治疗效果的接近天堂之地。而作为"18 世纪的第一畅销书"，卢梭《新爱洛漪斯》（*Julie ou la Nouvelle Héloïse*, 1761）"对阿尔卑斯山显赫名声的贡献比任何出版物都多"，它极大地促进了阿尔卑斯山区的旅游业。参见蒂莫西·C.W. 布莱宁：《浪漫主义革命：缔造现代世界的人文运动》，袁子奇译，中信出版集团，2017 年，第 162-163 页。至于卢梭少年出逃时经历的那场让其肉体和精神都沉浸在"有生以来最幸福的状态中"的阿尔卑斯之旅，参见卢梭：《忏悔录》，范希衡等译，人民文学出版社，2017 年，第 54-55 页。

④ 参见托尔斯泰：《托尔斯泰日记》上册，雷成德译，陕西人民出版社，1998 年，第 238 页。

⑤ См.: Н. Н.Гусев, *Л. Н. Толстой. Материалы к биографии с 1855 по 1869 год*, М.: Наука, 1957, с. 195-196.

却遭到更残酷的打击一样，托尔斯泰也很快在"这个文明、自由
和平等达到最高水平"的共和国再次受挫[1]：7月7日晚，旅居卢塞
恩的作家邀一位流浪歌手在自己入住的瑞士旅馆旁演唱。歌手的
表演极为出色，吸引了不少观众，但演出结束，无人愿意提供些
许赏金表示谢意。激愤之下，作家将歌手带入这家高级旅馆喝酒，
却又被侍役和看门人轻慢，引发一番争执。大感震动的托尔斯泰
将此事记入日记，而到18日，以之为基础创作的小说《卢塞恩》
（"Люцерн"，1857）仅修改一稿即告完成。

　　托尔斯泰很少有这样的写作与定稿速度，这也是他整个旅欧
期间完成的唯一一部作品。[2]一直在其头脑中相伴的卢梭无疑为
其提供了便利的思想抓手。关于这一点，最明显的就是小说着意
引入"英国游客"这一形象，构拟出"文明"与"自然"的卢梭式两
极，并以此结构全篇：在现代旅游业的发明与形塑过程中，富裕
且在社会、空间意义上都更具流动性的英国人起到了关键作用。
还在19世纪30年代，"英国游客无处不在"的印象就已流行于欧
洲各国。[3]而从卡拉姆津的游记开始，摈弃了大陆旅行之智性意
涵、通过快速消费获得愉悦的英国游客更扮演着俄罗斯精英旅行

　　① 托尔斯泰：《卢塞恩》，收入《列夫·托尔斯泰文集》第3卷，芳信译，第24页。文中所引小说译文均引自这一版本，后文仅随文标注著作首字及页码，不再另注。
　　② См.: Н. Н.Гусев, *Л. Н. Толстой. Материалы к биографии с 1855 по 1869 год*, с. 213-214.
　　③ See Hartmut Berghoff et.al. eds., *The Making of Modern Tourism: The Cultural History of the British Experience, 1600-2000*, N.Y.: Palgrave MacMillan, 2002, p. 2.

者构建自身形象的重要他者。^①虽然细察托尔斯泰此前那些旅行
记录和书信，英国游客其实并未引起比他国游客更多的恶感，包
括在 7 月 7 日的日记中，他也仅以"一群人"和"阳台上的人"笼
统称呼围观、嘲弄歌手的人，^②但一旦在创作中需要制造戏剧性冲
突，"英国游客"这一累积了丰富文化意涵的形象即刻被调用。还
在歌手出场前，第一人称叙事者就用大量篇幅讲述了英国游客如
何干扰了自己的旅行。他们的消费需要、趣味以及金钱强势侵入
并改造了卢塞恩的景观。当"我"尝试融入活力漫溢、无拘无束
的大自然时，那些"寒碜的、庸俗的、人造的东西"，如讲究的服
饰，笔直的人工堤岸，用支柱撑着的菩提树和绿色的长椅等破坏
了整幅画面，自然沦为功用性的活动背景，"我的视线老是不由自
主地和那条直得可怕的堤岸线发生冲突，而且我心里直想推开它，
毁掉它，就像要把眼睛下面鼻子上的那颗黑点擦掉一样；可是英
国人散步的那条堤岸还是在原来的地方"（《卢》: 2 ）；同样，公共
餐桌上保持的那种严格的英式礼节也只让人感到压抑不堪。人们
精心掩藏着内心活动，与他人的交流被认为是不必要且不得体的
（《卢》: 3 ）。在"我"的这类指认下，物质富足、谨守规范的英国
游客完全成为"在与别人交往时只想着自己，而另一方面在理解

---

①　See Susan Layton, "Our Travelers and the English: A Russian Topos from Nikolai Karamzin to 1848", in *The Slavic and East European Journal*, vol. 56, No. 1 (Spring, 2012), pp. 1-20. 英国游客也极大地影响了 19 世纪俄罗斯人对"旅游"的理解和对相关语词的使用。См.: М. П. Алексеев, *Русско-английские литературные связи (XVII век -- первая половина XIX века)*, М.: Наука, 1982, с. 574-656.

②　参见托尔斯泰：《日记》，第78页。

自己时却只想到他人"的"文明人"的代表，^①与他们相关的一切都指向了自然天性与公共意见、本真与外在表现之间的严重分裂。

　　而随着淳朴、自然的流浪歌手登场，《卢塞恩》将"英国游客"处理为一个文明符号并借之发力的痕迹变得更为明显。虽然与日记所记一致，围观人群的民族身份依然混杂不明（从歌手用生僻的德语方言发言能够引来阵阵笑声这一细节来看，英国游客甚至并非现场人群的主体），写作中的一处改动更证明小说为了凸显普遍人性，有意淡化民族特殊性，^②然而，心情沉重的"我"却偏偏将自己在旅馆门口偶遇的一家英国人强拉进了事件当中，因为他们心安理得地享受着优渥生活而"突然不禁把他们和那刚才羞惭地逃避嘲笑的人群的、疲惫或许饥饿的流浪歌手做了一个对比，我明白了刚才像石头似的压在我心头的是什么，同时，对这些人感到了说不出的义愤"（《卢》：11）。换言之，这些根本未曾见过歌手的文明人之所以并非无辜，是因为他们的生存就建立在对他人劳动的压榨上，有违自然。无论是否自觉，他们都依靠经济、法律制度巩固既有的不平等，维护了一种隐性却更持久的暴力；不

---

　　① 参见阿兰·布鲁姆：《爱弥儿》，收入《巨人与侏儒（1960—1990）》，张辉等译，华夏出版社，2020年，第189页。

　　② 定稿中，"我"追问："为什么在德国、法国或意大利的任何一个乡村里不可能有的这个惨无人道的事实，……在这个来自最文明的国家的最文明的旅行者云集的地方，会有可能呢？"（《卢》：23-24）而在原稿中，此处作为正面形象列举的，本来是"俄国、法国或意大利的乡村"。无论是从"我"熟悉、了解的程度，还是俄罗斯乡村这时期被各派知识分子普遍认可的传统意涵来考量，这一改动都很难说通，只可能将之解释为作家在有意识地淡化小说的民族和地方色彩。See John Gooding, "Toward *War and Peace*: Tolstoy's Nekhliudov in *Lucerne*", in *The Russian Review*, vol. 48, No. 4 (Oct., 1989), p. 396. 关于小说初稿情况，本文主要参考了托尔斯泰90卷版全集第5卷中关于《卢塞恩》的长篇注解。此处初稿文字参见：Л.Н. Толстой, *Произведения, 1856-1859// Полное собрание сочинений в 90 томах*, ред. В.Г. Чертков, Т. 5, М.: Государственное издательство Художественная литература,1935, с. 282.

止于此，为了让英国游客与歌手事件发生切实联系，作家没有让小说像日记所载的那样结束于与看门人、侍役的冲突，而是干脆又虚构了一对英国夫妇对身份低下的歌手和自己在同一个大厅用餐提出抗议（《卢》: 20）。无论是作为原本有足够经济能力表现人类恻隐之心的人，还是作为身份等级规范的制定者和示范者，他们显然都更适合为小说的文明批判充当靶子。①

最终，第一人称叙事者得以顺利宣布，7 月 7 日发生的"是一件和人性的永恒的丑恶面无关，而和社会发展的某个时期有关的事。这个事实不是人类活动史的资料，而是进步和文明史的史料"（《卢》: 23）。这几乎就是卢梭哲学基石的重述：恶不是来自自然人性，而是文明的产物，正是现代社会造成了人性的堕落。诚然，在此前发表的《两个骠骑兵》（"Два гусара", 1856）中，托尔斯泰就已展现出对现代生活的批判态度和对传统的留恋；然而，这部小说塑造的子辈最后表现出的仍主要是上流社会的惯有恶习，读者还很难在其精神世界与小说开篇提到的俄罗斯现代化变革之间找到具体关联。只有在自己的欧洲旅行中真切地感受到了物质高度繁荣下人的异化，托尔斯泰才开始与现代文明之恶正面交锋。②如果说，从巴黎观刑到瑞士漫游，托尔斯泰的卢梭阅读经验被大力激活，那么这些经验如今又反过来影响了作家理解现实。在 11日写成的作品初稿中，作家甚至直接点明歌手事件证明了"卢梭

---

① See John Gooding, "Toward *War and Peace*", p. 393.

② See John Gooding, "Toward *War and Peace*", p. 386. 也有评论家认为《两个骠骑兵》中的小图尔宾是"狭隘的实用主义和谨慎的纯理性主义"这一新时代主要特征的代表人物，但并未在小说中找到相关佐证。参见米·赫拉普钦科：《艺术家托尔斯泰》，刘逢祺、张捷译，上海译文出版社，1987 年，第 49 页。而随后，在讨论《卢塞恩》时，赫拉普钦科同样认为"托尔斯泰对文明本身及其福利的怀疑，是在接触到 19 世纪资产阶级文明的现实矛盾时产生的"（同上，第 53 页）。

有关文明有害道德的说法并非信口胡诌”。①

　　但在注意到卢梭的在场后，真正有意思的却是，《卢塞恩》最终并未成为一部图解卢梭思想的作品。恰恰相反，不久前曾称托尔斯泰让人联想到卢梭的屠格涅夫直指作品除了卢梭思想还杂糅了大量别的东西，是个“大杂烩”。②《卢塞恩》的混杂，尤其是结尾的急转更在后世引发诸多关注。虽然鲜有将之视为托尔斯泰之佳篇力作的，评论家却从社会批判、神学探索以至身份意识等角度指出这部小说有着与其短小篇幅并不相符的容量和突破性意义。③ 如下面将讨论的，相关论说未必全然正确；但它们却已足以松动津科夫斯基的论断：即使在最为亲近卢梭的时刻，托尔斯泰也并未亦步亦趋，其思想活动甚至异常活跃。在抓住卢梭递过的抓手向上攀登时，他也将一些典型的卢梭问题加以推进或转换——无论是基于慎重的思想辨析，还是因为影响焦虑下的隐秘心理，小说最后的版本删除了初稿中直接肯定卢梭观点的那处文

① Л.Н. Толстой, *Произведения, 1856—1859*, c. 282.

② См.: Н. Н.Гусев, *Л. Н. Толстой. Материалы к биографии с 1855 по 1869 год*, c. 223.

③ 苏联研究者多引用列宁在《托尔斯泰和他的时代》（“Толстой и его эпоха”, 1911）中的看法，高度肯定作品对资本主义文明的批判，同时批评小说结尾的回缩标志着托尔斯泰主义的开端。См.: Н. Н.Гусев, *Л. Н. Толстой. Материалы к биографии с 1855 по 1869 год*, c. 221；另参见贝奇柯夫《托尔斯泰评传》，吴均燮译，人民文学出版社，1981 年，第 73-74 页。而从一种神学视角出发，古斯塔夫森（Richard F. Gustafson）在其经典研究著作中认为恰恰是篇幅不长的《卢塞恩》提供了“疏离 - 融入 - 再疏离”这一托尔斯泰核心叙事模式的完整样本，作品中的断裂揭示出了作家本人在“定居者”（resident）与“异乡人”（stranger）两个角色间的痛苦徘徊。See Richard F. Gustafson, *Leo Tolstoy: Resident and Stranger. A Study in Fiction and Theology*, Princeton: Princeton University Press, 1989, pp. 22-26；古丁（John Gooding）则延续并大大推进了艾亨鲍姆对《卢塞恩》与《战争与和平》关系的讨论（См.: Б. М. Эйхенбаум, *Лев Толстой: исследования, статьи*, ред. И. Н. Сухих, СПб.: Факультет филологии и искусств СПбГУ, 2009, c. 44），认为作家通过《卢塞恩》的写作解决了面对底层民众的身份危机，并为《战争与和平》对俄罗斯内部阶层矛盾的淡化处理积累了经验。See John Gooding, “Toward *War and Peace*”, pp. 383-402.

字。在这场对话，或曰近身搏斗中，作家自身思想的一些特异之处得以凸显。

二、批判文明的"文明人"

在对歌手事件的解释，尤其是对"文明"—"自然"二元结构的构造方面，《卢塞恩》的确有着强烈的预设。但对于具体以何种形式讲述此次经历，托尔斯泰颇费了一番思量。刚着手写作的他计划以"国外来信"这一常见的旅行书写形式呈现 7 月 7 日事件，上文已经提到的作品初稿中有一段重要的引语："我"希望与（假想的）收信人所办杂志的读者分享卢塞恩经历带给"我"的强烈印象，并且相信它们不难激发读者的兴趣。[①]但到 15 日修改初稿时，托尔斯泰删掉了上述引语，将作品从书信投稿转为一篇纯粹的个人手记。篇首清晰标注的"摘自涅赫柳多夫公爵手记"（Из записок князя Д. Нехлюдова）以及写作时间"7 月 8 日"，加上"昨天晚上我到了卢塞恩"这一利落开篇均凸显了文字的即时性，营造出其所载记忆与情感十分真实、未深度加工的印象。

更重要的是，私密手记这一形式也将作品的重心从事件本身更多地转向了叙事者紧张的自我审视。酷爱卢梭《忏悔录》（*Les Confessions*，1782—1789）、晚年还将推出同名作品的托尔斯泰在初登文坛时的那些自传性作品中就已开始"模仿这位法国 - 瑞士思想家无情剖析自己时坦率而犀利的风格"。[②]只要足够真诚就能

---

① См.: Л.Н. Толстой, *Произведения, 1856-1859*, с. 280.

② 巴特利特：《托尔斯泰大传》，第 74 页。

通过语言无损地呈现真实的自我，这是卢梭助力打造的一个经典神话。通过将同一和完整性的根源从上帝转移到自我，他示范的世俗忏悔"极大地扩展了内在之声的范围"，也是"现代文化转向更深刻的内在深度性和激进自律的出发点"。[①] 因歌手事件心神不宁的托尔斯泰对"涅赫柳多夫"这个第一人称叙事者的选择正凸显了这方面的诉求。这位公爵从克里米亚战争时期开始就频频出现在托尔斯泰作品中，性格与精神气质有明显的延续性：纯洁自律，同时热切渴望得到他人认同。[②] 他的许多经历更不免让人联想到托尔斯泰本人。[③] 尤其是作家出国前不久发表的以涅赫柳多夫为主人公的短篇小说《一个地主的早晨》（"Утро помещика"，1856），更直接反映了托尔斯泰本人彼时面临的一重身份困境：1856 年 3 月亚历山大二世发表要"自上而下"废除农奴制的著名演说后不久，托尔斯泰就回到自己的庄园进行改革，一心改善农民生活，结果却更深刻地意识到自己与农民分属两个世界，难消隔阂。《一个地主的早晨》即据此写成，也被评论家称为托尔斯泰自传体三部曲

---

① 参见查尔斯·泰勒：《自我的根源：现代认同的形成》，韩震等译，译林出版社，2016 年，第 520-521 页；See also J. M. Coetzee, "Confession and Double Thoughts: Tolstoy, Rousseau, Dostoevsky", in *Comparative Literature*, 1985, vol. 37, No. 3 (Summer, 1985), pp. 205-213.

② See John Gooding, "Toward *War and Peace*", p. 394.

③ 《台球房记分员笔记》（"Записки маркера", 1855. 主人公和青年托尔斯泰有着颇为相似的堕落经历）和《一个地主的早晨》自不必说，即使在《少年》（*Отрочество*, 1854）与《青年》（*Юность*, 1856）中，涅赫柳多夫也与公认的自传性主人公尼古拉·伊尔捷尼耶夫构成了镜像关系——两人立誓"彼此之间一切都开诚布公"，包括向对方敞开自己最隐秘的精神世界。参见托尔斯泰：《少年》，收入《列夫·托尔斯泰文集》第 1 卷，谢素台译，第 188 页。处于精神关键成长期的伊尔捷尼耶夫一再通过观察这位具有高度道德感，同时又经常在行善过程中陷入自我感动的朋友来认识和塑造自我。对两人交往的描写主要集中在《青年》（收入《列夫·托尔斯泰文集》第 1 卷，谢素台译，2013 年），可重点参阅第 226-227，252-257，274-277、323-326 页。在一定程度上，涅赫柳多夫公爵也可以被认为是托尔斯泰在这两部自传体小说中的另一个自我。

的续篇。① 小说的结尾，不堪现实重负的公爵想象着年轻的赶车人伊柳什卡四处云游的美妙生活，羡慕不已；② 而当这一人物再次亮相、出现在卢塞恩湖畔时，其远游美梦似乎已然成真。可惜，只要精神的危机没有真正解决，现实的压力就无从逃遁。若以一句话概括，《一个地主的早晨》和《卢塞恩》写的其实都是"行善未果"的经历。但唯有在新近完成的这篇小说里，通过采用手记和第一人称叙事的形式，作家才得以借涅赫柳多夫这一自传性形象详细检省行善者的心理，直面困境。

　　于是，我们看到，在小说"文明"——"自然"二元结构的缝隙中不断渗入涅赫柳多夫的自我反思。通过诸多细节他交代了自己如何按头脑中批判文明的剧本来理解乃至引导事件发展，却因此遭遇尴尬：当歌手面对"我"喝酒的邀约、提出可以去家普通的小酒馆时，是"我"不顾对方的几次谢绝，坚持要去"那些曾听过他歌唱的人们住的瑞士旅馆去"，对方只能"装出一副毫无窘态的样子"满足"我"的心愿（《卢》：11-12）；在两人接下来的谈话中，"我"多次暗示对方是"艺术家"，希望对方以被迫害者的身份"分担我对瑞士旅馆的客人们所表示的愤懑"，对方却对此表示惊异，并不接受这种被强加的意义，"我的问题完全没有产生我预期的效果"（《卢》：15-16）。两人的对话就像那瓶被匆忙饮下的名贵香槟，夸张、热烈而又不知所谓，反而是被"我"鄙视的侍者和看门人总是能更准确地领会歌手的话。最富自我揭示意味的文字出现

---

　　① 参见陈燊：《总序》，《列夫·托尔斯泰文集》第 1 卷，第 8 页。
　　② 参见托尔斯泰：《一个地主的早晨》，收入《列夫·托尔斯泰文集》第 2 卷，陈馥译，第 395 页。

在对"我"与看门人的冲突的回忆中。"我"承认，当后者没有摘帽子就走到"我"身旁坐下，这个按照文明社会的等级标准过分随便的动作"触犯了我的自尊心或者虚荣心"，被卡在预期角色与现实之间的"我"终于找到合适对象宣泄酝酿已久的情绪，愤懑而又"暗自喜欢"地大大发作了一番（《卢》: 17-18）。

详细记录下这些隐秘心理的涅赫柳多夫，多少已经意识到了自己在道德与逻辑上的双重破产。他对戏剧性冲突的追求，本身就是极度不自然的，并因此而加剧了他所抨击的那种对他人的冷漠乃至暴力；在批判文明过程中，他也在展示一种只有按照文明人的逻辑才会获得赞赏的趣味与智辩，正如他对窗外山水及歌手流浪生活的浪漫想象同样只可能属于自我意识高度发达、希望暂时挣脱机械生活和庸常世界的文明人。[①] 由于公爵举止过于夸张，歌手甚至一度怀疑他不过是想灌醉自己，像其他有闲人士一样看笑话（《卢》: 17）。换言之，当涅赫柳多夫着意将自己与那些虚伪、造作、自私的"文明人"区隔开时，他眼中的"自然人"准确地指认出了他身上散发出的异类气息。这位熟读默里旅行指南、入住当地最好的旅馆的旅行者（《卢》: 1），是一位批判文明的文明人。他以自我为中心的移情正展现出与对象的疏离，越是专注于自己的感受和需求，他就越是有意识地去"发明"符合心境的风景和故事，也越是陷于自我感动和对现实的简化。

显然，和批评者的看法不同，这时期陷入身份困境的涅赫柳

---

① 关于现代自我的形成与"风景"的发现之间的悖论关系，参见泰勒：《自我的根源》，第428-432页；柄谷行人：《日本现代文学的起源》，赵京华译，中央编译出版社，2013年，第15-22页。

多夫 / 托尔斯泰并没有通过将英国游客指认为罪恶的文明人，成功地将矛盾外移、实现自我的解脱；① 相反，经由一种卢梭式的自我审视和暴露，他以更大的勇气承认了这一困境的难以解决，同时也将卢梭对文明之恶的批判推向了更远处。送走歌手后，依然激动无法入睡的"我"在湖堤久久徘徊，继续反思深入人心的理性原则与进步观念，嘲笑"文明是善，野蛮是恶"的武断判定。但"我"作为文明批判者的失败却让批判的对象从乐观的历史进步论悄然转向了所有"臆想的知识"：

　　一个为了积极解决自己的需要因而被投到善与恶、事实、思考和矛盾这个永远动摇的无限海洋中的人，真是一个不幸的可怜虫！……他只要能了解每种思想都是虚伪的，同时也是真实的就好了！它所以虚伪，是因为它的片面性，是因为人不可能了解全部真理：它所以真实，是因为它表达了人类愿望的一个方面。人们在这个永远动摇不定、没有尽头、无限错综的善恶交错之中给自己作出了分类，又在这个海洋上画出了假想的线，然后盼望海洋也照此自行分开……谁的心里有这样一个善与恶的绝对标准，使他能衡量所有瞬息即逝和错综复杂的事实呢？谁的头脑有那么伟大，即使在静止的过去中也能洞悉和衡量一切事实呢？谁又看见过善与恶并不同时存在的这种情况呢？我又怎么能知道我看见这个比那个更多，并不是因为我的看法错了呢？（《卢》: 25）

---

① See John Gooding, "Toward *War and Peace*", pp. 396-397.

　　人类认知有着无法克服的限度，以有限理性为纷繁世界建立严整秩序、一劳永逸地达成良善生活只是妄念。一路苦心探索真理的涅赫柳多夫公爵得出并接受了有一些问题"永远得不到答案"的残酷结论（《卢》: 25）。唯此，才能理解接下来小说中的那个引发了诸多争议的结尾。反思中的公爵再次远远听见了歌手的妙音：

　　"不，"我不禁对自己说，"你没有权力可怜他，也没有权力为那勋爵的富裕生气。谁曾在天平上称过这些人之中每个人的内在的幸福呢？……谁知道是不是所有这些人的心里，正像那个矮小的人儿（指歌手——引者注）的心里一样，也有那种毫无牵挂的、柔和的生之喜悦和与世无争的胸襟呢？允许和命令这一切矛盾都存在的神的慈悲和智慧是广大无边的。只有你，渺小的可怜虫，鲁莽而放肆地想要洞悉他的法则和他的意图的可怜虫，只有你，才觉得有矛盾。他从他那光辉超绝的高处，温存地俯视着而且欣赏着你们大家生活于其中的那充满矛盾而又永不止息地前进着的无限和谐。你居然骄傲自满地想摆脱这个普遍的法则。这是不行的！"（《卢》: 26）

　　在此，文明批判的烈焰似乎完全熄灭。自传性主人公思考的已经不仅仅是作为人类认知、改造世界之结晶的文明为何反而带来了退步，他走得如此之远，甚至对自己认知与介入现实的权力也产生了怀疑：他和他的那些善举并非歌手所需，他对文明之恶的揭示更可能遮蔽了另一部分真相。涅赫柳多夫最终转向了一种寂静主义，放弃对整个事件的解释权，并表现出无限的谦卑，而这种谦卑在卢梭的忏悔中一直被认为是严重缺失的。[①]要解释这种分歧，别尔嘉耶夫关于俄罗斯虚无主义的分析无疑极富启发性。和同时代的许多俄罗斯知识分子一样，托尔斯泰身上有着根植于特定传统的强烈罪感和禁欲主义，更容易从根本上否定文化创造的积极意义。[②]引文最后对更高权威的呼求也不免让人相信，作家从卢梭的"人义论"转回了奥古斯丁的"神义论"，转回了将个体的救赎交给神恩的宗教忏悔。[③]但如果和陀思妥耶夫斯基那篇更有名的、直接对卢梭《忏悔录》发起挑战的手记稍作比较，就不难发现，《卢塞恩》并没有怀疑个体通过内心审视可以揭示关于自我的真相："我"没有因为无限回溯忏悔背后自我辩护和自我炫耀的动机（也即无法克服的所谓"罪性"）而陷入"地下室人"的那种混乱、分裂。[④]在"我"对行善未果的条分缕析背后始终可以看到一个坚实的理性主体。"我"对事件中每个时刻的感受都加以清晰追索，并以此为基础一步步推导出自己在生活的汪洋中所处的位置。而最终，"我"也有勇气和能力说出自己依靠理性推导出的全部结论，哪怕这个结论质疑的是理性本身，是自身认知的限度。仅就这一点而言，在思想的光谱中托尔斯泰仍然更靠近18世纪的启蒙

[①]　参见欧文·白璧德：《卢梭与浪漫主义》，孙宜学译，商务印书馆，2019年，第129-131页。
[②]　参见尼·别尔嘉耶夫：《俄罗斯思想》，雷永生、邱守娟译，生活·读书·新知三联书店，2004年，第138-139页。
[③]　关于卢梭代表的世俗忏悔与基督教忏悔传统的差异，参见曹蕾：《自传忏悔：从奥古斯丁到卢梭》，中国社会科学出版社，2012年，第145-182页。
[④]　《地下室手记》嘲讽了卢梭提出的"自然的和真实的人"，并支持海涅关于卢梭在《忏悔录》中有意识地撒谎的观点。见陀思妥耶夫斯基：《地下室手记》，收入《地下室手记（中短篇小说集）》，刘逢祺等译，河北教育出版社，2010年，第177，206-207页。陀思妥耶夫斯基在多部作品中都复现了"地下室人"那种无限回溯动机的忏悔，颠覆了"真实自我"这一概念，并相信只有依靠神恩才能终止自我的自辩自欺，参见：J. M. Coetzee, "Confession and Double Thoughts", pp. 215-230.

思想家，哪怕是攻击启蒙，依托的也是启蒙运动的原则，是"在个人一己的切身体验里寻找价值"。①

事实上，正因为总是提出简单却关乎根本，而自己又无法回答的问题，托尔斯泰才被冠以"虚无主义者"之名，"然而他确实无意为破坏而破坏。世间万事，他只最想知道真理"。② 相较于对现世的否定，俄罗斯传统带给托尔斯泰的影响更多的是对一种融合了真实性与正义性的真理的执着追求。在对 7 月 7 日事件的解释中，托尔斯泰表现出的与卢梭思想的真正分歧即在于，他虽同样珍视自我的揭示和表达，但并不承认它们具有卢梭所赋予的绝对价值，更不会像后者那样以对真诚的肯定代替最后的善恶判断。卢梭在《忏悔录》中确实大胆地承认了自己的诸多不堪经历，但因为将成为 / 表达"真实的自己"视为最高的善，不再需要对这个"自己"究竟如何进行道德审视，他可以一边自曝其恶，一边骄傲地宣告没有人敢对审判者说出"我比这个人好"。③ 而对于托尔斯泰而言，对自我意识的关注是通往真理的过程却非目的本身。如我们所见，小说主人公通过对事件的书写呈现的不是自我的强大、个性的独特，而是过分以自我为中心的个体因为无法与现实和他人建立切实联系，理性的限度进一步凸显，导致了更严重的虚假与认识论暴力。从与卢梭对话的角度来看，《卢塞恩》结尾表现出

---

① 以赛亚·伯林：《托尔斯泰与启蒙》，收入《俄国思想家》，彭淮栋译，译林出版社，2003 年，第 283 页。

② 伯林：《托尔斯泰与启蒙》，第 280 页。

③ 参见卢梭：《忏悔录》，范希衡等译，人民文学出版社，2017 年，第 4 页。关于卢梭开启的用真伪代替善恶的现代传统，参见布鲁姆：《爱弥儿》，第 187-188 页；Arthur M. Melzer, "Rousseau and the Modern Cult of Sincerity", in *The Legacy of Rousseau*, Clifford Orwin and Nathan Tarcov eds., Chicago: University of Chicago Press, 1997, pp. 286-288.

的谦卑与其说是社会批判意义上的回缩，不如说是在反思理性与理性主体方面的继续推进。外部世界的腐败堕落不仅不足以让那个被卢梭高抬的自我免责，还对其道德取向提出了更严苛的要求。

至于小说最后那些易让人生出宗教之思的文字，据托尔斯泰晚年自述，调用的其实是在俄罗斯知识界流行一时的黑格尔"世界和谐"说。[①] 主张世界处于不断自我完善的过程中，以历史的理解取代神学，本就已高度理性化；而在几年后的《战争与和平》中，作家又进一步抛弃了这种本质上仍为"臆想的知识"的形而上学体系，力陈神意固然已无法为现代人提供支点，但历史之必然性也无法以理性左右或解释。在其思想剃刀的持续挥进下，人是否可能，以及如何在历史中获得幸福成了一个更难回答的问题。和涅赫柳多夫一样意识到"我们只知道我们一无所知。这就是人类智慧的顶点"的皮埃尔将在探索中经历更多的打击，但也将表现出更多的勇气。[②]

三、"文明人"的艺术能否通往"自然"？

并非偶然，写作《卢塞恩》期间，托尔斯泰也在信件、日记中留下了许多关于文学创作的思考：尽管此前推出的一系列作品广受好评，自 1855 年离开克里米亚战场进入彼得堡文学圈后，托尔斯泰对自己创作的意义日感困惑。这位严苛的自我审查者怀疑，

---

①　См.: Н. Н.Гусев, *Л. Н. Толстой. Материалы к биографии с 1855 по 1869 год*, с. 222.

②　托尔斯泰：《战争与和平》，收入《列夫·托尔斯泰文集》第 6 卷，刘辽逸译，第 436 页；See John Gooding, "Toward *War and Peace*", p. 400.

自己和那些精致文雅的同行虽以公众的教育者自居，实则只是在提供一些能够轻松赢得荣誉与金钱的陈词滥调，完全回避了关于自我和生活的本质问题。[1] 换言之，他担心自己写作的正是卢梭在《论科学与艺术》（"Discours sur les sciences et les arts"，1750）以及《致达朗贝尔的信》（"Lettre à d'Alembert sur les spectacles"，1758）中严厉指责的那种伴随着大众阅读兴起而流行开来的媚俗文学——在提供和迎合流行意见的过程中，艺术家与读者失去了个体的真实。[2] 除了庄园改革停滞不前，对于是否要成为一位职业作家举棋不定，也是托尔斯泰 1857 年仓促赴欧的一个重要原因。而经历了巴黎观刑事件后，他对流行话语精心维护的进步神话产生了根本怀疑。7 月 11 日，正加速推进《卢塞恩》写作的托尔斯泰在日记中鼓励自己"要大胆一些，否则除了优雅妩媚（грациозный）的东西以外什么也没有，而我得说许多新的有道理

---

[1] 参见托尔斯泰：《忏悔录》，收入《列夫·托尔斯泰文集》第 15 卷，冯增义译，第 8-11 页。

[2] 参见古热维奇：《卢梭论文艺与科学》，收入卢梭：《论科学和文艺（笺注本）》，刘小枫等译，华东师范大学出版社，2021 年，第 212-215 页。在传统解释中，托尔斯泰这一时期的创作与思想危机也经常被归结为他卷入了俄罗斯知识界民主主义与自由主义阵营之争，并因与后者亲近，接受了其纯艺术论而远离现实与人民。然而，细看托尔斯泰 19 世纪 50 年代中后期与两派代表人物的通信，作家反对新思潮，与其说是因为主张艺术要超然于现实，不如说是因为相信存在永恒真理和普遍人性——这种信仰不仅是其对"自然"状态的想象的基础，也让他终身坚持一定存在某种普适且绝对的美学标准。而一旦依附和紧跟本身就充满谎言、带来严重分裂的现实政治，艺术也会变得虚假和"凶狠"，不可能触及真理，更会远离他渴望的那种爱的结合。参见托尔斯泰：《致尼·阿·涅克拉索夫（1856 年 7 月 2 日）》，收入罗扎诺娃编：《思想通信》上卷，第 36-37 页；See Tatyana Gershkovich, "Infecting, Simulating, Judging: Tolstoy's Search for an Aesthetic Standard", in *Journal of the History of Ideas*, vol. 74, No. 1 (2013), p. 115. 事实上，托尔斯泰一方面固然无法接受激进派那种揭露性艺术，另一方面，作为文明的批判者，他也从未有过纯艺术论者那种带有精英主义色彩的"（艺术）从来都只为极少数的人所享有"的论调，参见鲍特金：《致列·尼·托尔斯泰（1857 年 12 月 4 日）》，收入罗扎诺娃编：《思想通信》上卷，第 213 页。对于托尔斯泰而言，这两派其实都是他日益怀疑的进步主义的倡导者。

的（дельный）话"。① 在梳理了托尔斯泰这一时期几部作品写作的情况后，艾亨鲍姆（Б. М. Эйхенбаум）指出这里的"优雅的东西"主要是指迟迟未能完稿的、浪漫主义气息浓郁的短篇小说《阿尔贝特》（"Альберт"，1858）。② 但联系《卢塞恩》写作的特殊情境，年轻的作家渴望完成的更像是一次整体的革新。正在想象中与卢梭同行、大力批判文明之恶的他进一步明确了自己的写作不应成为文明驯化人心的工具，徒然"给人们身上的枷锁装点许多花环"。③

　　有必要细加审辨的是，卢梭关于艺术的思考有很强的政治关怀。正如在《社会契约论》（"Du Contrat social"，1762）中他尝试以"自己强迫自己"的奇特逻辑协调自由与威权，在考虑艺术在公共生活中应扮演什么角色时，他也同样将政治视角（对共同体的忠诚）与自然视角（对内在自我的忠实）并举，在批评文艺造成人与自己的疏离的同时，又对有利于培养公民美德、让个体能"自愿"地践行公民义务的艺术表示肯定，并不认为其中存在什么矛盾；④ 而托尔斯泰对政治生活缺乏兴趣和信心。旅欧期间的观察

---

　　① 托尔斯泰：《日记》，第 78 页。译文略有改动。

　　② Б. М. Эйхенбаум, *Лев Толстой : исследования, статьи*, с. 301. 在 1857 年旅行中托尔斯泰更多的创作精力其实投注于《阿尔贝特》以及后来被命名为《哥萨克》（"Казаки"，1863）的小说。绝非偶然地，在这两部作品中也都出现了"忏悔的文明人"，他们都试图通过行善，乃至自我牺牲获得幸福，结果却让情况变得更糟（《哥萨克》前后构思有重大调整，但"文明人"面对哥萨克／"自然人"的尴尬始终存在，且在 19 世纪 60 年代初的最后修改中被强化。具体写作过程可参看赫拉普钦科：《艺术家托尔斯泰》，第 62-63 页）。

　　③ 卢梭：《论科学与艺术的复兴是否有助于使风俗日趋纯朴》，李平沤译，商务印书馆，2016 年，第 10 页。

　　④ 参见凯利：《卢梭与反对（或拥护）文艺的个案》，收入卢梭：《论科学和文艺（笺注本）》，第 285-288 页。或者说，在卢梭看来，"分担共同体的关切和热望"对于注定只能存在于社会中的人而言就是"自然视角"。参见古热维奇：《卢梭论文艺与科学》，第 209-210 页。

所得，以及对法国革命史、无政府主义者作品的阅读甚至让他进一步将"道德法则"以及应该"永远给人以幸福"的"艺术规律"与虚伪的"政治法则"对立起来。① 这使得他的艺术方案较之卢梭的有着更强的理想化色彩，在"保留绝妙的自然的真实"方面，也显得更为激进② ——从前文对小说主人公以及结尾的分析其实已经可以看出，托尔斯泰所理解的"自然"从根本上说并非个体权利意义上的自由、不依附他人，而更侧重人格完整，以及因此而具备的把握真理的直觉；他想象中共同体的理想状态也区别于理性考量下以权利关系为基础的政治集合，指向以爱为基础的人类团结。③相对应的，托尔斯泰所说的"给人以幸福"的艺术就是能够让人回到上述"自然"状态，分享真理并促进人与人精神连接的艺术。这或许也解释了为什么托尔斯泰尚在写作过程中就热切希望与他人分享包含"有道理的话"的《卢塞恩》。9日在写给好友鲍特金（В. П. Боткин）、预告自己将推出这部小说的一封信件中，作家坦承："在我写作的时候，我希望的只有一点，就是别人，跟我心性相近的人，能乐我之所乐，恨我之所恨，或泣我之所泣。"④ 而在初稿那段介绍写作缘由的引语中，"我"提到自己过往也会写些文字和友人交换意见，但歌手事件给自己带来的印象如此之强烈，除了通过写作释放情绪，"我"也希望"它像影响我的哪怕百分之一

① 参见托尔斯泰：《致瓦·彼·鲍特金（1857年4月5-6日）》，第192-193页；См.: Н. Н.Гусев, Л. Н. Толстой. Материалы к биографии с 1855 по 1869 год, с. 214-217.

② 参见别尔嘉耶夫：《俄罗斯思想》，第137-138页。

③ See Richard F. Gustafson, Leo Tolstoy: Resident and Stranger, p. 9.

④ 托尔斯泰：《致瓦·彼·鲍特金（1857年7月9日）》，收入罗扎诺娃编：《思想通信》上卷，第200-201页。

那样影响读者"。① 这些表达已经很容易让人联想到托尔斯泰后来在长篇论文《什么是艺术》（"Что такое искусство？"，1898）中提出的"感染论"，即艺术是一种交流行为，其最高价值即在于消除艺术家与受众之间的界限，带来精神的共鸣与提升。②

而在小说中托尔斯泰更直接塑造了他心目中理想的艺术家形象：并无任何世俗权势，甚至拒绝以艺术家自称的流浪歌手以真挚歌声成功感染了陷于分裂、麻木的文明人，唤起了他们对美好事物的本能向往。诚然，托尔斯泰一直对音乐这一艺术形式青睐有加，视之为多样而又和谐统一的自然状态的绝妙"比喻"，③ 在更早动笔的《阿尔贝特》中，他也已塑造过一位表演极具感染力的小提琴家；但在《卢塞恩》中，托尔斯泰明显对歌手形象进行了一种去浪漫化的处理。小提琴手在演出时和在日常生活中有着截然不同的两副面孔，因为惊人才华不为世俗力量所珍视、炽热情感遭遇重挫而走向自我毁灭，他的命运被赋以强烈的戏剧性；而对于流浪歌手来说，演唱就是日常。作为自然人的代表，他演唱是因为谋生需要而非消遣，面对他，公爵甚至不可能像在《一个地主的早晨》中想象伊柳什卡赶车生活那样继续自己的浪漫幻想，"与其说他是个艺术家，不如说他是个贫穷的小贩"（《卢》：13）。但也唯其如此，"我"和其他听众的反应更有力地证明了"自然"的魅力——歌手的演唱松弛而灵活，"重唱每一段时，每次唱法都

---

① См.: Л.Н. Толстой, *Произведения, 1856—1859*, c. 280.

② 参见列夫·托尔斯泰：《什么是艺术？》，收入《列夫·托尔斯泰文集》第14卷，丰陈宝译，第245页。

③ See Richard F. Gustafson, *Leo Tolstoy: Resident and Stranger*, p. 9; see also Alexandra Tolstoy, "Tolstoy and Music", in *The Russian Review*, vol. 17, No. 4 (Oct., 1958), p. 258.

不相同，而且显然，所有这些美妙的变化都是他信口唱来，即兴想起的"（《卢》: 7）。欣赏着这样的自然之声，那些锦衣华服的贵妇人、绅士们和侍者、看门人以及厨师终于暂时忘却了文明的等级规范，他们"都聚集在一块儿了，站住了。都好像体会到了我所体会到的同样的感觉"，而在歌唱间隔中传来的那些水声，那些"断断续续、带着颤音的蛙声，混合着鹌鹑的清脆单调的啼声"更让歌手和他的听众在共情中融入一个广大和谐的世界之中（《卢》: 7）。

透过对演唱场景的描绘，托尔斯泰似乎已经找到了从所谓媚俗艺术解套的办法。虽然同样是强调参与而非展示，强调通过养护而非损害个体真实性提供相互认同的基础，他对好的艺术的想象是属于文学家而非政治思想家的（不妨将这些文字与卢梭关于英国小说有助培育英国男人和女人对秩序、天职的敬服的描述加以对比[1]），甚至本质上仍是高度浪漫化的。可惜，如前文已经讨论的，托尔斯泰锋利的思想剃刀一往无前，在将卢梭的文明批判推向极致后，其美好的艺术设想也闪现出了致命漏洞："我"在严苛的自我剖析中意识到，习惯以有限理性、自我意识组织生活的文明人即使追求自然，也难免引入新的不自然、不平等。如果说，像歌手那样的"真正"的自然人可以凭借直觉和本能把握真理，那么像"我"以及托尔斯泰本人这样的文明人是否还有可能做到这一点？若文明人终究只能表演自然，那么除了已被文明污染过的识

---

① 参见卢梭：《致达朗贝尔的信》，李平沤译，商务印书馆，2011年，第117-118页。对卢梭与英国小说亲缘关系的讨论可参见莱昂内尔·特里林：《诚与真：诺顿演讲集（1969—1970）》，刘佳林译，江苏教育出版社，2006年，第71-74页。

见与情感，他们又还能分享什么？ ①

　　这并非无聊的思辨游戏。小说家托尔斯泰在现实中很快就遭遇了涅赫柳多夫式的困境：虽然作家自己十分满意和看重，刊登于同年《现代人》（*Современник*）第九期的《卢塞恩》成为其创作生涯中一次真正的滑铁卢。改革关头，民主主义与自由主义阵营都无法接受作品对现代文明的全盘否定固然是原因之一，但作为托尔斯泰第一部教诲性作品，小说的过载同样成为批评的焦点。巴纳耶夫（И. И. Панаев）抱怨作者对"一件微不足道的事实"过分引申，而安年科夫（П. В. Анненков）则干脆形容《卢塞恩》像个大头针，且其头部堪比"直径三俄丈的大气球"。② 一部从形式到内容都极力强调自然的小说成为不自然的典型。和努力行善、宣扬自然的涅赫柳多夫一样，托尔斯泰在写作中对于自己要说什么、公众应如何反应充满预期，结果却让那些宣扬谦卑虚己的忏悔之词在他的读者听来更像是骄傲武断的布道。

　　到同年 10 月，托尔斯泰已承认"我完全被它（《卢塞恩》）骗了"。③ 这并不仅仅是作品收获恶评后的一种让步或开脱。将艺术视为真诚交流和真理共享、不能容忍任何欺骗／"不自然"的托尔斯泰，真正挂心的不是如何更好地处理叙事距离这类美学问题，而是写作的伦理：他既不愿像其他文明人那样写作，却又发现自己根本做不到和笔下的歌手一样让其受众"自然"地回到"自然"。归根到底，这位知识精英在现实生活中衷心欣赏并且能够

---

① 关于托尔斯泰对文明人这种身份困境的思考，参见伯林：《托尔斯泰与启蒙》，第 298 页。

② См.: Н. Н.Гусев, *Л. Н. Толстой. Материалы к биографии с 1855 по 1869 год*, c. 223-224.

③ 托尔斯泰：《致尼·阿·涅克拉索夫（1857 年 10 月 11 日）》，收入《列夫·托尔斯泰文集》第 16 卷，周圣等译，第 58 页。

创作的，是且仅是那种浸染了（在他看来十分危险的）文明及文明人主体意志的艺术。托尔斯泰又一次提出了自己无法回答的问题。在《卢塞恩》之后，他还发表了几部不太成功的短篇，其中包括又一部教诲性作品《三死》（"Три смерти"，1859），以及进一步想象了音乐如何疗愈文明人的《家庭幸福》（"Семейное счастие"，1859），[①] 而接下来在近三年的时间里他没有再推出任何作品。效仿《爱弥儿》中的实验，托尔斯泰将大量精力投入对庄园农民子弟的教育之中。但涅赫柳多夫式的困境反而变得更迫近：虽然极力放低姿态，但已被文明侵蚀的他又能教给那些更接近"自然"的孩童什么呢："我不能教给别人一点有用的东西，因为我自己也不知道什么是有用的。"[②] 作为忏悔的文明人，他一方面认为有义务阻止分裂，通过行动（无论是艺术创作还是启蒙教育）解放"自然的"道德与情感力量，促进人际和谐，另一方面又因为过分发达的思力，对文明人影响、形塑他人的资格深感怀疑。[③] 面对友人让其重拾创作的劝告，托尔斯泰在 1859 年 10 月给德鲁日宁（А. В. Дружинин）的信中解释道：

> 从那一部《家庭幸福》之后，我就没写过东西，现在也没写，

---

① 参见托尔斯泰：《家庭幸福》，收入《列夫·托尔斯泰文集》第 3 卷，芳信译，第 149-150 页。

② 托尔斯泰：《忏悔录》，第 12 页。基础教育也是托尔斯泰 1860—1861 年第二次／最后一次欧洲旅行主要的考察对象。对德、意、法、比利时学校的考察结果令其失望，教师的生搬硬套让孩子无所适从，尽失本心。

③ 一个值得玩味的事实是，赴欧洲考察基础教育期间，他写作了小说《波利库什卡》（"Поликушка"，到 1863 年才发表），里面再次出现了《一个地主的早晨》中的一些人物。然而，这一次地主的"善举"却以农民自杀、一家人的生活被彻底摧毁告终。在这样的改写中，托尔斯泰对身处历史之中的个体是否能在"任由他人自行其道的不义"和"强迫他人的不义"之间做出选择表现出了更大的悲观。参见伯林：《托尔斯泰与启蒙》，第 297-298 页。

将来似乎也不会再写了。至少，我是以但愿如此来自慰的。为什么呢？说来话长，也很难说清。主要因为生命短促，已到而立之年，却仍把它消耗于写作我昔日所写的那一类小说上——实在问心有愧。……倘若是那种发自内心、不吐不快、能赋予人勇气、自豪和力量的内容——尚属情有可原。可在三十一岁上还要去写那种供人茶余饭后消遣解闷的小说，说真的，实在是抬不起手。甚至一想到我是否还要写小说这样的问题，我便哑然失笑。①

　　在此，托尔斯泰不仅再次强调了自己不愿写卢梭意义上的媚俗文学，更流露出对小说这一典型的文明人的文体的怀疑。虽然因为 1862 年步入幸福的婚姻生活，他得以重新开始写作，并在精神危机再次爆发前完成了两部巨著，但无论从他极力声明《战争与和平》不是那种欧洲意义上的因果相续、结构井然的"小说"，②还是写作《安娜·卡列尼娜》时决意对"枯燥庸俗"的英法私通小说发起挑战来看，③其内心的怀疑从未被真正驱散。兴起于世俗化大潮的"小说"已经发展出了太多引诱人远离生存真意的手段，太容易让他联想到自己痛斥的那种文明之恶。用晚年日益走向道德主义立场的托尔斯泰的话来说，艺术之镜中的嬉戏越是美妙，就越

---

① 托尔斯泰：《致亚·瓦·德鲁日宁（1859 年 10 月 9 日）》，收入罗扎诺娃编：《思想通信》上卷，第 285 页。

② 参见托尔斯泰：《〈战争与和平〉序（初稿）》，收入《列夫·托尔斯泰文集》第 14 卷，尹锡康译，第 12 页。

③ 参见托尔斯泰：《致尼·尼·斯特拉霍夫（1875 年 8 月 25 日）》，收入《列夫·托尔斯泰文集》第 16 卷，第 139 页。

是虚假做作，脱离生命本质，"艺术是谎言，是欺骗，是专断"。[①]
在那些他边咒骂边反复修改打磨的小说中，"总是处处描写接近自
然的真实的生活和真实的劳动，与所谓'历史的'文明生活的虚伪
性和不真实性相比较，描写生与死的深刻性"。[②] 在作家推出的最
后一部长篇小说《复活》（*Воскресение*, 1899）中，"忏悔的涅赫柳
多夫"将再次登场，作品的布道色彩亦变得空前强烈；但真诚如托
尔斯泰，从未想象过涅赫柳多夫和列文这两位自传性主人公真的
可以回到自然，像农民那样生活。有权洞察真相、吟唱出自然之
歌的只有农民、哥萨克，或者偶得神助的娜塔莎。写作《卢塞恩》
时与卢梭的对话唤起了托尔斯泰隐藏于内心深处的一些怀疑和执
念，而由此掀起的风暴不仅超出了津科夫斯基所说的"卢梭主义
的框架"，有时也超过了托尔斯泰艺术和思想可以承受的范围，但
他却以一种比卢梭更诚实的态度承受了一切后果。

---

①　参见托尔斯泰：《忏悔录》，第 18 页；高尔基：《回忆托尔斯泰》，巴金译，人民文学出版社，2020 年，第 127 页。

②　别尔嘉耶夫：《俄罗斯思想》，第 138 页。

追求伟大：陀思妥耶夫斯基的英、法书写

　　1859 年 12 月，费·陀思妥耶夫斯基结束了十年的苦役和流放生活，回到彼得堡。此时的帝国首都，亚历山大二世改革带来的新气象已现，知识界和出版界气氛活跃，就俄罗斯道路问题展开了激烈讨论。[1] 陀思妥耶夫斯基也很快投身其中，从 1860 年开始，他与兄长合力创办的《时代》(*Время*) 与各派刊物均有论战。也正是在办刊期间，作家继续推进在西伯利亚"死屋"的思考，最终形成了主张"在宗教伦理的基础上与人民接近"的"土壤论"(почвенничество)。[2]

　　而并不像乍看起来那样矛盾的是，在自己保守理论成型的这个时期，陀思妥耶夫斯基的欧洲论说与相关跨界活动格外丰富。除了像其他同行一样利用书报检查制度的放宽，通过《时代》引

---

[1]　See Derek Offord, *Portraits of Early Russian Liberals*, N.Y.: Cambridge University Press, 1985, pp. 29-30.

[2]　详见刘文飞：《伊阿诺斯，或双头鹰：俄国文学和文化中斯拉夫派和西方派的思想对峙》，中国社会科学出版社，2006 年，第 270 页。

介欧洲各种思想、文学资源，作家还成为当时旅欧热潮中的一员，[①]1862、1863 年接连出境，并以相关经历为基础，完成了其创作生涯中仅有的两部完全以欧洲为背景的作品《冬天记的夏天印象》（"Зимние заметки о летних впечатлениях"，1863）与《赌徒》（"Игрок"，1866）。欧洲内部的不同民族文化、传统在作品中被并置，通过相互接触凸显了差异。

对欧洲这一关键他者的细分，实际也是作家精细描绘俄罗斯面容的过程。并非偶然的是，尽管涉及多国，两部作品最终都聚焦于英、法：《冬天记的夏天印象》中的俄罗斯旅行者只重点描写了自己在伦敦和巴黎的见闻；而在《赌徒》中"我"的两位情敌也分别来自英、法。位列所谓文明序列的顶端，英、法固然是陀思妥耶夫斯基挑战以欧洲为中心的进步主义历史观时必须直面的对手，但另一方面，两国与俄罗斯不同的历史渊源，以及它们代表的竞争性传统和现代化方案又为作家提供了在变革迷雾中定位俄罗斯的可贵参照。而这个时期作家私人生活与俄罗斯社会气氛的急速变动，让这一定位过程远不像论者过往在评述后西伯利亚时代陀思妥耶夫斯基之反西方立场时所认为的那么笃定。在不同可能性的角力、对话中，作家并不能完全战胜的诱惑与其最为执着的那些价值观念一起得到了充分展现。

[①] 除了改革带来的新思潮和风尚，这股热潮也与此前颁布的出国旅行禁令被废止、护照与铁路系统加速发展等有关。See Susan Layton, "The Divisive Modern Russian Tourist Abroad: Representations of Self and Other in the Early Reform Era", in *Slavic Review*, vol. 68, No. 4 (Winter, 2009), pp. 848-856.

一、并不美好的"历史目的地"

如弗兰克（Joseph Frank）所言，在记录自己首次旅欧经历的
《冬天记的夏天印象》中，陀思妥耶夫斯基预演了他将在随后的里
程碑式作品《地下室手记》（"Записки из подполья", 1864）中发
扬光大的一种叙事策略：作者与其想象中的读者持续对话，不断
表示自己"担心他们对他的反应的反应"，因为其实际的情感反应
总是与那些被公认为"正常和合理"的表现不符。① 具体而言，他
知道对于俄罗斯读者而言，欧洲是一片"神奇的圣地"，来自落后
国度的旅行者应当表现出对文明的敬服。② 然而，在还未到达俄国
与普鲁士边界前，火车上的旅行者就忍不住对这种已经持续数代
的欧洲崇拜表示怀疑。19 世纪 60 年代正从俄国欧化程度最高的
西北角逐步向广阔腹地延伸的铁路作为新时代之象征，很自然地
承载了他关于帝国现代化进程的担忧："虽然火车载着你，有人照
顾你，有时候甚至摇晃着你入睡，使你觉得似乎再好不过了，可
仍然感到枯燥无聊……因为照顾太周到了，而你只消坐着并等火
车把你送到目的地"，人们也许仍该试试"用自己的脚走路"，除
了"找到了事情做"，万一"车身翻倒"，也不至于"关在里面代人
受罪"（《冬》: 84-85）。换言之，欧洲一地之经验已经被上升为一

---

　　① 详见约瑟夫·弗兰克：《陀思妥耶夫斯基：自由的苏醒，1860—1865》，戴大洪译，广
西师范大学出版社，2019 年，第 337-338 页。但较之《地下室手记》，《冬天记的夏天印象》中
作者与第一人称叙事者之间并没有那么明显的距离。
　　② 详见陀思妥耶夫斯基：《冬天记的夏天印象》，收入《地下室手记：中短篇小说集》，
刘逢祺译，河北教育出版社，2010 年，第 72-73 页。后文出自同一著作的引文，将随文标出该著
名称首字和引文出处页码，不再另注。

种历史的必然，俄罗斯人放弃主体意识与自己的传统，不假思索地投身于进步洪流中，但他们真的可以在大潮的挟裹之下安全抵达"目的地"吗？更重要的是，如"代人受罪"这一表述所暗示的，这个由欧洲指出并让俄罗斯为之付出巨大代价的"目的地"本身，到底是不是历史的终极答案呢？

　　带着这样的疑虑，用两个半月的时间游历了五国十多个城市的陀思妥耶夫斯基最后将笔墨集中于英、法也就不足为奇了。[①]这两个率先启动工业革命与政治革命的国家决定性地定义了文明新秩序。而且，就在几年前，英、法还针对帝俄发起了一场捍卫"人人自由、文明与自由贸易"等"普遍原则"、"反抗野蛮主义的圣战"，即克里米亚战争。[②]战争的失利也正是帝俄启动大改革的一个直接原因：作为人类历史上第一场真正意义上的现代战争，克里米亚战争启用并催生了多种新型的武器以及后勤、通信体系。最后的结果是这场战争终结了俄国在欧洲的军事神话，更让其与欧洲强国的国力差距暴露无遗。大力改革，尤其是推进铁路建设与工业化、完善金融系统成为共识。[③]而尽管对改革本身亦抱有期待，战时刚被释放、正在中亚塞米巴拉金斯克要塞当兵服役的陀思妥耶夫斯基并未像同时代许多不满专制政府的俄罗斯知识精英那样持失败主义论调。在这位虔诚教徒心目中，克里米亚战争应该是一场解放巴尔干地区东正教徒、实现俄罗斯"第三罗马"之天

---

　　① 陀思妥耶夫斯基 1862 年欧洲之旅的具体情况，参见弗兰克：《陀思妥耶夫斯基：自由的苏醒，1860—1865》，第 257-282 页。

　　② 详见奥兰多·费吉斯：《克里米亚战争：被遗忘的帝国博弈》，吕品、朱珠译，南京大学出版社，2018 年，第 182-185 页。

　　③ 详见费吉斯：《克里米亚战争》，第 524 页。See also James H. Billington, *The Icon and the Axe: An Interpretive History of Russian Culture*, N.Y.: Vintage Books, 1970, p. 381.

命的圣战。战败的巨大刺激甚至让他写下了生平唯一一首诗，悲叹俄罗斯的受难；[1] 而正是英、法为了自身利益，史无前例地与穆斯林（土耳其人）共同作战、打击"基督教兄弟"的做法让他在这场战争后"不可能再相信基督教价值和真正的基督教信仰能够在欧洲人的内心存在，尤其是法国和英国"。[2] 就像其拒绝以战争的胜负评判哪一方代表正义和历史的方向，并将俄罗斯的战败转化为一种宗教牺牲和道义上的胜利，在此次欧洲之旅中，他也将力证物质层面的强大不足以作为评判文明优劣的依据。在以文明捍卫者自居的英、法，作家看到的很大程度上毋宁说是其头脑中本已有之的一幅与进步主义历史叙事相悖的末世景象：在"巴尔"（"Ваал"）一章中，伦敦与巴黎作为集资本主义时代精神与体制特征于一身的两个首都都匍匐在了"巴尔"这个《旧约》中被诅咒的、代表着物质与感官欲望的邪神脚下，不再有任何超越性追求。

　　不过，这位来自俄国的但丁同样试图捕捉两座城市气质上的区别，展示地狱中的不同罪孽和惩罚。关于八天的伦敦行，游记中记录下来的都是一些富有视觉冲击性的大景观。其中，三种庞大"人群"堪为代表——这一启发了 19 世纪诸多思想家和艺术家何谓"现代"的都市景观第一次抓住作家的目光是在水晶宫，这里正在举办第二届世界博览会（1862 年 5 月开幕）。置身由世界各国游客组成的人群，这位东正教徒联想到的是《约翰福音》中的"合成一群，归一个牧人"（10：16）：

----

① 详见费吉斯：《克里米亚战争》，第 535 页。
② 详见约瑟夫·弗兰克：《陀思妥耶夫斯基：受难的年代，1850—1859》，刘佳林译，广西师范大学出版社，2016 年，第 253-255 页。

　　这里就是终点吗？这真的就是"合成一群"吗？……你们看着这些从全球恭顺地来此的几十万以至几百万人，他们抱着同一种思想，平静地顽强地默然挤在这个巨大宫殿里，你们就会感觉这里正完成着某种最后的事，事情不但完成了，而且达到了终结。这是某种像《圣经》的景象，是近似巴比伦的故事，是《新约·启示录》上的某种预言在你们眼前实现了。（《冬》: 117）

　　在游记开篇对旅程的概述中，作家曾为了表明此行的不符预期，提到自己甚至都没有看到位于伦敦市区的圣保罗大教堂（《冬》: 77-78）。快速的城市化进程已经让这座传统意义上的圣殿不再是人们视线与公共生活的焦点。然而，用最新技术建成、经常被拿来与圣保罗大教堂对比的水晶宫（其长度是前者的三倍）却不可能被错过。[①] 人们纷纷来此见证新时代的封神仪式，各国展品汇聚一堂，展示着资本主义文明的全球扩张。财富成为统治一切的"牧人"，技术进步与自由贸易则成为新的福音。大事已成，现有的一切被认为就是目的所在。然而，作者随即用伦敦的另外两种人群证明了水晶宫展现的不过是启示录中代表邪恶一方的巴比伦故事：这是星期六夜晚数十万工人通宵酗酒狂欢时汇成的海洋以及干草市场的妓女大军。如研究者已经详加论证的，游记中对这些被毁掉的人的描写，明显受到了恩格斯《英国工人阶级状况》（1845）的影响。[②] 这个时期以英国资产阶级的社会形态为

---

① 详见阿萨·布里格斯：《英国社会史》，陈叔平等译，商务印书馆，2015年，第239-240页。

② See Geoffrey C. Kabat, *Ideology and Imagination: The Image of Society in Dostoevsky*, N.Y.: Columbia University Press, 1978, pp. 76-79. 对游记影响最明显的部分，参见恩格斯：《英国工人阶级状况》，收入《马克思恩格斯全集》第2卷，人民出版社，1957年，第303-305、413-415页。

事实基础的马克思主义在俄罗斯受到的关注比在革命退潮、进入"资本的年代"（"The Age of Capital"）的欧洲更多。[①] 而正是陀思妥耶夫斯基兄弟的《时代》率先在俄国报刊上提到了恩格斯的这部作品，并针对西方经济学家的批评为之进行了热烈辩护。[②] 虽然自西伯利亚归来的陀思妥耶夫斯基不再信服任何进步理论，但对资本主义的拒斥却是深受东正教精神影响、"热爱平均主义"的俄罗斯知识界的一种共识，这与具体思想阵营无关，也更少接受现实经验的校验。[③] 按论者所言，恩格斯是在"英国的资本主义处在其第一次长期大危机的最严重阶段"来到这里的（1841—1842），因此他确实有理由相信自己看到的是资本主义的"最终时刻和革命的前奏"，而非像随后的历史所显示的那样是"资本主义进行扩张的重大时期的前奏"；[④] 但如果从这位俄国旅行者的描绘来看，十八年间英国进行的一系列重大社会改革似乎也并没有带来什么变化。与恩格斯笔下的曼彻斯特一样，伦敦街头带着孩子"像牲口似的大吃大喝一通""却并不快乐，而是忧郁、苦恼"的工人正在被一种无法自愈的社会病症折磨（《冬》: 118-119）。作为机器的附庸，他们早已被教导并接受了自我意识的无用，急于让自己喝醉，"这种意识丧失是一贯的，心甘情愿的，受到鼓励的"（《冬》: 119）；至于干草市场那种大规模的身体买卖也只有在现代都市才可能

---

① 详见艾瑞克·霍布斯鲍姆：《资本的年代：1848—1875》，张晓华等译，中信出版集团，2017 年，第 307-308 页。

② 详见弗兰克：《陀思妥耶夫斯基：自由的苏醒，1860—1865》，第 137 页。

③ 详见鲍里斯·米罗诺夫：《俄国社会史：个性、民主家庭、公民社会及法制国家的形成（帝俄时期：十八世纪至二十世纪初）》下卷，张广翔等译，山东大学出版社，2006 年，第 335-342 页。

④ 详见埃里克·霍布斯鲍姆：《如何改变世界：马克思和马克思主义的传奇》，吕增奎译，中央编译出版社，2014 年，第 100-101 页。

出现，在这里所有人都是"猎物"，遵循的是最彻底的商品逻辑（《冬》: 120）。文明并没有让这些城市居民自动地成为自由且有尊严的人。尤其是，在作家描绘的画面中，所有堕落行为都和繁华喧闹的街道景象融合在了一起，更与水晶宫的盛大光明并行不悖，"酒店装饰得像宫殿一样"（《冬》: 119），"用玻璃和金箔装饰起来的漂亮的咖啡店到处都是"（《冬》: 120），这种矛盾、混杂本身恰恰代表了"极高程度的资产阶级秩序"（《冬》: 116）。相较于恩格斯引用大量统计数据和报道对工业化、城市化的社会与政治影响进行的总体性分析，游记中这些明亮得刺眼的画面更着力凸显一种反基督的精神邪恶，"实现预言还早着呢，把棕树枝和白衣赐给他们也还早着呢"（《冬》: 119）。

可以说，陀思妥耶夫斯基笔下的这座伦敦城最大限度地体现了 19 世纪俄罗斯知识分子心目中从道德原则到"思想水平、视野、审美情趣"都"全面下降"的资本主义之恶。[①]制霸全球的经济实力俨然成为其罪恶的明证。而这样一个完全滑向物欲一端的形象也解释了为何英国并未真正引起旅行者的重视。固然，还在西行的火车上，陀思妥耶夫斯基就已经注意到车厢中无处不在的英国元素，俄罗斯人正在涌向水晶宫，甚至定居伦敦，而英国游客也可来去自如，工业革命的伟力已经让俄、英这两个本来在地理和文化上都相距甚远的国家空前靠近（《冬》: 85）；但他的心神终究只在英国问题上停留片刻，无论是在火车上的沉思中，还是在"巴尔"并置英、法之后游记剩下的三个篇章里，作家都将批判

---

① 参见亚历山大·赫尔岑：《往事与随想》下卷，项星耀译，四川人民出版社，2018 年，第 289—290 页。

热情留给了法国——虽然法国与英国在游记中同样作为"堕落欧
洲"的重要构成存在，但相较于英国，它毕竟又代表着某种精神
遗迹。细读之下不难发现，不同于生活在表面、没有（值得俄罗
斯人回忆的）历史的英国，游记中的法国有着明确的时间标记，
而且这些标记都是俄、法历史共享的：火车上的作者回忆了法国
如何自叶卡捷琳娜时代开始就成为俄罗斯启蒙想象的中心。尤其
是到了 19 世纪 40 年代，别林斯基领衔的知识界在想象中与法国
理想主义者、社会主义者并肩作战，如饥似渴地阅读乔治·桑、蒲
鲁东、路易·布朗的作品，以至崇拜一切"不值一提"的"渺小家
伙"，将自己在尼古拉一世高压统治下难以实现的社会政治抱负寄
托在他们身上，"期待他们将来造福人类，干出某种伟大的事业"，
结果却大失所望（《冬》: 80 ）。[1] 这样的历史记忆也预告了游记
后面将着力刻画的那个本质与美妙形式严重不符的法国形象：旅
行者清楚地知道自己即将踏入的，是"在（1848 年）6 月的街垒
战中用步枪和刺刀击溃敌人"之后的法国，对无产阶级取得决定
性胜利的资产者与拿破仑三世达成妥协，拒绝回忆，也不再谈论
"愿望"（《冬》: 138 ）。

　　于是，尽管其唯一可以自如使用的外语即法语（这种语言能
力本身是俄罗斯之法国崇拜最重要的产物与见证之一[2]），但与在
伦敦一样，这位俄罗斯旅行者没有什么兴趣融入今日之巴黎生活，

---

[1]　1848 年革命对俄罗斯思想界的冲击不亚于直接卷入风暴的欧洲。知识分子的改革热情
仍在，但欧洲政治革命论的破产又让各派都转而留心俄罗斯社会的独特之处，这对俄罗斯革命产
生了深远影响。详见以赛亚·伯林：《俄国与一八四八》，收入《俄国思想家》，彭淮栋译，译
林出版社，2003 年，第 1-24 页。

[2]　See Priscilla Meyer, *How the Russians Read the French: Lermontov, Dostoevsky, Tolstoy*, Madison, WI: University of Wisconsin Press, 2008, p. 4.

就连彼时正在豪斯曼（Georges-Eugène Haussmann）主持下大规模展开的城市改建亦未在游记中留下什么痕迹。① 但这丝毫不妨碍他对巴黎人的精神世界进行细腻摹写。如果说游记的英国部分是场面宏大的宗教审判，法国部分则更接近于有着强烈代入感的心理剧。作者相信出现在自己面前的，是一个背叛理想后正忍受着"内在的、精神上的、来自心灵深处的巨大的约束"的巴黎，这里的资产者不会像从未做出过承诺的伦敦市民那样心安理得和自我陶醉（《冬》: 115）。他们被寄托了"人类至美至善"的理想，抵达终点后却又发现以财富累积为唯一目的的现实如此贫瘠，前方已无路可去，只能努力"按照自己那种进步的历史模式所要求的保持天堂的外表"。② 为了掩饰焦虑，就不能与现实深度接触，尤其要拒绝"认真地思考和议论"，"辞令"（красноречие）就此成为法国资产者的最大法宝（《冬》: 144-145）："辞令不是有力的表达，而只是一种夸大。其突出的特点是事实与表达间的不一致：陀思妥耶夫斯基用这一术语揭示了语言具有的欺骗力量，形式被用来掩盖内容。"③ 尽管对法国人热衷辞令的批评早已有之，④ 作家却将之上升为一种生存方式。速览之下，巴黎的一切似乎都蒙着一层辞令，从进步理论、议会演讲，到法庭辩词、先贤祠里的解说，

① See Derek Offord, *Journeys to a Graveyard: Perceptions of Europe in Classical Russian Travel Writing*, Dordrecht: Springer, 2005, pp. 203-206.

② See Michael Holquist, *Dostoevsky and the Novel*, Evanston: Northwestern UP, 1977, p. 46.

③ Michael Holquist, *Dostoevsky and the Novel*, p. 46.

④ 除了后文马上要提到的赫尔岑，陀思妥耶夫斯基对"辞令"的关注还可能受到了他在游记中多次致敬的冯维辛的影响。有趣的是，冯维辛的这类批评相当程度上又来自法国内部。See Derek Offord, "Beware the Garden of Earthly Delights: Fonvizin and Dostoevskii on Life in France", in *The Slavonic and East European Review*, vol. 78, No. 4 (Oct., 2000), pp. 633-635.

以至婚恋生活中私密的情感表达，都是高度程式化的、美妙且安全的表演。它们足以将思想与经验的所有褶皱熨平，而言说者与接收者之间的默契让事物本质毫无暴露之虞。

尤其是，紧随赫尔岑的《法意书简》(*Письма из Франции и Италии*，1847—1852，这正是这位流亡者在目睹 1848 革命失败后从现场为俄罗斯知识界发回的一份欧洲文明尸检报告）的第二封，游记将集"辞令"之大成、彼时大盛于巴黎的传奇剧视为反映并形塑法国资产阶级意识形态的代表性文体：① 作为一种典型的现代神话，一种"被过度正当化的言谈"，② 传奇剧形式的丰富、情感的过载与其意涵的贫乏构成了鲜明的对比。作家以戏拟的方式一口气给出了多个剧本大纲。表面看，主人公"情人居斯塔夫"的身份也紧跟时代趣味有所变化，好在一种反浪漫的秩序之中持续满足资产阶级观众对浪漫的想象。但无一例外地，这些貌似带有反叛因素的人物最终都被成功收编。所有故事都有着类似的情节转折，美德和情感如今必须得到财富的奖励（"这是主要的，以天命和自然法则的形式出现的一百万法郎，以及随之而享有的全部名誉、光荣和崇敬，如此等等"，《冬》: 165 ），安全而非自由成了最先考量的因素。包括遭到背叛的"丈夫鲍普莱"在内的人物都在市民道德允许的范围内收获了幸福。这些看似充满偶然性的传奇剧的重复上演，也让它们所承载的特定意识形态内涵得以自然

---

① См.: А. С. Долинин, "Достоевский и Герцен"// А.С.Долинин ред., *Ф.М.Достоевский. Статьи и материалы*, Петербург: Мысль, 1922, с. 312-317. 这一时期的陀思妥耶夫斯基在社会政治观念方面受到赫尔岑的影响。此次旅行逗留伦敦期间，他也数次前去拜访后者。

② 详见罗兰·巴特：《神话——大众文化诠释》，许蔷蔷、许绮玲译，上海人民出版社，1999 年，第 189 页。

化。现实秩序不会受到任何挑战，观众"走出剧院感到非常满足，非常平静，非常高兴"（《冬》: 165）。整部游记就这样戛然结束于这些充满嘲讽意味的文字。这位俄罗斯旅行者显然认为自己已经无须再回应火车上提出的那个疑问。事实上，答案也早已存于其心：即使在经济最繁荣、思想最进步的欧洲国家，历史也没有发生什么飞跃，在"目的地"等待人们的只有精神的彻底僵化；俄罗斯人自然不该继续安坐车厢，在未来"代人受罪"。

二、一个世俗故事中的"法国情人"与"英国好人"

几年后，当与书商签订了疯狂合约的陀思妥耶夫斯基决定以"国外的俄国人"这一热门主题用不到一个月的时间完成一部篇幅至少应该有七印张的小说时，[①] 沿用此前《冬天记的夏天印象》中的一些表述、意象是一个很自然的选择。作为《赌徒》主要背景的虚构的赌城卢列坚堡正是"巴尔"统治下欧洲资本主义世界的缩影。[②] 而"法国佬"德·格里叶恰如一位从传奇剧中走出来的情人，一边展示浪漫与美德，扮演俄罗斯少女眼中"风度翩翩的侯爵、郁郁寡欢的自由主义者"，[③] 一边焦急地等待着她身后大宗遗产的消

[①]　在 1863 年旅居罗马时的一封信件中作家第一次提到了相关写作计划，详见陀思妥耶夫斯基：《致尼·尼·斯特拉霍夫》，收入《书信集》上卷，郑文樾、朱逸森译，河北教育出版社，2010 年，第 359 页；《赌徒》的写作背景与推进情况，详见安娜·陀斯妥耶夫斯卡娅：《回忆录》，倪亮译，广西师范大学出版社，2013 年，第 30-41 页。

[②]　See Robert Louis Jackson, "Polina and Lady Luck in Dostoevsky's *The Gambler*", in *Close Encounters: Essays on Russian Literature*, Boston: Academic Studies Press, 2013, p. 48.

[③]　陀思妥耶夫斯基：《赌徒》，收入《地下室手记（中短篇小说集）》，刘宗次译，第 529 页。后文出自同一著作的引文，将随文标出该著作首字和引文出处页码，不再另注。

息。事实上，这个人物在第一人称叙事者、俄罗斯青年阿列克谢的笔下如此夸张虚浮，几乎成了一个喜剧丑角。而阿列克谢也与游记作者一样，无须太多接触就毫无理由地看穿了格里叶动人形式下的本质，并将之归结为一种普遍的民族性："一个本来面目的法国人总是最小市民气、最卑猥和最平庸不过的"，"如果他认为有必要做出富于想象、别具一格和不同凡俗的样子，那他的想象也披上现成的、早已庸俗不堪的形式"（《赌》: 406）。阿列克谢以一种不媚流俗、追求本真的姿态不断向法国情敌发起挑战。但讽刺的是，随着小说情节的推进，出现了所谓的两极相逢：阿列克谢自己也陷入了"辞令"，对一切常规、秩序的否定让他逐渐失去了与生活以及他人建立坚实关系的能力。在跟随法国高级妓女布朗什小姐旅居巴黎的日子，他终于也成了那种用金钱换取爱情与自尊的庸俗剧目的参演者。

众所周知，俄罗斯青年是陀思妥耶夫斯基在改革动荡中最关注的对象之一，在高度清醒而又道德败坏的唯我主义者阿列克谢身上也确实可以看到两年前问世的"地下室人"的影子。[①] 但诚如同时代的评论家已经指出的，《赌徒》这部"急就章"是陀思妥耶夫斯基难得的一部比较"简单、明晰以及和谐"的作品，这里没有作家思想小说中那种标志性的对话—辩论，基本靠戏剧化事件

---

① See D. S. Savage, "Dostoevski: The Idea of 'The Gambler'", in *The Sewanee Review*, vol. 58, No. 2（Apr.-Jun., 1950), pp. 297-298. 此文质疑过往学界过分强调《赌徒》之自传性，提出不应将其从陀思妥耶夫斯基自《地下室手记》开启的思想小说创作高峰期中割裂出来。但如弗兰克所言，Savage 可能走到了另一个极端，将这部小说的思想性拔得过高了。See Joseph Frank, "'The Gambler': A Study in Ethnopsychology", in *The Hudson Review*, vol. 46, No. 2 (Summer, 1993), pp. 304-306.

和直接的情绪反应推动情节。[1] 与德·格里叶相对，阿列克谢以及小说中所有主要俄罗斯人物的行为都更多地被归结为俄罗斯人共有的一种（不同于欧洲人之理性、物质化的）"诗情"（поэзия）。[2] 但对于如何评价这一特质的道德影响，作家表现出了某种迟疑。这一点通过老祖母这一人物可以看得尤为清楚：这位莫斯科老派地主一出场就会让人联想到作家笔下那类扎根俄罗斯土壤的人。她率性爽直，丝毫没有所谓的欧洲高雅做派，是小说中唯一一个以俄语原名称呼波琳娜的人（《赌》: 424）；除了有着能够洞察真相的惊人直觉力，这个人物还身患"腿疾"——在陀思妥耶夫斯基构建的女性世界中这通常是一个具有"背负大地苦难"之意涵的神圣标记。[3] 但随着情节的发展，即使是这位获得了相当道德保证的人物也难逃"诗情"的诱惑，在豪赌中输掉了原本打算用来在家乡改建教堂的钱（《赌》: 469）。如果说在此前那场更多是在其头脑里展开的欧洲旅行中，作家可以轻松想象长期的村社与宗法制生活让俄罗斯人拥有能够避开资本主义文明陷阱的"天性"，展望一种不同于欧洲的社会、政治未来（《冬》: 134），那么在《赌徒》中，真正踏入欧洲"魔窟"、面对强烈感官刺激和残酷竞争的俄罗斯人就没有再被授予什么万无一失的护身符了。与欧洲的差异不再被天然地等同为正确。

---

[1]　См.: Р. Г Назиров, *К вопросу об автобиографичности романа Ф. М. Достоевского «Игрок»*, https://cyberleninka.ru/article/n/k-voprosu-ob-avtobiografichnosti-romana-f-m-dostoevskogo-igrok-1/viewer, c. 13-14.

[2]　这一概念的提出详见陀思妥耶夫斯基：《致尼·尼·斯特拉霍夫》，第359页；具体分析参见：Joseph Frank, " 'The Gambler' : A Study in Ethnopsychology", pp. 307-308.

[3]　См.: В.И. Габдуллина, "Искушение Европой: роман Ф. М. Достоевского «Игрок»"// *Вестник Томского государственного университета*, 314 (2008), c.17.

毫无疑问，这种态度的滑移与《赌徒》的自传性有着直接关联。尽管按别尔嘉耶夫的说法，陀思妥耶夫斯基的所有作品都可以被视为其精神自传，①但《赌徒》的自传性是更字面意义上的。作家在欧洲旅行期间对轮盘赌的痴迷以及几年来他与"新女性"苏斯洛娃（А. П. Суслова）之间的情感纠葛在小说中留下了深刻印记。②为了完成合约而被迫中断自己极为重视的《罪与罚》的写作，恐怕会让作家对自己混乱的财务与情感生活有更多反思。这位"赌徒"写作《赌徒》的过程无异于一次自我审判——无论将"诗情"上升为一种普遍的俄罗斯性是否像弗兰克所说的那样，是作家对自己堕落行为的一种辩护，③他在《赌徒》中都对其毁灭性力量进行了极为坦诚的揭示。

可以说，无论从小说的非思想化，还是作家写作时所处情境来看，《赌徒》都更多地关乎世俗生活。而对"俄罗斯性"的重审，也让在《冬天记的夏天印象》中位置最边缘的英国形象发生了变化：作为波琳娜的第三位追求者，英国人阿斯特列先生是整个赌城中唯一一个始终没有在金钱和爱情漩涡中丧失理智及道德感的人物。骄傲的阿列克谢与"法国佬"（以及德、意、波兰诸国人物）势如水火，但当他遇到难题时，却总是习惯性地向同样是自己情敌的阿斯特列先生求教，并称之为"英国朋友""好人"（《赌》: 413）；老祖母则称赞其举止得体而诚挚，甚至直接宣布自

---

① 详见尼·别尔嘉耶夫：《陀思妥耶夫斯基的世界观》，耿海英译，广西师范大学出版社，2008 年，第 8 页。

② 详见马克·斯洛尼姆：《陀思妥耶夫斯基的三次爱情》，吴兴勇译，广西师范大学出版社，2003 年，第 140-169 页。

③ See Joseph Frank, "'The Gambler': A Study in Ethnopsychology", p. 321.

己"总是很喜欢英国人，那些法国佬简直不能和他们比"（《赌》：431-432）。小说中主要的俄罗斯人物最后也都是在他的慷慨相助下方得以逃离赌城。这样一位"西方好人"在陀思妥耶夫斯基的创作中堪称罕见，也让执着于作家创作中"神圣俄罗斯—堕落欧洲"二元结构的研究者陷入解释的困境，有"阿斯特列之谜"一说。[①]但事实上，当作家对主要通过比照欧洲之过度理性获得合法性的俄罗斯"诗情"产生疑虑、开始聚焦于其危险的一面时，他就有了看到英国作为罪恶的资本主义国家之外的另一面的可能。从《冬天记的夏天印象》严厉的宗教审判下脱身，英国人那种面对世俗生活激流的著名能力变得不无魅力——细致考证之下，陀思妥耶夫斯基与英国人始终没有什么实际交往，阿斯特列先生这一形象主要建立在其丰富的文学阅读基础上。这样一位正直、守礼而仁慈的富有绅士，包括他对旅行和北极科学考察的兴趣，可以说是18、19世纪英法小说中的流行设定。[②]而在《赌徒》这个可能被俄罗斯"诗情"和疯狂的轮盘赌弄得过分混乱的异域故事中，这样一种道德类型无疑特别适合提供稳定力量。相较于形式大于内容的法国佬，或者内在自我无限扩张、因一味否定而失去建设能力的俄国着魔者，阿斯特列先生充分尊重且适应日常秩序，形式与内容高度统一。对于当时的俄罗斯读者而言，格外富有冲击力的一点也许是：阿斯特列先生是"这里家喻户晓的毕布洛克勋爵"的

---

① See M. V. Jones, "The Enigma of Mr. Astley", in *Dostoevsky Studies: New Series* 6 (2002), pp. 39-47.

② See M. V. Jones, "The Enigma of Mr. Astley", pp. 39-40; С.А. Кибальник, «"Положительно прекрасный" герой-иностранец в романе Ф. М. Достоевского «Игрок» (мистер Астлей и его литературные прообразы)"// *Вестник Башкирского университета*, vol. 19, No. 2 (2014), с. 1329-1333.

侄子（小说还特别强调这是一位"真正的勋爵"，绝非普通暴发户
可比，《赌》: 410[①]），同时，他又是一位成功的制糖商，将血统带
来的优越地位与资产阶级的精明能干完美地结合了起来。这种处
理实务的能力恰恰被认为是俄罗斯贵族，尤其是那些在大改革中
"把家产浪荡光了就跑到国外来"的"显贵"极度缺乏的（《赌》:
424）。[②] 在现实的高压之下，即使在阿列克谢这位欧洲现代文明批
判者的眼中，英国制糖商作为资本家（以及殖民事业获利者）的
邪恶面孔也被大幅淡化，不再那么刺痛人心了，他们的财富亦可
用于行善。有理由认为，小说结尾，借着阿斯特列先生对沦为赌
徒的阿列克谢的最后劝诫，作家对自己也从属其中的俄罗斯小小
的受教育群体发出了警告：

> 是的，您毁掉了自己……您本来甚至还能有益于您的祖国，
> 她是非常需要人才的，但您会留在此地，您的一生也因此断送。
> 我不责备您。在我看来，所有的俄国人都是如此，或者是乐于如
> 此。如果不是沉溺于轮盘赌，就是其他某种类似的东西，极少有
> 例外的情形。（《赌》: 530）

然而，对于这一根据文学经验调用的形象，小说还是表现出

---

①　此处据小说俄语原文略有改动。See.: Ф. М. Достоевский, "Игрок"// *Полное собрание
сочинений. В 30 т*, В. Г. Базанов (гл. ред.) и др., Т. 5, Л.: Наука, 1973, с. 242.

②　"国外的俄国人"之所以会成为这时期的热门问题，一个很重要的原因就是人们为
俄罗斯人才与财富的流失感到担忧。См.: С.А. Кибальник, ""Положительно прекрасный" герой-
иностранец в романе Ф. М. Достоевского «Игрок»", с. 1333; see also Susan Layton, "The Divisive
Modern Russian Tourist Abroad", pp.859-860.

了某种解释的无力。阿斯特列先生并不仅仅对于后来的研究者是个"谜"。尽管强调了自己对这位英国朋友的喜爱，阿列克谢仍忍不住一再指出他的"奇怪"：他无法理解阿斯特列先生在人际交往中的谨慎自持（《赌》: 359），即使在激烈的情感冲突中他也始终坚持个人的权责界限，绝不逾矩一步（《赌》: 414）。事实上，作为小说中掌握了最多秘密的人，阿斯特列先生又是一个最坚定的旁观者。就连在决定波琳娜命运的那个灾难性夜晚，他也只是在走廊安静等待，并未对事情的发展进行任何干预（《赌》: 502）。除了从他那儿获取一些经过严格筛选的信息，阿列克谢完全无法进入其内心世界，甚至不知道他是在何时以及如何与波琳娜建立联系并获得其信任的（《赌》: 415）。在又一次习惯性地打算向他求教、希望解开赌城的一堆谜团时，阿列克谢赫然发现："但阿斯特列先生本人呢？这对我也还是谜。"（《赌》: 470）而相较于小说中其他谜团，也唯有阿斯特列之谜保留到了最后，读者和阿列克谢一样倍感困扰——这位英国绅士对生活艺术的精通始终只表现为一种给定的设定，小说从未呈现过他应对问题的实际过程，或者说让他真正进入生活。对于这一被委以重任的人物，人们始终无法洞悉让他能够在矛盾重重的现实世界始终不走向任何极端的那种力量究竟来自何处。所谓"奇怪"与其说是这一人物自身性格使然，不如说代表了叙事者以及作家本人透视他所代表的那种道德类型时存在的限度。相较充满激情的俄罗斯人物——甚至是德·格里叶、布朗什小姐这样让人过目不忘的漫画化形象，阿斯特列先生在小说中是最正确却又最苍白的，小说无法像对待前两者那样赋予其某种具有说服力的行动逻辑，或者让他的情感反应变得更真实可感。更多的时候，他只是作为"古典戏剧中那种高谈阔论的角色的变体"，扮演着某种工具性的角色。①

这种认知的限度也直接导致和体现为阿斯特列先生在爱情竞争中的尴尬位置。在这一时期的俄罗斯小说中，异族男性与俄罗斯女子之间带有诱惑、征服或交融意味的爱恋关系经常作为民族间势位关系的一种隐喻而出现。② 在阿列克谢的笔记中，波琳娜对德·格里叶的迷恋甚至一再被直接归结为俄罗斯对富有形式美的法国的盲目崇拜（《赌》: 389-390，528-529 ）。拥有诸般美德的阿斯特列先生却始终只能作为一个沉默的保护人存在。与被认为是《赌徒》英、法爱情竞争之重要原型的《印第安娜》(*Indiana*, 1832)对比，这一点显得尤其突出。尽管阿斯特列在人物身份、性格乃至某些行为方面都与乔治·桑笔下的拉尔夫爵士存在叠合之处，③ 阿斯特列先生直到最后也未能以其男性魅力打动芳心。同样是将心爱之人带离"魔窟"，作为一个"谜"一样的人物，他没有像拉尔夫爵士那样被分配到敞开内心的机会；漂泊异域的波琳娜自然也无法像印第安娜那样在自己英国骑士的引导下获得情感与信仰的双重提升。④ 如果说，法国与俄罗斯文化之间发生的只是一场稚嫩而注定无果的初恋，法国的形象与《冬天记的夏天印象》中的基本一致；那么，《赌徒》中的英国形象确实因为作家对俄罗斯问题

---

① См.: Р. Г Назиров, *К вопросу об автобиографичности романа Ф. М. Достоевского «Игрок»*, с. 87-88.

② См.: С.А. Кибальник, "«Положительно прекрасный» герой-иностранец в романе Ф. М. Достоевского «Игрок»", с. 1333-1334.

③ См.: С.А. Кибальник, "«Положительно прекрасный» герой-иностранец в романе Ф. М. Достоевского «Игрок»", с.1331.

④ 详见乔治·桑：《印第安娜》，冯汉津译，上海译文出版社，1987 年，第 254-269 页。

的重审而有所改善，只是这种松动仍然是严守底线的。不同于冈察洛夫的《奥勃洛莫夫》(*Обломов*, 1859)，或屠格涅夫的《前夜》(*Накануне*, 1860)，在陀思妥耶夫斯基的这个爱情—民族寓言中，俄罗斯的边界从未被真正洞穿——小说最后，阿斯特列先生被安排向自己的俄罗斯情敌阿列克谢转达波琳娜的真实心意(《赌》：530)。这是对这位英国绅士可靠品质的确认，同时也是对其爱意以及双方结合之可能性的彻底拒绝。

三、想象"水晶宫"：幸福，或伟大？

但这种牢固边界显然只存在于文学想象中。波琳娜对阿列克谢的芳心暗许，更像是创作者面对变动现实的某种心理补偿。比起《赌徒》中那些逃离祖国事业、在游荡中耗费精力的"欧洲的俄国人"，"俄国的欧洲人"带给作家的压迫感远没有这么容易排遣。[①] 在因改革而陷入分裂的俄罗斯知识界，对英、法传统的解读也正日益政治化和实用化。

还在 19 世纪 50 年代下半叶，改革伊始，自由派与激进派就俄罗斯到底应从上而下还是从下而上展开现代化变革已展开激烈论争。有着不同自由传统与政治经验的英、法很自然地成为这些大多具有多元文化背景的知识分子借来浇心中块垒的酒杯。寄希望于开明君主亚历山大二世的自由派倾心在历史上成功避开革命、

[①] "俄国的欧洲人"是陀思妥耶夫斯基经常使用的一个表达，用来指称那些受欧洲文化影响、远离本国传统的人。他们也是作家眼中俄罗斯社会分裂最重要的表征和推手。см.: Р. Г Назиров, *К вопросу об автобиографичности романа Ф. М. Достоевского «Игрок»*, с. 33.

"审慎而进步"的英国，推崇维多利亚时代中期"新闻界与议会的自由和活力，以及公共舆论的力量"。[①] 鲍特金在 1859 年发表的《伦敦两周行》（"Две недели в Лондоне"）中就一改早年崇法抑英的态度，坚定地指出，务实的现实主义者要比追求完美境界的理想主义者更值得动荡中的俄罗斯学习。[②] 与之相对的，是将彼时随着资本主义的发展阶级冲突加剧、专制统治合法性被动摇的俄罗斯类比为 18 世纪末法国的激进派。1858 年，车尔尼雪夫斯基在《杜尔哥》（"Тюрго"）、《法国路易十八与查理十世统治时期法国的党派斗争》（"Борьба партий во Франции при Людовике XVIII и Карле X"）、《卡芬雅克》（"Кавеньяк"）等一系列文章中对从 18 世纪后半叶重农派改革到拿破仑三世上台的法国史进行了详细讨论。不同于希望避免暴力革命的自由派，这位激进派领袖认为法国革命失败的原因正在于共和党人的优柔寡断和缺乏实干精神，（像今日俄罗斯自由派所期待的那样）渐进式引入和扩大政治自由对广大民众有多大意义更遭到其质疑。[③] 而到 1861 年 2 月 19 日（俄历）解放诏书颁布，农奴制与土地改革的力度远未达到各方期待之时，俄罗斯形势迅速激进化，此前理性讨论的空间被大大压缩。除了见证 1862 年 3 月屠格涅夫《父与子》（*Отцы и дети*）发表后新一代虚无主义者的批评狂潮，以及彼得堡那起因可疑、久久未能得到控制的大火，陀思妥耶夫斯基在出国前不久还收到了

---

① See Derek Offord, *Portraits of Early Russian Liberals*, pp. 31-32.

② Василий Боткин, "Две недели в Лондоне"// *Сочинения. В 3 т*, Т. 1, С.-Петербург : журн. Пантеон лит., 1890, с. 288-290.

③ См.: Н. Г. Чернышевский, "Тюрго"//*Полное собрание сочинений. В 15 т*, Т. 5, М. : Гослитиздат, 1950, с. 292-317; "Борьба партий во Франции при Людовике XVIII и Карле X", с. 213-291; "Кавеньяк", с. 5-64. 相关分析参见：Derek Offord, *Portraits of Early Russian Liberals*, pp. 38-41.

一份题为"青年俄罗斯"的传单，传单作者将自己的观点恰如其分地命名为"俄国雅各宾主义"，宣布"我们应当走得更远，不仅要比 1848 年那些可怜的革命者走得更远，而且要比 18 世纪 90 年代（法国）那些实行恐怖统治的伟大革命者走得更远"。[①]

　　在随后的旅行和游记写作中，这些声音其实并未从陀思妥耶夫斯基脑海中消失。他把在唯物主义与决定论影响下"怀着军曹的自信，一副文明看守的态度"的当代青年称为俄罗斯欧化之旅中的"孙辈"，认为他们较前两代受教育者进一步丧失了独立思考的能力（《冬》: 98）。而在反思早年也曾吸引他本人的法国空想社会主义时，作家更含蓄地对车尔尼雪夫斯基那种同样承接了启蒙主义之普遍、抽象人性观的合理利己主义提出了反对意见，认为它们都忽略了人性与现实的复杂（《冬》: 133-137）。但总的来说，此时的作家对这些将舶来自欧洲的"辞令"误判为真理的"理论家"仍抱有相当的同情。[②]然而，1863 年 3 月，《冬天记的夏天印象》的连载尚未结束，车尔尼雪夫斯基的《怎么办？》（ *Что делать?* ）开始刊发——正如这部成为几代革命者《圣经》的作品的标题清楚揭示的，对于俄罗斯新人而言，执着于追问谁之罪，不如直接改造现实，铲除罪恶。不同于后革命时代的法国资产者满足于用辞

---

① 转引自弗兰克：《陀思妥耶夫斯基：自由的苏醒，1860—1865》，第 211 页。

② 详见弗兰克：《陀思妥耶夫斯基：自由的苏醒，1860—1865》，第 278-279 页。而柯罗连科在解释"俄国社会那么长时间不能原谅艺术家侵犯'青年一代'"时，更令人信服地指出，具体是哪一代青年其实并不重要，因为"有这样那样思想的青年反正已经过了许多代"，这里"指一般意义上的青年，指怀着'无知的乌托邦思想'而对妥协绝不调和并感到战栗的青春。这在长时期内已经成为活跃的俄国理想主义的孤岛了"。包括陀思妥耶夫斯基在内的许多艺术家自己都有过这样对抗压迫性现实的青春，并至少在情感上难以完全否定"当时的疯狂的乌托邦以及'改革后的俄国'现实所容许的唯一一形式的斗争的诗意"。参见柯罗连科：《文学回忆录》，丰一吟译，人民文学出版社，1985 年，第 309-310 页。

令营造幻境，更不像 19 世纪 40 年代空谈的"父辈"，或者蜷缩不出的"地下室人"那样用辞令自我免责，他们决心走向街头，将辞令变成现实，并将造成的一切混乱与血腥视为历史进步的必要牺牲。至少在主持《时世》时——从 1864 年开始，《时代》改名《时世》（*Эпоха*）——陀思妥耶夫斯基对这股激进势力的态度已经变得十分强硬，同样是借 1848 年革命说俄罗斯问题，他断言"革命者狂热鼓吹的所有流血、所有喧嚣和所有地下活动都将一无所获，让他们自食恶果"。[①] 而众所周知，在《群魔》（*Бесы*, 1871—1872）中他对俄罗斯社会革命的否定将达到顶峰。

　　然而，如果细察其创作，又会发现一个微妙的事实：反思启蒙现代性的陀思妥耶夫斯基固然对英、法代表的两种自由传统及其背后的经验主义与唯理性主义世界观都持批评态度，[②] 但在日益警惕革命风潮的情况下，他仍然延续了《冬天记的夏天印象》中对两个国家的分层，对法国传统保有更多敬意，而几乎再未像在《赌徒》中那样对成功示范了一种对抗激进力量之可能路径的英国表示一定认可。俄、法历史渊源或 19 世纪 70 年代俄、英关系的紧张已不足以解释这种取向。[③] 在《少年》（*Подросток*,

---

① 见：Ф. М. Достоевский, "Записная книжка 1863-1864 гг"// *Полное собрание сочинений. В 30m*, Т. 20, 1980, с. 175.

② 关于这两种自由传统的分析，详见费里德利希·冯·哈耶克：《自由秩序原理》，邓正来译，生活·读书·新知三联书店，1997 年，第 61-82 页。

③ 19 世纪 70 年代下半叶巴尔干形势的再次激荡，尤其是 1877 年俄土战争的爆发让俄国的仇英情绪达到高峰（参见尼古拉·梁赞诺夫斯基、马克·斯坦伯格：《俄罗斯史》，杨烨、卿文辉等译，上海人民出版社，2007 年，第 355-356 页）。在这个时期的《作家日记》中，英国作为"第三罗马"之神圣事业最大的阻碍者高频出现，作家甚至喊出了"惧怕英国，那就什么都别做"这样颇具挑衅色彩的口号（详见陀思妥耶夫斯基：《问题与答案》，收入《作家日记》下卷，张羽、张有福译，河北教育出版社，2010 年，第 1108 页）。

1875）临近结尾的一幕，维尔西洛夫大谈俄罗斯人的"全人类性"（всечеловечность），这种据称可以理解并有机综合各种民族文化的能力也是陀思妥耶夫斯基本人这一时期对俄罗斯民族性的一个关键判定。[①] 在承认"欧洲创造了**法国人、英国人和德国人的崇高的典型**"后，维尔西洛夫接着表白道："我在法国是**法国人**；和德国人在一起，我便是**德国人**；和古希腊人在一起，我便是**希腊人**，所以我是地道的俄罗斯人。"[②] 鉴于这场自白在小说中铺垫已久，我们有理由认为英国被替换、"英国性"被排除在具有"全人类性"的俄罗斯人有能力和意愿融合转化的品质之外，并不是一处随意的处理或人物的口误。[③] 更具说明力的是在《作家日记》1877 年 1 月号发表的系列文章中，陀思妥耶夫斯基将天主教思想统治下的法国与俄罗斯一起列入"伟大民族"之列，认为它们（当然是在具有"全人类性"的俄罗斯人的主导下）的汇合将通向"某种具有普

[①]　关于陀思妥耶夫斯基对"全人类性"的发挥及其间的悖论，详见 B.B. 津科夫斯基：《俄国思想家》，徐文静译，上海三联书店，2016 年，第 196-208 页。

[②]　陀思妥耶夫斯基：《少年》，岳麟译，上海译文出版社，2015 年，第 577 页。黑体为引者所加。值得一提的是，小说中粗鄙滑稽的房东彼得·伊波里维奇曾两次说起关于英国人之愚蠢、刻板的流行笑话，维尔西洛夫对此并不认同，甚至为同胞那种盲目的民族情绪感到痛苦（详见第 246-250、336-337 页）。他与英国文化的隔阂显然有着更深层的原因。

[③]　See Bruce K. Ward, *Dostoyevsky's Critique of the West: The Quest for the Earthly Paradise*, Waterloo: Wilfrid Laurier University Press, 1986, p. 76.

遍性的和最终确定性的东西"，而将英国明确排除在外。① 文章中关于天主教重视整一形式而轻精神实质、为社会主义（追求的是"将基督排除在外的人类社会的稳定与安乐"）提供了天然沃土的批评基本延续了斯拉夫派的传统看法，② 但作家对"伟大民族"使命的界定，揭示了他始终将法国视为拥有足够资格的对话者的根本原因：

> 任何一个伟大的民族，如果它想长久生存，就要相信并且应当相信，只有在它的身上才有赖以拯救世界的东西，它的存在就是要居于各族人民之首，就是要把所有的民族合并到自己这边，结为一体，融洽和谐，带领它们向共同制定的最终目标前进。③

在这些文字中，陀思妥耶夫斯基追求灵魂完整与普世救赎的宗教气质清晰可辨。尽管"误入歧途"，有着深厚天主教与社会主义传统的法国终究没有放弃对普世秩序的承诺；而正是以相信"理

---

① 详见陀思妥耶夫斯基：《三种思想》，收入《作家日记》下卷，第563-570页。除了俄、法，另一个入选伟大民族之列的，是新教的德国。但文中强调，德国文化的全部力量来自对法国传统的对抗和否定（第567-569页）。德国在作家细绘的"欧洲思想地图"上当然也是一个十分重要的存在。限于本文论题，这里仅指出：19世纪第二个二十五年间，尼古拉一世政府为预防法国"革命病"波及本国而采取了一系列措施，德国一度取代法国在俄罗斯文化中的霸权地位。德国唯心主义与浪漫主义对陀思妥耶夫斯基这代人产生了持续一生的影响，包括让他们在19世纪40年代可以在强调人的自由意志与人在历史中的能动性方面再次拥抱法国自由传统（详见伯林《辉煌的十年》，收入《俄国思想家》，第163-177页）。而新一代激进知识分子则进一步转向了"法国而非德国、天主教而非新教思想资源"，希望将规范与目标感带入"消极且缺乏组织"的俄罗斯（see James H. Billington, *The Icon and the Axe*, pp. 321-322）。
② 详见陀思妥耶夫斯基：《三种思想》，第566页；另参见：Priscilla Meyer, *How the Russians Read the French*, p. 89.
③ 陀思妥耶夫斯基：《排除科学的和解幻想》，收入《作家日记》下卷，第581页。

想的神圣性"的法、俄为参照，不承认存在理想模式、坦然接受现实之混杂矛盾的英国被作家判定追求"幸福"多过崇高，只能代表一种乏味的"中庸状态"。[①]《白痴》（*Идиот*, 1868）和《卡拉马佐夫兄弟》也曾借人物之口提到彼时报刊上关于英国议会制度与法律的讨论，但作家显然认为其流于表面，或只能解决"局部"问题。[②] 作为一位典型的 19 世纪俄国思想家，陀思妥耶夫斯基"具有明确的价值取向，却没有具体的社会政治纲领，不关心如何解决国家政权与人民的法律关系的现实问题"。[③] 这位充满宗教"诗情"的作家终究不会在《赌徒》代表的那种世俗时间中驻足太久——回过头来看，即使在《赌徒》中，其超越性追求其实仍然明显。阿斯特列先生这一"普通好人"形象的苍白，除了作家对其代表的那种英式智慧认知存在不足外，也与他热情的缺乏不无关系。如前文所述，阿斯特列先生的自信、从容来自对秩序的充分认同，他与陀思妥耶夫斯基心目中现代人通过痛苦的自我觉醒、与外在的有限秩序分裂，进而在更高层次上重建完整性的悲剧式努力无涉。[④] 相应地，他也从未被作家赋予决定性的拯救力量：他提供的一切帮助都是物质上的，而这些帮助在小说中始终未能像梅什金公爵或阿辽沙的言行、面容那样对一众俄罗斯着魔者的精神

---

① 详见陀思妥耶夫斯基：《排除科学的和解幻想》，第 583 页。
② See Bruce K. Ward, *Dostoyevsky's Critique of the West*, p. 77.
③ 徐凤林：《俄国思想家批判西方文化的两种立场（中译本导言）》，收入《俄国思想家与欧洲》，第 7 页。
④ 详见查尔斯·泰勒：《自我的根源：现代认同的形成》，韩震等译，译林出版社，2016，第 656 页。在陀思妥耶夫斯基的小说中，这种悲剧性突出地表现在人必须通过可能导向恶的"非理性的自由"才能抵达"在上帝之中的自由"，参见别尔嘉耶夫：《陀思妥耶夫斯基的世界观》，第 40-42 页。

世界产生触动。借用阿列克谢的刻薄点评，相较于"法国佬"，这位英国绅士缺乏让俄罗斯人"趋之若狂"的超越性的"美"（《赌》：528-529）。

　　一场相对隐蔽的三角对话也许能更充分地揭示作家思想的要领。伯曼（Marshall Berman）曾指出，《冬天记的夏天印象》和《地下室手记》中给人带来强烈压迫感的水晶宫与帕克斯顿（Joseph Paxton）设计的那座曲线雅致、"轻得快要没有了重量感"的建筑形象相去甚远，甚至让人"想知道陀思妥耶夫斯基是否真的见过实际的水晶宫"；^① 验之历史，英国人也并未将水晶宫视作某种绝对权威的象征（地下室人声称自己害怕这座"既不能偷偷向它伸舌头，也不能暗暗地向它做侮辱性手势"的大厦^②）。作为对"工业时代各种潜能的热情奔放的表现"，它的拆除没有遇到什么阻力，而重建后也轻松融入了英国民众的日常休闲娱乐之中，"他们并没有围绕水晶宫沉默地乱转，被威吓得缄口无言"。^③ 在其对水晶宫的描绘中，陀思妥耶夫斯基呈现的毋宁说是俄罗斯人对一种高度理性、精确剔除个体差异和偶然性的现代性的想象。而在与它的奋力对抗中，他也不自觉地过滤掉了现代性的其他面向：事实上，从《冬天记的夏天印象》到《地下室手记》，水晶宫的内涵在陀思妥耶夫斯基笔下不无滑移。在游记中，作家终归还透过宫殿外的其他人群注意到了资本主义秩序本身的混杂、流动，个人以

------

①　详见马歇尔·伯曼：《一切坚固的东西都烟消云散了——现代性体验》，徐大建、张辑译，商务印书馆，2004年，第309-310页。
②　详见费·陀思妥耶夫斯基：《地下室手记》，收入《地下室手记：中短篇小说集》，第202页。
③　详见伯曼：《一切坚固的东西都烟消云散了》，第311-312页。

不同形式追逐着私利性生活；而到了《地下室手记》，让地下室人感到恐惧的水晶宫已经消除了一切冲突，人的思想和行动都已同质化。① 这里的水晶宫更多的乃是移植自刚发表的《怎么办？》——在韦拉·巴夫洛夫娜的第四个梦中，那座远离都市、社员集中劳动和生活的玻璃宫殿，回响着卢梭、傅立叶和孔西德朗思想的声音，是相信人类可以完美设计并积极搭建"自由和幸福新模式"的唯理性主义传统的又一变体。② 《地下室手记》当然是对这一传统的一次著名阻击，但其批判深度在相当程度上正源于作家本人对乌托邦理想之诱惑的深刻体认。即使是"地下室人"也同意，人"是一种主要具有创造性的动物，他注定要自觉地追求一个目标，要从事工程技艺，也就是说，他会永远不断地为自己开辟道路，而不管朝着什么方向"。③ 陀思妥耶夫斯基拒绝以抽象观念为基础想象某种理想社会，但同时，他又将神圣理想／"伟大"与注定不齐整的世俗生活／"幸福"对立了起来。这位革命的著名反对者本身是一位将（对抗理性标准的）自由意志抬到无限高地位的精神革命者，④ 反对无神论乌托邦并不妨碍他认同法国自由主义—社会主义传统对人之尊严、意志和抱负的肯定，以及对终极解决方案的追求。在这位东正教作家畅想的那幅从"原始的父权社会"到"文明

---

① 作家用"蚁冢"来同时形容资本主义高度发达的伦敦城（详见《冬》：116）和法、俄社会主义者的乌托邦构想（详见《冬》：137；《地下室手记》，第 200 页）时，也存在这种微妙的意涵变化。

② See Douwe Fokkema, "Chernyshevsky's *What Is to Be Done?* and Dostoevsky's Dystopian Foresight", in *Perfect Worlds: Utopian Fiction in China and the West*, Amsterdam: Amsterdam University Press, 2011, p. 217. 小说相关内容详见车尔尼雪夫斯基：《怎么办？》，魏玲译，南京：译林出版社，1998 年，第 310-313 页。

③ 详见陀思妥耶夫斯基：《地下室手记》，第 200 页。

④ 详见别尔嘉耶夫：《陀思妥耶夫斯基的世界观》，第 84 页。

的时代"，再到"基督教世界"的历史图景中，他也只是用一个基
督教乌托邦再次换回了法国启蒙思想家本就是受"天城"启发而构
想出的那个"未来黄金时代"。① 毫不奇怪，在《地下室手记》被审
查删除的内容中，本来还提到了一座寄托了作家全部得救希望的
"真正"的"水晶宫"，一个人人拥抱爱与牺牲的基督教王国的完美
象征。②

　　在这座基督教"水晶宫"的召唤之下，陀思妥耶夫斯基很自然
地将写作热情倾泻于那些将自由运用于探寻人类精神极限的着魔
者和圣徒。也唯有选择这样的主人公他才可能成就其心目中致力
于"普遍的伟大和谐"的"伟大文学"。③ 作为特殊情境下的一次创
作，《赌徒》对中庸之人阿斯特列先生的塑造也许代表了作家对世
俗幸福一次最大程度的认可，但即使是这部小说，也只能证明陀
思妥耶夫斯基没有"拒绝和嘲笑"（而绝非全身心地拥抱了）这个
经验世界。④ 可以说，推崇价值调和、珍视现有文化价值的英式
传统虽进入了陀思妥耶夫斯基的视野，甚至成为其想象自我时的
一个有效参照，但自《冬天记的夏天印象》以降，它都没有引起过
他真正的思想震动；而与之相对，法国代表的思想传统带给陀思

---

　　① См.: Ф. М. Достоевский, "Социализм и христианство"// Полное собрание сочинений. В
30т, Т. 20, с. 191-195. 18 世纪启蒙思想家用"后世"取代基督教的天堂、用对人道的爱取代对上
帝的爱，但究其根本，那种"对完美境界的乌托邦式的梦想、那种对目前状态的局限性的挫折的
必要补偿"仍是基督教式的。详见卡尔·贝克尔：《启蒙时代哲学家的天城》，何兆武译，江苏
教育出版社，2005 年，第 101-131 页。

　　② 详见杨洋：《被删除与被遮蔽的政治实践——论〈地下室手记〉的被审核及其对作家意
图的颠覆》，载《俄罗斯文艺》2017 年第 3 期，第 56 页。

　　③ 详见陀思妥耶夫斯基：《普希金（简论）。6 月 8 日在俄罗斯语文爱好者学会会议上的
发言》，收入《作家日记》下卷，第 1001 页。

　　④ See M. V. Jones, "The Enigma of Mr. Astley", p. 47.

妥耶夫斯基的却是一种持续的焦虑，他既深受其诱惑，时时凝望深渊，又努力与之对抗，以便在关键节点划清界限。验之于俄罗斯的激进化历史，陀思妥耶夫斯基的这种智性倾向其实极具代表性——俄罗斯知识界相对最亲英的自由派在 1861 年后就因"不能解决根本问题"而在激进与保守两派的夹击中迅速失声，直到 19 世纪 90 年代才重新登上历史舞台，且声势始终有限。[①] 相较于同时代那些同样意识到世俗化带来的问题、但更多地寄希望于教育与文明的英国知识分子，[②] 在俄罗斯知识分子这里，"文化的绝对价值和创造这些价值的绝对意义"遭到了"宗教的、道德的和社会的怀疑"。[③] 这一选择带来的历史影响已远非本文可以涵盖，可以指出的是，陀思妥耶夫斯基精神深处那些相互纠缠的抗拒与迷恋让他同时成了相关历史的有力批判者与参与者。

---

① See Derek Offord, *Portraits of Early Russian Liberals*, pp. 41-43.
② 详见西蒙·赫弗：《高远之见：维多利亚时代与现代英国的诞生》下卷，徐萍、汪亦男译，社会科学文献出版社，2020 年，第 635-696 页。
③ 详见别尔嘉耶夫：《陀思妥耶夫斯基的世界观》，第 99 页。

西方：回旋效应

《岁月》与伍尔夫"俄罗斯远航"的重启

19 世纪末、20 世纪初,英国出现了一股"俄国热",使用俄罗斯器物、欣赏俄罗斯艺术成为中产阶级时尚。先是大批俄罗斯"新民族主义"制品涌入市场,农民艺术与现代风格的结合满足了"对布尔乔亚文化深感厌倦"的人们对原始野性和异域情调的渴求;[①] 至一战前夕,契诃夫的戏剧、冈察洛娃(Н. С. Гончарова)的绘画、陀思妥耶夫斯基的小说,以及佳吉列夫(С. П. Дягилев)的芭蕾和歌剧等更被接连引入,将这股接受热潮推向了高峰。人们一面赞叹"不同于西方具象化传统的东方象征艺术",一面将艺术创作等同为文化实然,相信眼前的作品都孕育于一种可以疗治现代西方之理性和机械的"俄罗斯灵魂"。1913 年,穆索尔斯基(М. П. Мусоргский)以 17 世纪末射击军叛乱为背景、有着强烈政治指向的《霍宛斯基党人之乱》(Хованщина, 1872—1880)被佳吉

---

① 详见奥兰多·费吉斯:《娜塔莎之舞:俄罗斯文化史》,郭丹杰、曾小楚译,四川人民出版社,2018 年,第 320 页。

列夫搬上伦敦舞台，不出意料地，歌剧的最后一幕引发了强烈关注：被军队包围的旧礼仪派信众在祈祷与歌唱中集体自焚，完美印证了英国观众心目中那个忍受苦难、专注内在精神提升的俄罗斯世界。①

　　这样的俄罗斯形象与英国此时的政治、外交需求深深契合。1907 年，英、俄暂停在中亚地区已经持续近百年的"大博弈"（"The Great Game"），双方签订协议，结成事实上的反德同盟。而一直到一战，解释英国作为一个民主国家与专制俄国的结盟，都是官方宣传活动的重点。② 高度审美化的"俄罗斯灵魂"无疑提供了便利的抓手。它并未真正改变自伊丽莎白时代以来就渗透于英国之俄罗斯观的东方主义倾向，却让野蛮人的形象变得独具魅力。这一点甚至得到了科学话语的支持。1915 年，心理学家埃利斯（Havelock Ellis）在《新政治家》（New Stateman）发表了《俄罗斯人的心理》（"The Psychology of the Russian"）一文，力陈俄罗斯人与德国人代表的是两种不同的"野蛮"，相较于德国的进攻性，俄罗斯灵魂是"女性化的"，既富有力量又不存在威胁。③ 同年，著名的古典学与人类学学者哈里森（Jane Ellen Harrison）发表了影响更大的语言学论著，从俄语的时态结构解读出俄罗斯灵魂重体验，而非实效的特点，并暗示这一灵魂与欧洲技术的结合

　　① See David Ayers, *Modernism, Internationalism and the Russian Revolution*, Edinburgh: Edinburgh University Press, 2018, pp. 11-12. 关于穆索尔斯基此剧创作的背景与意图，参见费吉斯：《娜塔莎之舞》，第 223-224 页。

　　② See Olga Soboleva and Angus Wrenn, *From Orientalism to Cultural Capital: The Myth of Russia in British Literature of the 1920s*, Bern: Beter Lang AG, 2017, p. 42.

　　③ Qtd. in David Ayers, *Modernism, Internationalism and the Russian Revolution*, p. 12.

将为战胜德国提供保证。① 若抛开英国此时严峻的战争与精神危机，很难解释这类话语的流行。但一经发明，其生产性力量却足以遮蔽，乃至覆盖现实。1917 年俄罗斯相继爆发了二月与十月革命，但左翼知识分子懊恼地发现，即使是革命的巨浪也未能真正改变英国接受者对一个高度审美化的东方乌托邦的迷恋。②

　　作为哈里森的崇拜者，弗吉尼亚·伍尔夫也对这种俄罗斯想象在英国的流行助力颇多：作为"俄国热"中受众最广的俄罗斯艺术门类，文学被普遍认为是"俄罗斯灵魂"最重要的载体，二者之间甚至被建立起了一种同构性。从 1917 年开始，伍尔夫参与完成了大量评述、出版乃至翻译 ③ 工作，极大地影响了同时代英国读者接受俄罗斯文学的角度与偏好。而她在 1917—1922 年发表的十四篇介绍俄罗斯文学最新译作的书评以及专论《俄罗斯视点》（"The Russian Point of View"，1925）中重点发挥的，正是俄罗斯文学对个体内心世界的挖掘、对情感的自由表达，以及松散无序的结构形式，它们对应了"俄罗斯灵魂"感受与融入世界的方式。在评述陀思妥耶夫斯基、契诃夫的作品时，伍尔夫更以充满诗意的语言直接带领读者进入"俄罗斯灵魂的旅程"，盛赞它们的神奇、炽烈既超然于具体社会结构，也不受理性逻辑的约束。④

---

① See Jane Ellen Harrison, *Russia and the Russian Verb: A Contribution to the Psychology of the Russian People*, Cambridge: Heffer, 1915, pp. 3-12.

② See David Ayers, *Modernism, Internationalism and the Russian Revolution*, pp. 11-15.

③ 参见伍尔夫夫妇从 1919 年开始与侨民科特林斯基（С. С. Котелянский）合作，共翻译了七部俄语作品，其中弗吉尼亚·伍尔夫参与署名的有三部。但她对俄语掌握有限，主要负责润色科特林斯基的英译（see Rebecca Beasley, "On Not Knowing Russian: The Translations of Virginia Woolf and S. S. Kotelianskii", in *The Modern Language Review*, vol. 108, No. 1[January 2013], pp. 1-29）。

④ 参见伍尔夫：《俄国背景》，收入《伍尔夫散笔全集》第 4 册，王义国等译，中国社会科学出版社，2001 年，第 1954 页。译文据原文略有改动。

值得指出的是，丰富的阅读和交游让伍尔夫对 19 世纪末以来俄罗斯无政府主义侨民与英国左翼知识分子积极讨论的那个"社会政治的俄罗斯"至少同样熟悉。俄国爆发革命后，她还曾参加由丈夫伦纳德·伍尔夫（Leonard Woolf）筹办的"1917 俱乐部"活动，支持民主社会主义。[①] 但沙皇专制统治覆灭、布尔什维克革命等震动世界的大事件在其信件与日记中确实没有留下什么痕迹，[②] 左翼对文学的那种政治化解读对她更是缺乏吸引力。在 1925 年给友人的一封信件中，伍尔夫干脆明了地将俄罗斯作家的优势归结为没有历史的负担，称"他们身后没有任何文学，而且毕竟，他们所描写的是一个简单得多的社会"。[③]

之所以会有这种选择性屏蔽，很大程度上是因为对于正在积极探索英国现代主义以及个人艺术风格的伍尔夫而言，只有跳脱出具体历史政治语境、"以灵魂为主要特征"的俄罗斯文学才能提供亟需的资源。[④] 除了发表专门以俄罗斯文学为对象的书评、论文外，她还在一系列论战性文章中对英、俄文学进行了比较，宣布"即使就现代小说发几句最起码的议论，也难免多少提起俄国人的影响；而一提起俄国人的影响，保不住就会觉得，除了他们的小说而外，写文章品评任何小说都是浪费时间"。[⑤] 按照伍尔夫的论述，传统英国小说过分偏重物质维度，缺乏俄罗斯文学那种对人

① See Olga Soboleva and Angus Wrenn, *From Orientalism to Cultural Capital*, pp. 250-251.
② See Darya Protopopova, "Woolf and Russian Literature", in Rryony Randall and Jane Goldman, eds., *Virginia Woolf in Context*, N. Y.: Cambridge UP, 2012, p. 386.
③ Nigel Nicolson, ed., *The Letters of Virginia Woolf, Vol. 3, 1923-1928*, London: The Hogarth Press, 1977, p. 183.
④ 详见伍尔夫：《俄罗斯视点》，收入《伍尔夫随笔全集》第 1 册，石云龙等译，第 167 页。
⑤ 伍尔夫：《现代小说》，收入《伍尔夫随笔全集》第 1 册，第 141 页。

物内在生命的揭示；而俄罗斯作家反自然主义、强调内省的认知方式，对现代欧洲的精神重生也格外具有意义。[①] 虽然学习俄语受挫以及亲身参与翻译的相关经历也让伍尔夫怀疑英国人对俄罗斯文学的解读可能存在重大偏差，但当她急于挑战本土传统的固有边界时，调用和强化一个已经获得巨大声望的文化他者形象，实在是最佳方案。而"俄国热"中流行的，以及伍尔夫详细讨论的，主要都是革命前的俄罗斯文学，是"一个已经不存在的国家的文化"，[②] 这也让她更容易将"俄罗斯"处理为一个纯粹的文化、审美空间，而非有着具体社会历史的政治主体。

　　但抱着这样一种高度实用的接受态度，伍尔夫能否一直保持接受热情也成了值得关注的问题。莱茵霍德（Natalya Reinhold）曾根据 20 世纪 70—90 年代出现的大量新材料梳理伍尔夫如何在俄罗斯文学中寻找英国文学"现代化"亟需的异质资源。借用作家第一部长篇小说的标题，她将伍尔夫通过各种跨文化实践进入俄罗斯空间的想象性旅行概括为一场"俄罗斯远航"（"Russian voyage out"）；不过，文章指出，到 20 世纪 20 年代后半期，这场远航已然走向尾声。[③]1922 年后，伍尔夫有很长一段时间没有再追踪俄罗斯文学译介动态、发表书评，直到 1927 年才又发表了《胆小的巨人》（"A Giant with Very Small Thumbs"），但这也是她发表的最后一篇相关书评；阐释俄罗斯文学之内倾性、最常

---

　　① 详见伍尔夫：《现代小说》，第 134-141 页；伍尔夫：《班奈特先生和布朗太太》，收入《伍尔夫随笔全集》第 2 册，王义国等译，第 906-914 页。

　　② See Darya Protopopova, "Woolf and Russian Literature", pp. 386-387.

　　③ See Natalya Reinhold, "Virginia Woolf's Russian Voyage Out", in *Woolf Studies Annual*, vol. 9(2003), pp. 1-2.

被论者引用的《班奈特先生和布朗太太》("Mr. Bennett and Mrs. Brown", 1924)、《现代小说》("Modern Fiction", 1925)，以及《俄罗斯视点》等文章经过修改后到 20 年代中期也均已定稿。而皮特·凯（Peter Kaye）在其探讨陀思妥耶夫斯基对英国现代主义之影响的专著中，同样注意到伍尔夫对陀思妥耶夫斯基的接受从 20 年代后半期开始降温，后者的创作常常被认为最能代表所谓的俄罗斯灵魂。[①] 按照两位研究者的论述，这种接受态度的变化与英国现代主义文学已经获得足够合法性，而伍尔夫也结束自己的学徒期、推出了《达洛维夫人》(*Mrs. Dalloway*, 1925)、《到灯塔去》(*To the Lighthouse*, 1927) 等佳作有关。此时的她可以更自由地选择与自身气质更为相契、在文化和语言层面隔阂更小的文学资源（如普鲁斯特的小说 [②]）。

　　而到了 20 世纪 20 年代后期，伍尔夫对自己此前参与绘制的那幅漫画化俄罗斯文学肖像进行的辛辣嘲讽，似乎也支持了其接受热情已然退去的看法。在 1927 年发表的最后一篇书评《胆小的巨人》开篇，她就指出英国人在俄国文学热中看到的只是英国人自己发明的一个水中镜像："他们从契诃夫和陀思妥耶夫斯基中找到一些他们认为是俄国特色的东西，就以为是最好的东西"，"打个形象的比方，俄国文学就是一群人在一间什么也看不清的屋子

---

　　① See Peter Kaye, *Dostoevsky and English Modernism, 1900-1930*, N. Y.: Cambridge University Press, 1999, p. 82.

　　② See Peter Kaye, *Dostoevsky and English Modernism, 1900-1930*, p. 86. 除了指出伍尔夫已经从俄罗斯文学中获得所需资源外，莱茵霍尔德还在文章末尾提及 20 年代中后期才了解到了苏联的政治现状，以及托尔斯泰、陀思妥耶夫斯基私人生活中的一些"污点"。但这类因素会在多大程度上造成伍尔夫对俄罗斯文学的"日渐失望"，尚值得商榷 (see Natalya Reinhold, "Virginia Woolf's Russian Voyage Out", p. 21)。

里无休无止地喝着茶讨论着什么是灵魂；这，就是我们的假设"。[①]
而在次年出版的《奥兰多》(*Orlando: A Biography*) 中，这种自嘲
更达到了顶峰。如鲁本斯坦（Roberta Rubenstein）指出的，作家
在这部游戏之作中对曾经参与塑造其自身文学偏好的一系列文学、
文化基因进行了重审，而俄罗斯文学正在此列：20 世纪英俄夸张
的文学相遇被置换为詹姆斯王时代同样夸张的跨国之恋。刚刚踏
上自我探索之旅的奥兰多被狂野神秘的俄罗斯公主萨莎吸引，在
她身上投射了自己的诸般欲望。直到最终被无情抛弃，他才意识
到自己从未真正了解过这位情人。冰雪消融之际，奥兰多目送萨
莎乘坐莫斯科公国使团的大船消失于天际。而作家本人似乎也告
别了对俄罗斯文学 / 灵魂的爱恋。[②]

　　这些观察和论述都颇具启发性。对文化他者的指认和塑造与
对自我的探索实乃一体之两面，不难理解，伍尔夫对俄罗斯异质
性的阐发会与其探索英国文学以及自身创作边界的过程高度叠合。
然而，需要立即指出的是，作家的这种探索并未随着 20 世纪 20
年代其文学声名的建立而进入一条平稳航道。正如近年学者通过
"晚期现代主义"（late modernism）这类概念大力阐发的，传统英
国文学史过分强调现代主义在 20 世纪 10—20 年代的繁荣，但事
实上，在进入文学高度政治化的"红色三十年代"后，现代主义
作家们关于现代的体验和书写仍在不断变化、发展。无论是英国
面临的新的战争危机和社会政治困境，还是形式实验因为"脱离

---

① 伍尔夫：《胆小的巨人》，收入《伍尔夫随笔全集》第 4 册，第 1935 页。
② See Roberta Rubenstein, "*Orlando*: Virginia Woolf's Improvisations on a Russian Theme", in *Forum for Modern Language Studies*, vol. 9, No. 2(April, 1973), pp. 166-169.

现实"而遭到的严厉批评，都带给了伍尔夫新的挑战。① 拒绝变得"过时"的作家决意"继续冒险，继续改变"。② 她用长达五年的时间（1932—1937）完成了长篇小说《岁月》（*The Years*）。虽然小说问世后一度被视作一部"超政治的家世小说"，但从保存下来的大量草稿可以看出，作家原本有着强烈的社会文化批判意图。③ 文学风格上，她亦刻意加强对外部世界的呈现，与自己之前的意识流写作拉开距离。④ 即使在伍尔夫几乎总是充满自我怀疑的创作生涯中，反复打磨修改《岁月》所带来的痛苦、耗费的精力也是空前的。⑤ 而恰恰就在这样一部冒险、革新之作中，出现了一个"以教授灵魂为生"的人物尼古拉斯。⑥ 与萨莎公主一样，他也承载着作家关于"灵魂化的俄罗斯文学"以及"文学化的俄罗斯灵魂"的想象。但其形象在小说中闪烁不定，并不像研究界习惯认为的那样只是体现了伍尔夫此前俄罗斯文学接受经验的一点余韵。如下文将详加讨论的，自身处境的变化、对文学与政治危机的新的体认，让作家对俄罗斯文化的异质性重新加以挖掘和利用；与此同时，她又延续和推进了此前关于文化跨界传播所含风险的检省。这两个方面既有交叠又有冲突。通过尼古拉斯这面重新打造的、带有

---

① See Alice Wood, *Virginia Woolf's Late Cultural Criticism*, London: Bloomsbury Academic, 2013, pp. 3-4.

② See Anne Olivier Bell ed., *The Diary of Virginia Woolf, Vol. 4, 1931-1935*, N. Y.: Harcourt Brace Jovanovich, 1982, p. 187.

③ See Alice Wood, *Virginia Woolf's Late Cultural Criticism*, p. 27.

④ See Thomas S. Davis, "The Historical Novel at History's End: Virginia Woolf's *The Years*", in *Twentieth Century Literature*, vol. 60, No.1(Spring, 2014), p. 6.

⑤ 详见昆汀·贝尔：《弗吉尼亚·伍尔夫传：伍尔夫夫人，1912—1941》，萧易译，广西师范大学出版社，2018 年，第 272-277 页。

⑥ 弗吉尼亚·伍尔夫：《岁月》，莫昕译，华中科技大学出版社，2021 年，第 451 页。后文出自同一著作的引文，将随文标出该著名称首字和引文出处页码，不再另注。

裂缝的他者之镜，我们正可以一窥作家 20 世纪 30 年代思想与创作的胶着之处，探查她究竟如何在各种矛盾诉求间进行选择。此外，补充莱茵霍德等人的研究，追踪狂热退去后伍尔夫与俄罗斯文学的对话，也将揭示出英、俄之间这场声势浩大的跨文化远航隐藏的更多侧面与可能性。

一、在战争的阴影下谈论灵魂

《岁月》讲述了 19 世纪 80 年代至 20 世纪 30 年代帕吉特家族三代人的故事，但小说刻意回避叙事的宏大绵长，仅跳跃性地选取了若干年份、不同家族成员的日常经历作为英国社会与历史的截面加以呈现。官方历史中的许多大事件都只通过一二细节加以提示。尼古拉斯·波姆加罗夫斯基这一人物登场的"1917"，却是整部小说中最直接地呈现公共事件对个人生活之强势入侵的一章：1917 年，德国空军开始轰炸伦敦，在最新航空科技成果的助力下，普通民众遭到了无差别袭击，战争已然成为日常。小说的这一章就设定在一个看似普通的寒冷冬夜，尼古拉斯与帕吉特家族中人的聚会突然被空袭打断，所有人被迫躲入地窖避难。

战争在伍尔夫以及同时代其他现代主义作家的创作中一直占据着重要位置。[1] 但与"受一次大战的梦魇之扰"的 20 年代不同，30 年代的人们开始更多地"受担心下次大战的恐怖之扰"。[2] 随着

---

[1]　See Beryl Pong, "War and Peace", in Anne E. Fernald, ed., The *Oxford Handbook of Virginia Woolf*, Oxford: Oxford UP, 2021, pp. 444-450.

[2]　详见克莱顿·罗伯茨等：《英国史（下册）：1688 年—现在》，潘兴明等译，商务印书馆，2021 年，第 419 页。

经济大萧条席卷欧洲，1933 年，德国紧跟意大利，形成"元首"领导下的独裁政权，法西斯势力加速扩张。通过国际联盟以及 20 年代签订的一系列互不侵犯条约构建和平的理想日趋破灭，新的战争变得不可避免。而战争书写的重心也从创伤记忆更多地转向了对灾难性未来的预表。"1917"使用了伍尔夫自己在一战空袭中留下的日记，但作家写作当下的焦虑也明显融入其中。尤其是，1936 年 11 月开始的马德里大轰炸被英国报刊和广播广泛报道，给伍尔夫带来了极大精神刺激。[1]在她看来，空中俯视的视角将一切抽象化，改变了"每一样东西的道德价值观念"，剩下的只有统治与奴役的关系。这就是整个僵化世界的象征。[2]

　　而在被战争的绝对恐怖笼罩的这一章中，尼古拉斯的属灵气质格外引人注目。来访的埃莉诺·帕吉特是第一次看到这个古怪的外国人。后者对用"现代科学"解释"拿破仑的伟人心理"表现出怀疑态度，发表了人必须先洞察自我，然后才能更好地进行制度建设的宏论。听完后，埃莉诺的第一反应就是此人"肯定是俄国人"（《岁》: 391-393）。而空袭刚刚结束，尼古拉斯就准备在地窖中大谈灵魂问题（《岁》: 408），这俨然复现了伍尔夫在《胆小的巨人》中讽刺过的、英国人关于俄罗斯文学就是"在一间什么也看不清的屋子里喝着茶讨论什么是灵魂"的夸张想象（茶被换成了红酒）。难怪鲁本斯坦会认为，在塑造这一人物时，伍尔夫只是延

---

　　① See Elizabeth F. Evans, "Air War, Propaganda, and Woolf's Anti-tyranny Aesthetic", in *Modern Fiction Studies*, vol. 59, No. 1(Spring, 2013), pp. 62-64.

　　② 详见伍尔夫：《飞越伦敦》，收入《伍尔夫随笔全集》第 2 册，第 990 页。

续了《奥兰多》中的那种戏谑笔调。①

　　的确，世界大战严重动摇了人类对自身的信仰。两次大战间歇期的欧洲知识界更倾向于从心理学、人类学的角度论证人类的暴力本性，并呼吁改善带有压迫性的政治、经济、教育以及外交体制，对此本性进行抑制、中和。伍尔夫夫妇经营的霍加斯出版社（Hogarth Press）从1924年开始推出弗洛伊德著作的英译本。伦纳德和布鲁姆斯伯里团体的其他成员，如克莱夫·贝尔（Clive Bell）、凯恩斯（John Maynard Keynes）等，也都在各自的专业领域里积极探讨了相关制度建设问题。② 而在《岁月》的姊妹篇（共享史料，并使用了小说部分删减内容）、政论《三枚旧金币》（"Three Guineas"，1938）中，伍尔夫从性别的不平等出发，着重揭示了军国主义与父权制的内在关联，认为正是后者培育了人类的统治欲与攻击性。《岁月》中最具反叛性的人物萨拉关于自我的核心想象即"被活埋的安提戈涅"。她在小说中多次将榨取其生命活力的制度性压抑比作"洞穴"，③ "1917"中众人藏身的地窖作为各种历史暴力的集合，更被她称为"粪土堆成的洞穴"（《岁》：409）。不难理解，对于这样一个有着强烈社会批判意识的人物而言，尼古拉斯的灵魂说过于缥缈无力。在后者发言时，她甚至一度陷入沉睡（《岁》：415）。

　　但"洞穴"这一比喻同样很容易让人联想到柏拉图的《理想

① See Roberta Rubenstein, *Virginia Woolf and the Russian Point of View*, N. Y.: Palgrave Macmillan, 2009, p. 154.
② See Christine Froula, Virginia *Woolf and the Bloomsbury Avant-garde: War, Civilization, Modernity*, N.Y.: Columbia University Press, 2005, pp. 5-10; see also Beryl Pong, "War and Peace", p. 450.
③ See Hermione Lee, *The Novels of Virginia Woolf*, Abingdon: Routledge, 2010, pp. 191-192.

国》。完成灵魂转向的哲人难以唤醒同伴，原因正在于只有他走出了认知的深穴，看到了更深层的真相。社会机制的建设与完善，在伍尔夫眼中远非全部的答案。虽然同样重视"心理的社会性"，但她也曾嘲笑弗洛伊德式的精神分析过分简化事实，忽略了个体的差异。[①] 细审之下，怀疑现代科学、推崇自我完善的尼古拉斯其实并不像萨莎公主那样与小说的英国情境格格不入：出现在"1917"一章中的，都是伍尔夫意义上的"外人"（三个"受教育者的女儿"和两个外国人）。他们在社会政治的暴力中承受和失去得最多，但也最能证明生活中始终有不能被外部力量完全规范和压制的角落。地窖中，来自"上面"的炮弹声一度牢牢统摄他们的心神。但空袭一结束，那些被夺走的"个人的东西"马上开始在每个人心中复活（《岁》: 408-410）。作为观念最正统的家族长女，埃莉诺本来与富有反抗精神的萨拉处于两极，是众人之中对国家暴力的伦理依据最少反思的一位。但身处"洞穴"，尼古拉斯以一种典型的契诃夫式语言描绘的那个人人都可以更自由、更自然地生活的"新世界"，[②] 却在她心中激起了格外强烈的情感反应。随后，当埃莉诺得知尼古拉斯有同性恋倾向时，她先是感到了一阵嫌恶，但很快意识到并非所有差异都需要以暴力清除，自己仍然喜欢这个"该被关在监狱里的人"——这种微妙的转变本身就是尼古拉斯所说的可以通往新世界的"灵魂的学习"（《岁》: 416）。而被尼古拉斯叫醒的萨拉，尽管语带嘲讽，也根据自己对其学说的理解

---

① See Perry Meisel, "Woolf and Freud: The Kleinian Turn", in Rryony Randall and Jane Goldman, eds., *Virginia Woolf in Context*, p. 332.

② See Hermione Lee, *The Novels of Virginia Woolf*, pp. 194-197.

描绘出了一种从"洞穴"中逃逸的可能:"灵魂朝空中飞,就像火星飞上烟囱。"(《岁》: 415)个人的感受和体验构成了一切反抗与建设的起点。昆汀·贝尔(Quentin Bell)曾在传记中记录,当他按照 20 世纪 30 年代的流行看法,从经济和政治的角度说解世界形势时,伍尔夫不置可否。在后者看来,更重要的还是"自我道德境界的提高"。[1] 选择让尼古拉斯在"1917"这样直面战争暴力的一章中登场、谈论灵魂,与其说是为了制造某种喜剧效果,不如说是伍尔夫对自身"非主流"立场的一次校验。

而这种立场也并不像初看起来那样缥缈和不合时宜。30 年代,现实的变化恰恰以一种可悲的方式证明了伍尔夫此前就曾在《现代小说》中借俄罗斯文学提出的看法:被物质主义者轻视的精神因素是生活的真实构成,与政治、经济一样(如果不是更加)有力地影响着世界的面貌。[2] 这一时期西方各国的政治问题"已经不再能单纯地由国与国之间的竞争抗衡来解释",而更多地转为意识形态冲突。[3] 尤其是,因为现代战争空前仰仗民众的支持,激发成员对所在共同体的认同与效忠意识成为政府战略工作的重中之重。[4] 在小说手稿中,尼古拉斯就犀利地指出,欧洲各个帝国内部充斥着压迫与剥削,那些活得像"奴隶"的人毫无理由地被爱国主义辞

---

[1]　详见贝尔:《弗吉尼亚·伍尔夫传》,第 266 页。

[2]　详见伍尔夫:《现代小说》,第 135-138 页。

[3]　详见艾瑞克·霍布斯鲍姆:《极端的年代:1914—1991》,郑明萱译,中信出版集团,2017 年,第 173 页。

[4]　详见埃里克·霍布斯鲍姆:《民族与民族主义》,李金梅译,上海世纪出版集团,2006 年,第 81-82 页。

令号召去支持战争。① 注意到这类发言（或许还有尼古拉斯对拿破仑的突兀提及），达尔加诺（Emily Dalgarno）相信伍尔夫在此呼应了托尔斯泰在《战争与和平》中塑造的尼古拉（罗斯托夫）：战争同样决定性地影响了托尔斯泰的生活与创作。1854—1855 年，身为贵族军官的托尔斯泰参加了克里米亚战争中最惨烈的塞瓦斯托波尔围困战。正是在战壕中，他第一次突破帝俄僵化的阶层划分，发现了"人民"。农奴为帝国做出的巨大牺牲让他在战后一直陷于身份认同危机。战争因何而起，某些人为何服从于某人或某国，杀戮同类又如何成为一种荣耀，这些困扰 20 世纪初欧洲知识分子的问题也是托尔斯泰写作《战争与和平》时一直在思考的。而他笔下的尼古拉恰恰是小说中深刻体验到帝俄爱国辞令之虚妄的一个人物。在拿破仑战争大规模的军事动员中，尼古拉一度被激发起效忠帝国的热情，迫不及待地奔赴战场；但前线的血腥逐渐让他感受到人类以国家之名相互杀戮的可怖，战地医院的见闻更向其揭示了帝国内部的不公。②

　　达尔加诺关于两个尼古拉斯之间存在直接联系的论断，或可商榷。但在《岁月》的写作进入关键阶段时，伍尔夫的确在日记中提到要从《战争与和平》的最后一章寻找灵感。③ 而众所周知，这一章全部由历史哲学思考构成。通过提出著名的"历史微积分"，托尔斯泰最终否定了宏大目标、官方指令对民族生活走向的决定性意义，力陈每一个个体的"日常生活、'活生生'的经验"才是

---

① See Emily Dalgarno, *Virginia Woolf and the Migrations of Language*, Cambridge: Cambridge UP, 2012, p. 85.

② See Emily Dalgarno, *Virginia Woolf and the Migrations of Language*, pp. 83-87.

③ See Anne Olivier Bell ed., *The Diary of Virginia Woolf, Vol. 4, 1931-1935*, p. 249.

历史的真实。^① 在自己的战争与家族史中避开宏大叙事、聚焦日常生活的伍尔夫无疑持有类似的历史观。^② 真正的问题在于，身处 19 世纪俄罗斯的托尔斯泰还可以从容地将传统的莫斯科与西化的彼得堡、淳朴的人民与堕落的统治阶层区分开来，嘲弄交战双方那些自以为可以主宰历史的"伟人"，从而将自己的民族解放故事与强调帝国救赎的官方叙事拉开距离。对法战争胜利的原因被归结为每一位俄罗斯普通人的选择；^③ 而在伍尔夫所处时空，随着政治的民主化，子民转化为近代公民，民粹意识已经"很难与民族意识或沙文主义式的爱国情操区别开来"。^④ 召唤民众为抽象对象献身的那种意识形态魔力带给伍尔夫的是一种更为深重的忧惧感。1935 年旅行时，她与丈夫冒失地取道德国，在波恩误入了一场纳粹示威活动，目睹了现场民众对"领袖"的崇拜以及反犹的狂热。^⑤ 这种狂热甚至也出现在向来以政治稳定著称的英国本土。在《岁月》的最后一章，也即以 20 世纪 30 年代为背景的"现在"一章中，家族第三代成员、曾积极参加一战的前军官诺斯从非洲殖民地的农场回到了阔别已久的伦敦。旧日的帝国主义辞令似乎已被其抛诸脑后。站在街头，他无意一瞥，发现"有人用粉笔在墙

① 详见列夫·托尔斯泰：《战争与和平》，收入《列夫·托尔斯泰文集》第 8 卷，刘辽逸译，人民文学出版社，2013 年，第 1459-1503 页。
② 结合伍尔夫的日记、书信等，达尔加诺还具体讨论了托尔斯泰的小说及历史观如何影响了《达洛维夫人》和"1917"中"战争"与"和平"交融的双线结构。See Emily Dalgarno, *Virginia Woolf and the Migrations of Language*, pp. 71-81.
③ See John Gooding, "Toward *War and Peace*: Tolstoy's Nekhliudov in *Lucerne*", in *The Russian Review* vol. 48, No. 4(Oct., 1989), pp. 396-397.
④ 详见霍布斯鲍姆：《民族与民族主义》，第 86 页。
⑤ See Elizabeth F. Evans, "Air War, Propaganda, and Woolf's Anti-tyranny Aesthetic", pp. 57-58.

上画了一个圈，里面画了一条锯齿状的线"（《岁》: 433）。这正是莫斯里（Oswald Mosley）1932 年创建的英国法西斯联盟（British Union of Fascists）的标志。对此，小说只是一笔带过，丝毫未加渲染，但场景的日常化恰恰凸显了精神操控的无孔不入、层出不穷。

反过来说，现代世界的这种意识形态之战也更要求人们不断自我审视与自我完善，以个体的道德意识与朴素情感来检验流行话语鼓吹的那些价值。继在"1917"中亮相后，尼古拉斯在"现在"一章中再次登场——就在看到法西斯标志前，诺斯刚刚结识了这个古怪的外国人，并在街上回味着他有关"独裁者，拿破仑，伟人的心理状态"以及"自我洞察"的言论（《岁》: 432）。这些话题在一战的空袭之夜都已出现过。然而历史并未进步，既然大规模的暴力、奴役与意识形态的偏狭成了常态，尼古拉斯的灵魂说就远未过时。伍尔夫深信，危局之中的人们首先要对抗的，是自己"头脑中的希特勒主义"。①

二、分裂时代里的连接者

然而，在"1917"一章的定稿中，尼古拉斯对爱国主义辞令的嘲讽被尽数删除。他更批评态度激烈的萨拉"有偏见、狭隘、不公正"，未能同情地理解诺斯参战的热情（《岁》: 399）。按论者的看法，伍尔夫反战态度的这种收束与法西斯势力日益猖獗有关。

---

① 详见伍尔夫：《和平——空袭中的思索》，收入《伍尔夫随笔全集》第 3 册，王斌等译，第 1373 页。

面对将战争与暴力理想化的法西斯主义，和平手段终究无法解决问题。[①] 但伍尔夫在写作《岁月》过程中的自我审查并不只限于战争问题。大幅的修改始于 1933 年。这年年初，作家决定放弃此前设计的、颇为新颖的"散文—小说"（essay-novel）形式，虽然此时她已用这种形式完成了满满两个笔记本的写作。[②] 小说最后呈现出的形态偏于传统；而从 6 月开始，伍尔夫对以萨拉为叙事焦点的一些章节进行了反复修改，不再让这一人物作为自己的代言人直接进行女性主义批判，同时对其进行"去中心化"处理，更多地将她放置于和其他人物的关系之中。[③] 收敛美学与政治的锋芒，可以说是此后数年《岁月》写作与修改的一个总体方向。后世许多批评家对此颇感困惑，甚至不满。[④]

　　而值得注意的是，就在 1933 年的夏秋，伍尔夫集中重读了屠格涅夫作品的十一卷英译本以及相关传记、回忆录和书信，完成了专论《屠格涅夫的小说》（"The Novels of Turgenev"）。如研究者已经指出的，文章分析屠格涅夫写作策略时使用的一些概念和表达也一再出现在伍尔夫的日记和笔记之中，用以提示《岁月》的创作方向。[⑤] 本文当然无意在作家的阅读与写作之间建立简单的因果关系——在重读屠格涅夫时，伍尔夫看到的毋宁说是自己想看

---

① See Emily Dalgarno, *Virginia Woolf and the Migrations of Language*, pp. 82-83.

② See Charles G. Hoffmann, "Virginia Woolf's Manuscript Revisions of *The Years*", in *PMLA*, vol. 84, No. 1(Jan., 1969), pp. 79-84. 所谓"散文—小说"，伍尔夫计划的是虚拟一场讲座，演讲者以一部（尚未发表的）小说中的若干片段为分析对象，阐发其中涉及的社会、经济以及性别问题，叙中夹议。

③ See Anne Olivier Bell ed., *The Diary of Virginia Woolf, Vol. 4, 1931-1935*, p. 152.

④ See Alice Wood, *Virginia Woolf's Late Cultural Criticism*, pp. 27-28.

⑤ See Roberta Rubenstein, *Virginia Woolf and the Russian Point of View*, p. 147.

到的，甚至已经存之于心的一些东西；但我们或许可以尝试将出现在关键时刻的《屠格涅夫的小说》视作一份思想的显影剂，借助它来把握伍尔夫此时格外关注的一些问题及其调整自身写作的依据。而作家对俄罗斯文学的重新阐释，也可以解释尼古拉斯这位灵魂教导者被赋予的一些新的特质。

　　事实上，此时距伍尔夫发表自己的上一篇俄罗斯文学专论《俄罗斯视点》已有八年，离其最后一篇书评《胆小的巨人》也过去了六年。而重新点燃伍尔夫热情的屠格涅夫此前甚至根本不在她最喜爱的俄罗斯作家之列。[①] 这与屠格涅夫的小说相对符合欧洲小说既有传统，对"灵魂"的表现并不那么突出有关。[②] 但显然，到 1933 年，伍尔夫"俄罗斯远航"的方向已有所改变：《屠格涅夫的小说》以赞赏的口吻写道，屠格涅夫笔下的人物不仅追问他们自己"人生的意义"（也即个体的灵魂问题），"同时还思索俄罗斯的问题"，努力寻找民族发展道路。小说最后呈现的历史兼有深度与广度。[③] 而恰恰是那些伍尔夫此前不甚关心的涉及具体社会政治的"俄罗斯问题"，引发了她的强烈共鸣："它们讲述的是19 世纪五六十年代的俄罗斯，却未尝不是在讲眼下的我们自己。"（《屠》: 864）

　　这里所说的"19 世纪五六十年代"是俄罗斯社会与思想发展的一个关键时期。屠格涅夫的六部长篇小说有五部写作于这一时

---

① See Roberta Rubenstein, *Virginia Woolf and the Russian Point of View*, p. 131.

② 对于屠格涅夫在"俄国热"中尴尬的接受境遇，伍尔夫在 20 年代后期也已有所反思。详见伍尔夫：《胆小的巨人》，第 1935 页。

③ 伍尔夫：《屠格涅夫的小说》，收入《伍尔夫随笔全集》第 2 册，第 868 页。后文出自同一著作的引文，将随文标注该著名称首字和引文出处页码，不再另注。

期。克里米亚战争中对战英、法的惨败让加速现代化变革成为俄罗斯各界共识。亚历山大二世甫一登基就开启了改革，在经济领域强力引入国家主导的资本主义。但改革在政治方面始终没有相应动作，各项改革政策在落实过程中受到保守贵族、乡绅以及一个庞大专制官僚体系的牵制。作为改革的重中之重，经特别委员会反复讨论完成的农奴解放方案终于在 1861 年公布，但各方均感不满，最后不仅没能帮助地主与农民实现大和解，反而加剧了社会各阶层以及知识界内部的分裂。新一代激进青年对西方进步学说加以极端推演，呼吁革命，乃至恐怖暗杀，老一辈自由派对有序改良的倡导则被贬斥为无视民众疾苦的虚伪托词。① 屠格涅夫1862 年推出的小说《父与子》也为俄罗斯阶层、代际以及思想阵营之间的这种严重分裂提供了经典画像与命名方式。

　　不难理解伍尔夫为何会在屠格涅夫的作品中看到"眼下的我们自己"。尽管细节大有不同，在 20 世纪 30 年代的英国，经济的衰退、失业率和贫困率的居高不下同样加剧了社会的阶级分化。面对国内国际形势的恶化，知识青年对表现得软弱无力的自由民主国家失去了信心，也纷纷选择拥抱政治激进主义。1933 年在投给杂志的一封信中，布鲁姆斯伯里团体的二代成员朱利安·贝尔（Julian Bell）就曾提到，剑桥大学在短短两三年间智识气氛陡变，学生急剧左倾。② 与屠格涅夫这位自由派"父辈"一样，伍尔夫对

① 详见费吉思·奥兰多：《克里米亚战争：被遗忘的帝国博弈》，吕品、朱珠译，南京大学出版社，2018 年，第 524-534 页；see also Wayne Dowler, "The Intelligentsia and Capitalism", in William Leatherbarrow and Derek Offord, eds., *A History of Russian Thought*, N. Y.: Cambridge University Press, 2010, p. 266.

② 转引自张楠：《"文明的个体"：弗吉尼亚·伍尔夫和布鲁姆斯伯里文化团体研究》，复旦大学出版社，2018 年，第 28 页。

追求社会公义的"子辈"有着天然的亲近，却无法接受后者粗糙的功利主义与主张的暴力手段。两位作家也都怀疑"子辈"在多大程度上能理解和接近自己试图解救的阶层。在《屠格涅夫的小说》中，伍尔夫引述了《处女地》主人公涅日达诺夫的经历。这位强迫自己参加民粹主义运动的理想青年最终发现"了解农民而不仅仅是研究农民，是一件十分困难的工作"，只能选择自杀（《屠》：869）；而在《岁月》的"现在"一章中，一群"善良的年轻人"出现在了聚会上。他们热烈地谈论政治，排斥一切异见，"公正与自由"在大厅里"回响轰鸣"。亲历了战争与殖民地现实的诺斯沉默地听着这些议论，总觉得"在言语和现实之间，有种错位"——这些基本出身于名校与富裕阶层的年轻人以为生活就像加入社团、签署"声明"那样简单。但就在此刻，当他们继续享受着（自己希望彻底摧毁的）传统秩序带来的精神与物质福祉时，"那些清洁工、管道工、缝纫女工、装卸工，他们又在哪里呢"（《岁》：570-571）。

换言之，当激进青年高谈阔论时，其对象始终是缺席的。而紧跟在他们后面出场的老一辈学者爱德华·帕吉特沉浸在"诗歌与过去"，似乎与"子辈"立场相对；但当他拒绝与诺斯分享自己的知识，总是"不说完自己的话"时，他表现出的同样是对自我的固守、与现实的隔绝（《岁》：572-585）。[1] 在伍尔夫看来，这些知识分子患上的正是典型的现代交流障碍症：现代生活场景的多样与

---

[1]   伍尔夫 1940 年在《倾斜之塔》（"The Leaning Tower"）中对两代作家群体（以 1925 年为界）的描绘，呈现的可以说就是一出更完整的英国版"父与子"。详见伍尔夫：《倾斜之塔》，收入《伍尔夫散笔全集》，第 2 册，第 714-721 页。

组织形式的集约、个体对自我理性的推崇与经验的有限之间构成
了强烈反差。整部《岁月》都充斥着"得不到回应"和"没有说完"
的句子。[①] 而到了"现在"这章，作家更以一种最直接的方式将这
种隔阂、分裂推向前台。参加聚会的宾客悉数到场后，看门人的
孩子奉命登台表演，但无论是心怀正义的青年，还是博雅自矜的
老派学者，抑或热衷公益慈善的贵妇人，现场没有一个人能听懂
他们的语言（《岁》: 606-609）。

　　在伍尔夫此前的作品中，交流的困境同样是一个重要主题。
但在《岁月》中，它被更切实、直接地与英国现实联系了起来。20
世纪 30 年代社会政治与文坛风气的急剧变化显然给伍尔夫带来了
思想上的震动。1931 年初她接待了访英的赫胥黎，后者此行是为
了调查大萧条对工业的冲击、完成相关写作计划。在日记中，伍
尔夫坦言，与积极投身公共事业的赫胥黎相比，封闭在小天地的
自己是不成功的，对方才代表了"现代"。[②] 而几个月后，她的实
验性小说《海浪》（ The Waves, 1931 ）出版，因为"沉溺于自我的
世界"而引发大量批评，这多少也促使她在接下来的《岁月》中有
所突破。[③] 如果说，1927 年时伍尔夫还曾撰文畅想不久之后的小
说"将与生活保持更远的距离"，专注"记录现代大脑的变化"而
"很少使用那个神奇的记录事实（ fact ）的力量"；[④] 那么，几乎从构
思《岁月》之初，她就决意纳入更多"事实"，节制自己更擅长的

---

① 详见哈里斯：《伍尔夫传》，高正哲、田慧译，时代文艺出版，2016 年，第 162 页。

② See Anne Olivier Bell ed., *The Diary of Virginia Woolf, Vol. 4, 1931-1935*, p. 12. 1931 年 2 月到 4 月伍尔夫为英国版《好管家》（ *Good Housekeeping* ）撰写的一组直接讨论公共议题的文章明显受到了赫胥黎此次来访的影响。See Alice Wood, *Virginia Woolf's Late Cultural Criticism*, pp. 34-40.

③ See Alice Wood, *Virginia Woolf's Late Cultural Criticism*, p. 10.

④ 详见伍尔夫：《狭窄的艺术桥梁》，收入《伍尔夫随笔全集》第 4 册，第 1559-1561 页。

"想象"（vision）。[①]"现代"正在被重新定义。与以美为信仰，却在 19 世纪下半叶的改革风暴中不断去触碰社会核心议题的屠格涅夫一样，伍尔夫并不打算成为爱德华·帕吉特那类僵化无力的"父辈"。

　　这里更耐人寻味的是，早前为了与英国小说物质主义传统对打，伍尔夫积极塑造了俄罗斯文学高度审美、内倾的形象；但当她自己也被审美化、被指责缺乏公民意识，并决定更主动地拥抱社会现实时，她开始将头脑中那两个分离的（灵魂的与社会政治的）俄罗斯融合起来，高度肯定了屠格涅夫小说在具体社会历史情境中探讨人物精神困境的做法。事实上，因为议会政治、出版自由均告阙如，尚能以伊索寓言式语言过审的俄罗斯文学几乎是不得不成为专制帝国中一切政治与思想争论的舞台。经过别林斯基这代人的精心培育，又避开了重创欧洲作家浪漫主义信念的 1848 年革命，高抬作家公共职责的"文学中心主义"在 19 世纪下半期更跃升为这个共同体的新传统，"没有任何一个地方的艺术家要承受如此巨大的压力，肩负起道德领袖和民族先知的重担"。[②]文学理念的严肃性与综合性也帮助俄罗斯作家比欧洲同行更早地捕捉、呈现了一些现代困境。托尔斯泰的民族史也好，屠格涅夫的知识分子精神史也罢，都是这一传统的典型产物。包括让 20 世纪现代主义者大加赞赏的那种心理描写，也未必是基于什么灵魂的非理性骚动。它们更多地反映了社会生活中新旧传统的激烈碰

---

①　See Anne Olivier Bell ed., *The Diary of Virginia Woolf, Vol. 4, 1931-1935*, p. 6.

②　详见费吉斯：《娜塔莎之舞：俄罗斯文化史》，第 3-4 页。另参见以赛亚·伯林：《艺术的责任：一份俄国遗产》，收入《现实感》，潘荣荣、林茂译，译林出版社，2004 年，第 230-268 页。

撞，代表了俄罗斯作家对共同体秩序基石的积极探寻和重建。①

　　而对于 20 世纪 30 年代的伍尔夫而言，一个融合了社会历史与精神维度的俄罗斯文学世界也更有启发意义，哪怕她只是通过屠格涅夫看到了其中的一角。面对英国社会和知识界的严重分裂，她与 19 世纪的俄罗斯作家一样，亟须通过自己的艺术实践帮助共同体成员走出交流困境，共享某些最基本的情感与价值。《屠格涅夫的小说》论述的一大重点即在于，这位俄罗斯同行不仅揭示了激进化时代的分裂与对抗，更在美学层面实现了对各种冲突性价值的调和。为了做到这一点，屠格涅夫保持了间离与客观性，对描写的对象同情但不介入，向读者暗示而不陈述。尤其是，伍尔夫强调，屠格涅夫对自我进行了压制，不借人物之口过度解释和发挥自己的观点，这既是为了"艺术之利益"，也是为了"事业的利益"。正是站在一个相对超然的位置，作家表现出了出色的平衡感，兼顾事实与想象、个体与群像、嘲讽与激情、诗意与平庸，让各种矛盾事物与印象彼此勾连，最终提供了一幅和谐、统一的人生画面（《屠》: 865-869）。

　　伍尔夫对屠格涅夫之艺术客观性的这些分析，显然可以用来很好地解释她自己在写作、修改《岁月》时做出的选择。无论是叙事还是内容层面，叙议结合的"散文—小说"都过分凸显了作家对意义的控制。而最终放弃自己从《雅各的房间》（*Jacob's Room*，1920）就开始的形式实验，完成一部相对传统的类现实主义小说，也最大程度地淡化了现代小说中作者的强势存在，让读者将注意力放在作品呈现的事实，而非作家那双操纵之手。这贴合了伍尔

① 详见埃里希·奥尔巴赫：《摹仿论》，吴麟绶等译，商务印书馆，2014 年，第 617-618 页。

夫这一时期自我节制、包容异见的诉求。删减、缓和那些过于直接地输出自己和平主义与女性主义观点的文字，对人物进行去中心化处理等，也都有利于同一目标的达成。如果《岁月》最终显得"保守"，那么结合伍尔夫在屠格涅夫小说中看到的时代困境，很难否认，这种"保守"仍然孕育于，并积极回应了作家彼时彼刻的现代体验。

至于出现在小说至暗时刻的尼古拉斯，更代表了伍尔夫这时期团结的希望。甚至可以认为，他以一种具象的形式诠释了《屠格涅夫的小说》一文的结论："开口讲话的人类并不是一个披着雷霆外衣的预言者，而是一个试图理解一切的先知先觉者。"（《屠》: 870）如前所述，在"1917"一章中，尼古拉斯发表了自己的灵魂说，大力强调个体的精神内省；但到了"现在"一章中，伍尔夫没有再让他充当预言者直接布道。宴会上，当其他来宾的视点如轮舞般占据叙事的主导地位时，尼古拉斯只是间或闪现，以倾听者的形象"理解一切"。凭借出色的共情能力，他更成了一位隐形的组织者，不落痕迹地调和各种矛盾，将身份与立场各异、沉浸于自我意识的宾客连接起来。

事实上，就是此前与埃莉诺在"洞穴"谈话时，尼古拉斯也已超出内省说，指出了个体向外扩展、理解和连接他人的重要性。用他的话说，现代人已经"把自己拧成了坚硬、紧绷的一小团——疙瘩"，但"灵魂"作为"整个的生命自我"，"想要扩大，想要历险，想要构成——新的组合"（《岁》: 413）。在宴会上穿梭不懈的他不仅亲身实践了这一点，更帮助其他的灵魂完成了"新的组合"。而有趣的是，那些将目光投向尼古拉斯的帕吉特人，不断提到这个外国人又被唤作"布朗",且没有人知道原因(《岁》:428,431,436,440,554)。鲁本斯坦敏锐地将这个名字与伍尔夫的《班奈特先生和布朗太太》联系了起来:[1] 在那篇文章中,作家宣布"布朗"有无止境的多样性,可以在任何地方以任何形象出现,"她就是我们借以生活的精神,就是生命本身"。[2] 而文章的一个重要观点,即俄罗斯作家比英、法作家更善于深入人物内心、展现"布朗"/生命本质,"会穿过肉体,显示灵魂,而仅仅是灵魂,在滑铁卢大道上游荡,向生活提出一个巨大问题"。[3] 时隔多年,伍尔夫终于在自己的作品中让"布朗"以尼古拉斯的形象直接现身。但这个"布朗"显示出的,与其说是"俄罗斯作家和他们的主题对伍尔夫想象的持续影响",[4] 倒不如说是这种影响的变动:在尼古拉斯祖露个人精神世界、追问灵魂问题的"1917"中,他并没有被称为"布朗";而在"现在"一章,虽然没有获得更多展现内心的机会,但他那种团结、爱人的能力被呈现为了一种更珍贵的特质。只有到了此时,他才成为人们口中的"布朗",也即完满的生命本身。文明崩解之际,伍尔夫的首要任务从挑战传统转为谋求团结、建构秩序;相应地,她欣赏并乐于在自己作品中塑造的俄罗斯他者,也从狂热的灵魂搅动者变成了更为理性克制的

[1] See Roberta Rubenstein, *Virginia Woolf and the Russian Point of View*, pp. 154-155.
[2] 详见伍尔夫:《班奈特先生和布朗太太》,第918-919页。
[3] 详见伍尔夫:《班奈特先生和布朗太太》,第906页。
[4] See Roberta Rubenstein, *Virginia Woolf and the Russian Point of View*, p. 155.

连接者。①

三、"俄罗斯灵魂"的改写及其限度

　　如果说小说借尼古拉斯向陷入分裂的帕吉特人展示了何为完美生命、和谐秩序，那么这块他山之石最后究竟如何，以及是否真的能够完全融入一个英国故事，就成了值得进一步深究的问题。"现在"的宴会场景在整部小说中占据了很大篇幅，一众人物的我与非我、内心与外在一刻不停地发生着冲突与融合，交互程度远超《达洛维夫人》结尾那场宴会中的情形。但在这般变幻流转中，尼古拉斯却总是能精准且毫无缘由地出现在其他宾客遭遇交流困境的时刻。落寞的埃莉诺尚未抬头，就已"看到"这位能与她共情、给她带来欢笑的朋友（《岁》: 518）；厌恶宴会之虚伪无聊的佩吉因为词不达意伤害了哥哥诺斯，而下一刻她就决定"穿过房间，加入那个外国人"（《岁》: 554-555）。支持这种神秘连接能力的，显然不是小说内部的逻辑。很大程度上，作家重新调用了关于"俄罗斯灵魂"的想象——如前文所说，"俄罗斯灵魂"是一种在欧洲"俄国热"中颇为流行的民族性话语，通过它，俄罗斯人被赋予了种种神秘特质。而其中的一项特质又恰恰是其"超民族性"，即善于团结、爱人，营建普遍和谐。

　　要说清个中关窍，不能不对这一话语的发明过程再稍加追溯。

----

　　① 这种思想的滑移，从 1933 年 8 月 16 日伍尔夫在日记中对屠格涅夫与陀思妥耶夫斯基进行的比较中也可以看得很清楚。此时的她认为前者的冷静节制可能比（之前分明对其更有吸引力的）后者那种四处漫溢的自我表达更具永恒性。Anne Olivier Bell ed., *The Diary of Virginia Woolf, Vol. 4, 1931-1935*, p. 172.

事实上，"俄罗斯灵魂"从一开始就是俄罗斯与欧洲思想汇聚、化合的产物：所谓 "Русская душа" / "俄罗斯灵魂"原本是由 19 世纪的俄罗斯知识分子提出，但在发明过程中，德国浪漫主义，尤其是谢林的"世界灵魂"说起到了关键作用。不同于清醒状态下的现实生活 / 生命（在俄语中为同一个词"жизнь"），此灵魂据说代表了俄罗斯人一种无意识的但更具洞察力的内在生活 / 生命。同样是通过强调俄罗斯人精神上的优胜来纾解落后于西方的巨大压力，"俄罗斯灵魂"没有传统斯拉夫主义那么强的怀旧性质，而是更多地强调了俄罗斯人（暂时处于休眠状态的）面向未来的潜力。[①] 而在陀思妥耶夫斯基等具有东正教倾向的作家笔下，能够以兄弟之爱弥合差异、"在统一的真理中共同生活"正是俄罗斯民族最大的潜力所在。[②] 除了在《少年》《卡拉马佐夫兄弟》等作品中借人物之口对这种"全人类性"加以发挥之外，陀思妥耶夫斯基还在 1880 年的普希金纪念碑揭幕式上发表了著名演讲。他强调，在过去的两个世纪，俄罗斯为欧洲承受了巨大苦难，这不是因为政治上的失策，而是因为"要做一名真正的俄罗斯人"，就要"以自己的俄罗斯灵魂、全人类的和联合一切人的俄罗斯灵魂为欧洲的苦恼指明出路"，未来俄罗斯人也将继续按照基督福音的教导致力于"普遍的伟大和谐"。[③] 以基督的受难与救世为范本，俄罗斯民族的

---

① See Robert C. Williams, "The Russian Soul: A Study in Euripean Thought and Non-European Nationalism", in *Journal of the History of Ideas*, vol. 31, No. 4(Oct. – Dec., 1970), pp. 573-585.

② 这种"聚议"的能力也被认为是东正教区别于天主教和新教的核心特质，详见 C.H. 布尔加科夫：《东正教——教会学说概要》，徐凤林译，商务印书馆，2001 年，第 78-80 页。

③ 详见陀思妥耶夫斯基：《普希金（简论）。6 月 8 日在俄罗斯语文爱好者学会会议上的发言》，收入《作家日记》（下），张羽、张有福译，河北教育出版社，2010 年，第 1001 页。译文按原文略有改动。

苦难被转换成了"第三罗马"道义上的责任乃至天命。

毫无疑问，这样一种超民族的民族性话语为动荡中的俄罗斯提供了她亟需的向心力。但它也将普世真理与俄国过于紧密地绑定在了一起，再往前一步就可能走向沙文主义。① 然而，借着俄罗斯文化跨界传播的东风，"俄罗斯灵魂"在19世纪80年代至20世纪30年代的欧洲受欢迎的程度，反而比在同时期的俄罗斯本土有过之而无不及。② 其普世救赎的一面更被深陷分裂、冲突之苦的欧洲人着意放大。英语中常用来指涉民族特性的是"spirit"或"character"，而在翻译"俄罗斯灵魂"时，用"soul"来对译"душа"，一方面凸显了俄罗斯的异质性，另一方面又保留了"俄罗斯灵魂"这一文明化合物中的浪漫主义意味。而这种熟悉的气息很容易被欧洲人捕捉，指向某种完整、浑一的存在。俄罗斯作家对兄弟之爱的强调，更让"俄罗斯灵魂"与普世的人道精神紧密勾连了起来。③ 在英国第一部俄罗斯文学史中，巴灵就夸张地写道："俄罗斯人比其他欧洲民族或东方国家的人更胸怀博大，更富人性。他们更善于理解，因为他们的快速感知不是来自头脑，而是来自心灵。他们是欧洲所有民族中最人道、最天然友善的。"④

对于伍尔夫而言，俄罗斯人具有"全人类性"的这一说法并不陌生。在《俄罗斯视点》开篇后不久她就提到，俄罗斯人的世界主义倾向如今广受关注，英国人自认从他们那里"学会使自己与人

---

① 参见津科夫斯基：《俄国思想家》，徐文静译，上海三联书店，2016年，第206页。

② See Robert C. Williams, "The Russian Soul", p. 585.

③ See Catherine Brown, "The Russian Soul Englished", in *Journal of Modern Literature*, vol. 36, No.1(Fall, 2012), pp. 138-140.

④ Maurice Baring, *Landmarks in Russian Literature*, London: Methuen and Co. Ltd., 1910, p. 2.

趋同",在思想和情感上与他人发生联系,"这是笼罩在整个俄罗斯文学上空的云彩"。① 不过,伍尔夫敏锐地指出,这种趋同是以共担苦难的兄弟之爱为基础的,若将之直接移植到习惯以智性与幽默态度应对生活苦难的英国文化中,难免"尴尬、不自然"。文章也很快转向了她当时更感兴趣的问题,即俄罗斯文学/灵魂对个体精神内省的强调。② 只有到写作《岁月》时,克服分裂的强烈诉求才让她真正调用了"俄罗斯灵魂"中自己本就了解,但并未详加发挥的一面,塑造了作为连接者的尼古拉斯。

　　然而,与19世纪往德国思想的酒杯注入俄罗斯烈酒的那些同行一样,伍尔夫也势必对"俄罗斯灵魂"的这种"全人类性"进行英国化的改写。她依然很难接受其宗教之根。在塑造尼古拉斯这一形象时,伍尔夫忍不住求助了(她此前曾借俄罗斯文学挑战的)"在看法上是世俗的,在方法上是理性的,在语境方面是社会的"欧洲小说传统。③《岁月》提供的尼古拉斯个人信息不多,但几乎每一处都在凸显他身份的跨界性,以此解释其精神上的包容力:他的同性恋倾向,让埃莉诺确认了自己在他与萨拉身上看到的是一种无关肉欲与婚姻,却能"生活在对方生活当中"的"爱"(《岁》: 521);谈话中,尼古拉斯强调了自己的母亲出身于"最尊贵的家族",父亲则"是一个普通人——一个平民"(《岁》: 400);而从留存的一份校样稿来看,伍尔夫本来确实是将尼古拉斯设定

---

① 详见伍尔夫:《俄罗斯视点》,第164页。
② 详见伍尔夫:《俄罗斯视点》,第164-165页。
③ 详见乔治·斯坦纳:《托尔斯泰或陀思妥耶夫斯基》,严忠志译,浙江大学出版社,2011年,第16-17页。

为俄罗斯人，[①] 但在"1917"的定稿中，尼古拉斯告诉埃莉诺等人，自己其实来自民族边界变动不定的波兰（《岁》: 400）。这一微妙的身份变动不会影响尼古拉斯继续分享总是被笼统地归于所有斯拉夫人的"俄罗斯灵魂"，[②] 却又让他那种团结友爱的意识更多地与世俗意义上的家国不幸联系了起来（波兰在历史上屡被瓜分，至1918年方获独立）。这与陀思妥耶夫斯基等俄罗斯作家用宗教意义上的受难涤罪、虚己爱人来支撑"俄罗斯灵魂"的"全人类性"已有很大不同。

问题在于，如果抽掉尼古拉斯神秘能力的宗教基石，更多地将之归结为个人的特定经历，就很难保证其力量可以被完美移植和复制。事实上，对于"普遍的伟大和谐"的存在本身，伍尔夫也并不像19世纪俄罗斯作家那样抱有信心——不用说狂热的正教徒陀思妥耶夫斯基，即使是屠格涅夫，在她眼中也有着太强的黑格尔味道。归根到底，所谓艺术的客观性，仍然是在创造而非再现一个世界。为了实现更高的"控制与秩序"，在包容各种矛盾声音的同时，屠格涅夫还是有意识地去除了大量"多余之物"（《屠》: 869-870）。他实现了作品形式上的连贯有序，却也不可避免地"减少了可能性"。[③] 而在阅读屠格涅夫作品时所写的笔记中，伍尔夫不断追问：让事物呈现为一个整体的力量到底是什么呢？小说家

---

① See Emily Dalgarno, *Virginia Woolf and the Migrations of Language*, p. 84.

② "俄罗斯灵魂"也经常被泛称为"斯拉夫灵魂"。伍尔夫同时代的英国评论者就常基于康拉德的"斯拉夫背景"，理所当然地认为这位来自波兰的作家与陀思妥耶夫斯基等俄罗斯作家分享有同样的精神世界（see Peter Kaye, *Dostoevsky and English Modernism, 1900-1930*, pp. 129-130）。

③ See Anne Olivier Bell ed., *The Diary of Virginia Woolf, Vol. 4, 1931-1935*, p. 173.

又是否真的需要有一种"整体观念"？[1] 身处一个极端分裂的时代，超越特殊性、实现和谐统一，实在有着难以抵抗的吸引力。可惜，无论是伍尔夫作为一位现代主义作家对差异性和多样性的敏感，还是 20 世纪 30 年代国联与苏联政治代表的两种国际主义模式遭受的重创，都很难支持这样一种乐观想象。如果说，在同时期的政论文《三枚旧金币》中，伍尔夫确实抱着理想主义的热情提出要创建"外人协会"（the Outsiders Society），号召持异见者与秩序之内的人"为了所有的男人和女人的公正、平等和自由"展开合作，[2] 那么在《岁月》这部聚焦凡人琐事的小说中，她在企盼团结的同时又分明表现出了更多的犹豫。

这一点也最突出地体现为尼古拉斯这一和谐秩序的阐释者与建构者在小说内部引发了越来越多的怀疑。对于刚回国的诺斯而言，家族聚会成了一场重新建立身份认同的历险，这也是"现在"一章最重要的情节线之一。而并非偶然地，这场历险被呈现为一个不断寻找和定义尼古拉斯／布朗的过程。从出发接萨拉参加宴会开始，"尼古拉斯是谁"这个问题就萦绕于诺斯脑海（《岁》：431）。他从人们口中获取了不同答案，所得印象却如同气球，被吹向各个方向。一方面，每一个体都只能存在于特定的关系网络与生活场景中，也只能从自己的立场出发看到尼古拉斯／布朗的部分真实；另一方面，当尼古拉斯的教导被从具体的文化背景中抽离出来、只是在新的语境中偶尔闪现时，它很难再完整地保留

---

[1]　See Virginia Woolf, "Reading Notes on Turgenev", in Roberta Rubenstein, *Virginia Woolf and the Russian Point of View*, pp. 225-226.

[2]　参见伍尔夫：《三枚旧金币》，收入《伍尔夫随笔全集》第 3 册，第 1137 页。

原有的意义和效力。人们必须用自己的语言对之进行"翻译"。在寻找尼古拉斯的过程中，诺斯也按其教导进行着紧张的自我审视，但小说没有再出现埃莉诺与尼古拉斯在"洞穴"谈话时的那种灵悟瞬间，无法从战争创伤中恢复的诺斯宣布"仪式不可信，宗教已死"，自己"不能适合任何地方（don't fit in anywhere）"（《岁》：579）。[①] 内在真实性的缺失，让这个现代英国人不可能无损地复制尼古拉斯的经验，将之与实际生活有效整合起来。尼古拉斯的教导虽然被赋予了重要意义，却也不足以完全弥合小说跳跃式历史叙事留下的大量空白，抗衡其指向的现代裂变。

但小说又并未就此走向绝望。家族成员不断出现在诺斯身旁，与之展开对话，其中有诅咒民族解放运动的爱尔兰人，也有因战时服务而获得政府奖章的前女权斗士，当然还有前面已经提到的固守象牙塔的知识分子等。在现代性"带来的程度激烈且范围广泛的变迁"中，每个人都在竭力"保护和重构自我身份认同的叙事"。[②] 他们很难对自己以及他人保持真诚。陷入交流困境的诺斯变得越来越焦灼。可以看到，他终究无法像尼古拉斯那样如获神启地洞察纷繁现象背后的真相，跨越个体的分歧与差异；然而，

----

　　① 　"洞穴"中，尼古拉斯一度找不到合适的英语词汇表达自己的思想，身旁的埃莉诺下意识地为他提供了一个"要比外国人常用的字典上的词更短"、更贴近英国生活的词语，这个单词恰好是表示一物准确对应、咬合另一物的"适合"（fit）。尼古拉斯随即发现自己的思想被有效传达，埃莉诺则突然意识到对方的句子对自己有了意义。换言之，文化背景迥异的两人就此完成了一次思想上的"fit"，一次完美的交流（详见《岁》：392）。而到了"现在"一章中，在与尼古拉斯相识后，诺斯注意到他用外国口音重复着"fit"（详见《岁》：440）。这俨然也构成了尼古拉斯对诺斯的教导的一部分。宴会上，这个单词在诺斯的意识中闪现，不甘成为"外人"的他试图完成的，就是"fit"周围世界。

　　② 　详见安东尼·吉登斯：《现代性与自我认同：晚期现代中的自我与社会》，夏璐译，中国人民大学出版社，2016年，第177页。

稀薄的家族记忆、一些世俗却真实的欢乐，以及强力的自我控制仍然一次次地让他从对话失败的打击中振作起来，重新走向人群，展开新的历险。分裂的现实与团结的愿望就像他手中那杯冰汽酒里的气泡一般相互竞逐（《岁》: 579）。而这种既不稳定也不充分的连接与平衡或许才是伍尔夫心目中人类有可能达成的目标：诚如弗鲁拉（Christine Froula）所言，包括伍尔夫在内的布鲁姆斯伯里人并无"拯救"文明的野心，也不相信可以达成完美秩序。作为推崇冷静智识的英国现代知识分子，他们的目标更为低调，只是希望通过政治、社会以及文化建设让拥有基本理性的个体不要过度牺牲自己与邻人的自由，从而避免走向极权统治与战争这类最极端的情况，尽量保留文明的可能性。[①]一个颇具参考性的事实是，在畅想俄罗斯的"全人类性"如何融合多种民族文化、实现普遍和谐时，陀思妥耶夫斯基恰恰选择了将英国智性传统排除在外，原因正在于后者强调经验与调适，乐于接受现实之混杂矛盾，追求世俗"幸福"多过精神上的"伟大"。在这位追求灵魂完整的俄罗斯作家眼中，英国文明只能代表一种乏味的"中庸状态"。这样的论断失于概略、刻板，却仍然显示出了两种传统间的深刻隔阂。[②]

这种智性上的分歧以及伍尔夫的最终选择，集中体现在了小说结尾部分出现的一个反高潮：聚会接近尾声，一直处于闪现状态的尼古拉斯终于获得了演说的机会。按照伍尔夫的设想，这场演说是"现在"一章的中心。[③]但在成稿中，尼古拉斯数次起身，

① See Christine Froula, *Virginia Woolf and the Bloomsbury Avant-garde*, pp. 9-10.
② 详见陀思妥耶夫斯基：《三种思想》，收入《作家日记》（下），第563-570页。另可参见本书《追求伟大：陀思妥耶夫斯基的英、法书写》一文。
③ See Anne Olivier Bell ed., *The Diary of Virginia Woolf, Vol. 4, 1931-1935*, p. 332.

却又数次被琐碎之事打断。演说最终未能成为一场"奇迹"，而是被淹没在其他那些没有说完、没有听众的发言之中。因为极致之物的不可企及，失望的尼古拉斯表现出了一种"忧郁的严肃性"（《岁》：586-596）。而在他之后的诺斯却主动拒绝了演说的邀请，并在心底连喊了三遍"不要偶像"（《岁》：600-601）。这一刻，作家似乎也从自己亲手引入小说的俄罗斯神话中抽身而出——从"1917"到"现在"，来自异域的尼古拉斯为帕吉特人，尤其是那些在帝国内部同样属于"外人"的成员提供了认识自我、对抗历史暴力的另一种视角和语言。他的出现为这部英国家族史贡献了几个难得的温暖而有力的时刻；但面对注定充满矛盾、变动不定的现代日常，伍尔夫最终拒绝承认存在任何完美的现成答案。除了指向交流的困难，"未完成的演说""没说完的话"也意味着保留了更多的可能性。当黎明降临，相较于仍在惋惜演说未能完成的尼古拉斯，反而是纠缠于日常琐事的帕吉特人表现出了更多拥抱生活的热情与勇气（《岁》：610-614）。

　　行进于 20 世纪英国激流涌动的文明河道，伍尔夫看到的"俄罗斯风景"始终处于变幻之中。它们折射着作家各个时期对现代性危机的不同认识与突围诉求。早期的伍尔夫积极参与塑造了一个高度内倾、去政治化的俄罗斯形象；而到 20 世纪 20 年代后期，因为对俄罗斯文化的这类解读已成为新的陈词滥调，无法为其现代主义探险提供更多资源，她的热情多少有所减退；但 30 年代新的政治与文学危机让她再次迈入了这个既熟悉又陌生的异质空间。面对愈演愈烈的意识形态之战，她借尼古拉斯的"灵魂说"重申了个体精神内省的重要性。但透过这时期她对俄罗斯文学的重新解读，还可以看到一种积极连接他人、营建公共生活的强烈诉求。《屠格涅夫的小说》中阐述的那种节制自我、调和矛盾的美学与政治态度最终体现于《岁月》的写作、修改中。区别于张扬肆意的萨莎公主，尼古拉斯更多地展现了"俄罗斯灵魂"团结、爱人的一面，成了分裂世界中的连接者。俄罗斯文学、文化的丰富性，尤其是对现代性危机的敏感和深刻回应，无疑也是这场远航得以持续的一个重要原因。

与此同时，伍尔夫与俄罗斯文学的对话本身又印证了《岁月》关于交流问题的思考：不同主体间的隔阂难以跨越。对普遍和谐的怀疑，让伍尔夫终究无法简单地移植"俄罗斯灵魂"，连接与交流注定是有限的；但这种有限的连接仍然是产生新的意义的唯一方式，参与者的差异虽然带来了隔阂，却也是交流空间能够实现整体增容的前提。伍尔夫不断想象俄罗斯，又不断对这种想象进行检省。最终，她也和自己笔下的诺斯一样接受了人类在交流中可以使用的"只有破碎的句子"，而这并不妨碍他们一次次地用这些句子去刺破差异和分歧构成的"荆棘丛林"（《岁》: 581）。在日益走向分裂的现代世界里，这一"低调"的方案反而颇有振奋人心之效。作家始终没有，也不可能抵达某种关于俄罗斯的本质真实，但她却在对话中成功拓展了英国现代主义文学以及个人创作的边界。在小说内部，代表终极意义的演讲没有完成；而在小说之外，伍尔夫和俄罗斯作家们就像坐在一张圆桌前，持续交流着关于人生的看法。文明间的"远航"既无确定航线，亦无终止之时。

康拉德:《在西方目光下》中的俄罗斯

1886年,已经流亡多年的约瑟夫·康拉德终于加入英国国籍,从法律上摆脱了自己的"俄国公民"身份。① 而在发表的诸多文字中,这位波兰革命者后裔除了痛斥帝俄之专制、蒙昧外,更断然否认自己与其存在任何文化或精神上的联系。该主题的反复出现以及作家态度之激烈,甚至让康拉德研究中出现了专门的"俄罗

---

① 1795年,经俄、奥、普第三次瓜分,作为一个独立国家的波兰在欧洲政治版图上消失了。而因多次参与反抗帝俄、争取民族独立的地下活动,康拉德的父亲于1862年获罪,一家人也随其开始了艰苦的流放生活。其间,父母的先后离世给康拉德带来沉重打击。1874年他离开祖国开启了自己的航海生涯。关于这段痛苦经历可参考: Owen Knowles, "Conrad's Life", in J. H. Stape ed., *The Cambridge Companion to Joseph Conrad*, Cambridge: Cambridge University Press,1996, pp. 4-8.

斯议题"。[1]

　　作为作家唯一一部以俄罗斯为背景的小说，完稿于 1910 年的《在西方目光下》(*Under Western Eyes*)也几乎从一开始就被纳入这一讨论背景之中。尤其是冷战期间，评论者十分自然地将小说读解为受难者的一份"证词"，或是认为作家对那篇发表于日俄战争期间的著名檄文《独裁与战争》("Autocracy and War", 1905)又进行了一番文学演绎。[2] 这类研究的盛行，让托尼·坦纳(Tony Tanner)忍不住在 1961 年著文抱怨："太多缺乏感觉的批评已经让这部作品变成了一本粗糙而充满愤怒的反俄情绪的小册子。"[3]当代研究者对这类批评进行了卓有成效的清理，发掘出小说叙事的种种矛盾。但在去意识形态化的过程中，将《在西方目光下》视

---

　　① Willam Freedman, *Joseph Conrad and the Anxiety of Knowledge*, Columbia: University of South Carolina Press, 2014, p. 98.《文学与人生札记》(*Notes on Life and Letters*, 1921)中有多篇涉及俄罗斯与波兰问题的重要文章，而在《在西方目光下》之前完成的《黑暗的心》(*Heart of Darkness*, 1899)与《间谍》(*The Secret Agent*, 1907)两部小说中，俄国人都曾作为次要人物出场，并在殖民掠夺或恐怖袭击这类罪恶活动中扮演着推波助澜的角色。在私人信件中，康拉德也常常表明自己对俄罗斯的漠视态度，如在 1912 年写给友人的信中，他声称自己"实际上完全不了解"俄罗斯人，"在波兰，我们与俄罗斯人不相往来，我们知道他们在那儿，这就已经够让人讨厌的了"。Frederick R. Karl, *The Collected Letters of Joseph Conrad*, Vol.4, Cambridge: Cambridge University Press, 1990, p. 490. 康拉德尤其反感批评家强调其写作的"斯拉夫性"，并极力将自己的写作归入英法传统。Peter Kaye, *Dostoevsky and English Modernism, 1900-1930*, New York: Cambridge University Press, 1999, p. 124, 129-130.

　　② 马吉尔的《约瑟夫·康拉德：俄国与英国》一文就颇为典型。文章大量引用《独裁与战争》原文解读小说，最后总结称康拉德以俄罗斯为"可怕的例子"，证明了在实现"人类统一"这一珍贵理想的过程中，有着无政府主义与道德虚无主义历史的民族"已经并将继续遭遇巨大的困难"(see Lewis M. Magil, "Joseph Conrad: Russia and England", in *A Quarterly Journal Concerned with British Studies*, vol. 3, No. 1[Spring, 1971], pp. 3-8)。关于冷战时期《在西方目光下》更详细的研究情况，参见：Owen Knowles and Gene M. Moore, *Oxford Readers's Companion to Conrad*, Oxford: Oxford University Press, 2000, p. 384.

　　③ Tony Tanner, "Nightmare and Complacency: Razumov and the Western Eyes", qtd. in Owen Knowles and Gene M. Moore, *Oxford Readers's Companion to Conrad*, p. 382.

为探究康拉德个人创伤之捷径的倾向反而加强了：小说被普遍认为是康拉德作品中"最具自传性的一部"，主要人物之间思想与精神气质的碰撞，被一再追溯到"1857 到 1874 年间作家经历的核心冲突"。[①] 而古斯塔夫·莫夫（Gustav Morf）等早期论者通过传记研究与精神分析方法做出的推论也在约瑟夫·多布林斯基（Joseph Dobrinsky）、吉斯·卡拉班（Keith Carabine）等人近年的研究中激起新的回响，作家因逃离帝俄、"背叛"祖国波兰而产生的愧疚心理被判定为理解拉祖莫夫忏悔行为的关键。[②] 无论是否道破，在这些讨论中，小说中的俄罗斯都多少被简化为一系列自传性事件的集合地，无声地接受着作家愤怒或悲伤"目光"的审视。

　　但越来越多的材料与研究也显示，俄罗斯带给康拉德的体验与问题意识要远比他愿意公开承认的更为复杂。而且，在这个问题上，直接进入"敌人的领域"的《在西方目光下》也留下了最多"破绽"。[③] 1908 年作家就曾颇为兴奋地给一众友人去信介绍这部小说的构思，称自己"正努力抓住俄罗斯事物的真正灵魂"（the

---

　　① See Tony Tanner, "Nightmare and Complacency", p. 382; see also Daniel C. Melnick, "*Under Western Eyes* and Silence", in *The Slavic and East European*, vol. 45, No.2 (Summer, 2001), p. 231. 最常为论者提及的，是小说人物拉祖莫夫与霍尔丁分别代表了康拉德成长过程中母系与父系留下的双重遗产。Jeremy Hawthorn, "Introduction", in Joseph Conrad, *Under Western Eyes*, Oxford: Oxford University Press, 2008, pp. xviii-xix.

　　② See John G. Peters, *Joseph Conrad's Critical Reception*, New York: Cambridge University Press, 2013, p. 26, 146; Keith Carabine, "*Under Western Eyes*", in *The Cambridge Companion to Joseph Conrad*, pp. 122-139.

　　③ 即使仅从《在西方目光下》中俄罗斯人物富有寓意的名字来看，康拉德关于自己"连（俄语）字母也不认识"的说法就很难成立。Peter Kaye, *Dostoevsky and English Modernism, 1900-1930*, p. 123. 而 1924 年，作家也一度承认，之所以拒绝承认与俄罗斯文化传统的关联，可能是"自我欺骗"的需要。Willam Freedman, *Joseph Conrad and the Anxiety of Knowledge*, p. 97. 当然，研究者的关注点更多的还是集中于《在西方目光下》和俄罗斯文学（尤其是陀思妥耶夫斯基的创作）之间的关系。本文将在最后一部分对这一问题做出回应。

very soul of things Russian ）；① 这位宣称自己对俄罗斯人"没有了解"也"毫无兴趣"的作家更明确地写道，希望在小说中呈现的"不只是外在的礼仪风俗，而是俄国人的感情与思想"，"这主题已经长时间地萦绕于心中，现在必须一吐为快"。② 而在后来为《在西方目光下》再版写的札记中，康拉德再次表露了用这部作品探究俄罗斯历史、政治以及最为重要的"民族心理"的野心；尤其值得注意的是，作家承认，在写作过程中，他清楚地意识到"来自民族与家庭的独特经历"会对达成上述写作目标所要求的"客观公正"造成不利影响。为此，他投入了巨大精力以"做到超脱"。③ 这也在相当程度上解释了为何小说的写作时长与艰难程度会大大超出康拉德的预期。④

当然，无论怎样奋力"超脱"，与所有关于异域的书写一样，《在西方目光下》归根结底仍是自我的一种映射；但比起这一程式化结论，映射的具体"介质"与过程也许更值得探究。在充分借鉴已有研究的基础上，本文希望论证，在俄罗斯这个真实与虚构相混合的特定空间中，康拉德看到的不仅仅是自己渴望逃离的过去，更有充分激发其探索欲望的诱惑——这片土地并不那么容易被绘入这位"海洋""丛林"小说家此前已经完成的那幅文学地图，甚至对其中隐含的秩序构成了威胁。在对它的探索中，处理某些普泛性命题的诉求让康拉德做出了压制个人强烈情绪的努力，但

① Frederick R. Karl, *The Collected Letters of Joseph Conrad*, Vol.4, p. 8.

② Frederick R. Karl, *The Collected Letters of Joseph Conrad*, Vol.4, p. 14.

③ 参见约瑟夫·康拉德：《作者札记》，《在西方目光下》，赵挺译，上海译文出版社，2014 年，第 1-2 页。凡小说引文，都出自这一译本，后文将随文标出著作首字页码，不再另注。

④ 此外，这个时期作家的经济与健康状况也加重了其写作负担。关于小说的成书与出版情况，可参阅：Owen Knowles and Gene M. Moore, *Oxford Readers's Companion to Conrad*, pp. 382-384.

与此同时，又看似悖论地推动了作家对更深层的自我意识的发掘。而所有这一切，构建了小说中俄罗斯的多重形象。

一、被驱逐的"边地"幽灵

《在西方目光下》的情节并不复杂：身世不明的俄国大学生拉祖莫夫一心在彼得堡求学。一日，成功暗杀政府大臣的同学霍尔丁突然前来求助。几经挣扎后，拉祖莫夫告发了友人，导致其被捕并很快被处以极刑。接着，因此告密经历，他被当局派往日内瓦监视那里的俄罗斯革命者，结果遇到霍尔丁的妹妹。两人相互倾慕，拉祖莫夫最终选择对其说出实情，却被革命者施暴致残。1907 年刚开始创作这部作品时，作家将标题定为"拉祖莫夫"，也即聚焦于主人公个体。而最终之所以改为"在西方目光下"，是因为所有人物与事件都是在叙事者"我"、一位西方语言教师的"目光之下"展现的。[①] 换言之，拉祖莫夫的悲惨故事只有通过"我"的翻译和讲述才得以保存，而"我"也明确指出，这个故事的"目标"是西方读者（《在》: 123）。

这一标题与相应的解释很容易让人联想到一场规模更为庞大的书写活动：16 世纪以来，西方旅行者与观察家已留下大量记录俄罗斯印象的文字。而与其他东方主义话语并无本质差异，作为一个被观看的对象，这个国度"专制""野蛮"而"毫无法律与个

---

① 参见康拉德：《作者札记》，第 3 页。

人自由"，处处映照着美好的西方世界。① 不过，与康拉德笔下那
些分布于亚、非、拉美各洲的遥远的冒险地还是稍有不同，俄国
与所谓的中心地带无论在地理，还是文化源头上都相对接近一些。
它更像是一片住着"穷亲戚"的欧洲"边地"。② 尤其是从彼得大帝
开始，俄罗斯在政府主导下积极进行西化改革，拉近与"中心"的
距离。这种靠近反而意味着它在西方的形象不那么清晰和稳定。
至少，19 世纪的俄罗斯已有足够信心和力量干涉欧洲事务，如康
拉德在《独裁与战争》中所抱怨的，其"欧洲宪兵"的身份被西欧
诸强普遍接受。③ 对于作家的归化国英国而言，俄国更已成为海外
利益的有力竞争者。19 世纪末、20 世纪初在巴尔干争端与日俄战
争中的不同立场，让两国关系颇为紧张，但也让这个庞大的专制
帝国开始真正进入英国大众的视野，引发了后者的好奇。④ 而俄罗
斯在文化层面的异军突起，标志着其西方形象的进一步松动：几
乎就在康拉德努力获得新身份的同一时期，西欧知识界对俄罗斯
文学、艺术与"俄罗斯灵魂"产生了极大兴趣。康拉德身边的许多
朋友也深陷这股热潮，开始善意地将作家的写作归入"伟大的斯

---

① William Henry Chamberlin, "Russia under Western Eyes", in *Russian Review*, vol.16, No.1
（Jan., 1957），pp. 3-12. 作者借用康拉德小说的标题，在文章中梳理了近 4 个世纪西方关于俄罗斯
的书写历史。

② 参见尼古拉·梁赞诺夫斯基、马克·斯坦伯格：《俄罗斯史》，杨烨、卿文辉等译，上
海人民出版社，2007 年，第 8 页。

③ 参见康拉德：《独裁与战争》，收入《文学与人生札记》，金筑云等译，中国文学出版
社，2000 年，第 106、130 页。

④ 参见尼古拉·梁赞诺夫斯基、马克·斯坦伯格：《俄罗斯史》，第 355-357、369 页。
稍后俄罗斯的斯托雷平改革（1906—1911）与 1907 年英俄协约的签订让英国人对俄国的观感更
为复杂。See Samuel Hynes, *The Edwardian Turn of Mind*, London: Pimlico, 1991, p. 311; see also L. R.
Lewitter, "Conrad, Dostoyevsky, and the Russo-Polish Antagonism", in *The Modern Language Review*,
vol.79, No. 3 (Jul. 1984), p. 660.

拉夫文学传统"。① 可以说，在受到"中心"辐射的同时，"边地"俄罗斯也在不断侵入"中心"。

对此，康拉德很难保持沉默。作为一位流亡的波兰人，他对与帝俄相关的地缘政治问题的敏感与担忧远远超过其他欧洲作家。② 同时，因为用非母语写作而受到质疑，康拉德还向故友坦言，自己渴望能用"他们（英国人）自己的语言告诉他们点什么"。③ 这意味着他不仅要用西方读者能理解的语言来进行表述，还必须讲出一些后者并不知道且感兴趣的东西。这无疑也是一直否认自己与俄罗斯存在联系的康拉德此时愿意发表"一个讲给西方人听的俄国故事"的动力之一。而小说对叙事者"我"身份的精心设定，或许也透露出这位有着跨界经历的作家并非没有意识到自己充当"中介"的真正优势所在：小说叙述过半后，一直以标准的英国绅士形象示人的"我"突然揭破，自己其实直到九岁时才离开出生地圣彼得堡（《在》: 206）。而这番自陈正是为了打消拉祖莫夫的戒心，获得后者不愿向"西方人"吐露的独家真相。

但在小说绝大部分篇幅中，"我"的出身却丝毫未影响"我"将俄罗斯视为彻底的异域，用"我"的"西方目光"对那些穿过边界的俄罗斯人加以审视。甚至，对于在家门口遭遇的这些所谓异族，"我"探索的热情还不如远航冒险的马洛。"我"欣然接受了西方关于俄罗斯的流行话语，并在自己的实践中加以扩散：那些报

① Peter Kaye, *Dostoevsky and English Modernism, 1900-1930*, pp. 129-130.

② See Harold Ray Stevens, "Conrad, Geoplitcs, and 'The Future of Constantinople'", in *The Conradian*, vol. 31, No.2（Autumn, 2006）, pp. 15-27.

③ Zdzislaw Najder，*Conrad's Polish Background*：*Letters to and from Polish Friends*, trans. Halina Carroll, London: Oxford Universtiy Press, 1964, p. 234.

道俄罗斯恐怖事件的报纸，正是"我"的日常读物。当"我"向读者形容被霍尔丁暗杀的 P 先生"性格疯狂，鸡胸"，"一张脸像烤焦的羊皮纸，戴着一副眼镜，目光呆滞"时，"我"所依据的并不是宅居苦读的拉祖莫夫的日记（尽管"我"曾承诺，讲述整个故事时自己"所起的作用就是利用我的俄文知识，也只要这点知识就够了"，《在》: 1）；"我"的自信源自"曾一度"，这位先生的"肖像几乎每月都会出现在欧洲某家图片报上"，而这家图片报显然对其血腥镇压手段有着详细描写，让"我"深信这位俄国重臣"为国效力的方式就是囚禁、流放、绞杀。他做这些事时，不论男女老少，一视同仁，不遗余力，不知疲倦"（《在》: 5-6）。

　　哪怕在凭借母语优势逐渐与日内瓦的俄罗斯人有了更多交往后，"我"对真正走进对方世界一事仍持消极看法。将俄罗斯"翻译"给西方的亲身经历不仅没有证明二者最基本的可通约性，反而只是为"我"的否定性判断增加了权威："我"不断抱怨"源文化"给自己的翻译带来的阻碍，并断言俄罗斯人是一个根本不能被理解的族群（《在》: 2）；当霍尔丁小姐热烈地表达她与母亲对"我"的信任时，"我"的第一反应却是"深深感到自己作为欧洲人与她们之间的隔膜"，并决心将"旁观者"扮演到底（《在》: 373）。而造成这种隔膜的，正是早已让西方人谈之色变的俄罗斯专制制度："只要两个俄国人碰到一起，专制的阴影就会如影随形地出现，沾染他们的思想、他们的观点、他们之间最紧密无间的情感、他们的私人生活。"（《在》: 118）尤其是，作为一名语言教师，"我"还特别敏感地注意到了专制阴影在俄罗斯人语言中留下的痕迹：一方面，它让拉祖莫夫这样的"小民"在谈话中言辞模糊、拒绝袒露心迹，甚至将沉默视为最好的自我保护手段；另一方面，却又让许多俄罗斯人，尤其是那些坚信自我正义的反抗者无形中也沾染了专断气质，形成了一种丝毫不关心听众所想为何的"独白"风格。而无论是上述哪种症状，都导致了正常的信息交流无法进行。诚如论者已经指出的，"我"翻译的整个故事就是由"误读"构成的。① 在专制的黑色深渊里，每个人都不能正确地表达自己和理解他人，拉祖莫夫更是因此而被直接推入绝境。

毫无疑问，在以"专制臣民"描绘出某种"连贯"的俄罗斯性时，"我"实际确认的是西方与俄罗斯之间不可弥合的"断裂"："这个故事里面包含的愤世嫉俗、冷酷残忍、道德沦丧，甚至道德苦痛，在我们这一端的欧洲已经销声匿迹了。"（《在》: 179）在此过程中，"我"当然也带着一种优越感否定了自己与"那一端"的亲缘性。甚至，（与康拉德一样）民族身份暧昧的"我"在面对"侵入"的俄罗斯人时还表现出更强的防御姿态。即使小说中的俄罗斯人无不习惯性地引用各种西方典故与时髦思想，他们与"真正"的西方人之间的区别仍然被穿梭于两个世界的"我"尽收眼底：流亡革命领袖彼得·伊凡诺维奇以自由与女权斗士的姿态在西欧赢得广泛同情，而"我"极详细地转录了其向女随从特克拉施暴的故事（《在》: 159-169），揭穿了他"专制暴君"的真实面目；为革命活动提供经费的 S 夫人"自我标榜是现代世界和现代情感的引领者，并像伏尔泰和斯塔尔夫人一样，庇护日内瓦这座共和之城"（《在》: 137），"我"则直言其经历都是"披上神秘外衣的专制

① See Penn R. Szittya, "Metafiction: The Double Narration in *Under Western Eyes*", in *ELH*, vol.48, No.4 (Winter, 1981), p. 818.

独裁"的产物，充满了受虐狂的臆想，与那些法国典范"不可同日而语"（《在》：156）。在此，与顽固不化的俄罗斯性对应的，似乎是某种正统而纯洁的西方性，俄罗斯人对它的模仿不可避免地伴随着走形与损耗。而让"我"尤其憎恶的，是那些利用西方规则逃离专制镇压的极端革命分子，他们在深入日内瓦这个民主的腹地后却蔑视这些规则。其聚集地"小俄罗斯"向西方人封闭，"我"偶尔闯入后，竟撞破一桩针对巴尔干地区的军事阴谋，"见识了古老稳定的欧洲幕后的乱象"（《在》：367）。

这些文字似乎颇为准确地预言了欧洲世界即将迎来的大动乱。不过，需要立即指出的是，在将俄罗斯视为一股破坏性力量的同时，"我"更小心地将之置于西方目光"之下"，也即可以认知与控制的范围内。作为俄罗斯人亟亟以求的现代政治权利的实际享有者，"我"不仅轻松识破了他们与其试图扮演的角色之间的差异，更自信握有历史走向的正确剧本，随时可以对俄罗斯人的表演加以点评。在和"我"就霍尔丁事件交谈了一番后，痛苦挣扎中的拉祖莫夫敏感地意识到，对"我"来说，一切"不过是一出戏"，"我""可以怀着优越感居高临下地欣赏"（《在》：219）。而在那个从《旗帜早报》上得知霍尔丁遇难消息的夜晚，"我"在睡梦中也一度强烈地感觉自己"像是在看戏，而且自己陷入感动不可自拔"（《在》：122）；但次日，相较于"戏中人"霍尔丁母女，"我"已快速从中抽离，并以"站在不确定的同情立场的西方人"的超然态度批评霍尔丁实施的暗杀"使人联想到炸弹和绞架——这是一种疯狂的、俄国式的令人谈之色变的东西"（《在》：124）。对于端坐一侧的西方观众而言，这样的剧目终究与现实生活相距太远，更谈不上有何教益。当"我"注视着这幕大戏时，生活在日内瓦的俄罗斯人更多地被抽象为舞台上的一个个妖魔符号，如"野兽"（彼得·伊凡诺维奇）、"巫婆"（S夫人）和"侏儒"（朱利斯·拉斯帕拉）等等。他们高呼自由却缺乏实感，幻想发挥作用的空间总是大于实际能够影响的范围。[①] 至于主要存在于"我"的书写中的俄罗斯本土，更是毫无真实感可言——在与索菲亚·安东诺芙娜交谈时，拉祖莫夫根本心不在焉，但这位女革命者对俄罗斯形势的总结性描绘仍出现在了"我"翻译的拉祖莫夫日记中："那儿的人们身处邪恶之中却麻木不仁，身边是些比食人女妖、食尸鬼和吸血鬼更坏的家伙们在看守。"（《在》: 283）实际上，这段"译文"基本沿用了康拉德在《独裁与战争》中所用的修辞。[②] 而相较于恐怖与威胁，"虚张声势"显然更能概括"我"以及日俄战争期间的康拉德急于用这些密集的形象向西方传递的俄罗斯形象。毕竟，对于成熟理性的西方受众而言，只存在于想象中的妖魔并无任何威胁性，它们的强大也总是与某种致命的缺陷（如专制之于帝俄）相伴。正如大戏终会落幕，而传说中越界作恶的恶灵总会在"公鸡啼鸣"时消失，[③] "边地"永远无法真正侵入文明世界的"中心"。

二、抵抗西方目光的"受辱者"

在"我"看来，俄罗斯就是这样一个与西方格格不入的异邦，

---

① See H.S.Gilliam, "Russia and the West in Conard's *Under Western Eyes*", in *Studies in the Novel*, vol. 10, No. 2 (Summer, 1978), p. 227.

② 参见康拉德：《独裁与战争》，第 106、116 页。

③ 参见康拉德：《独裁与战争》，第 106-107 页。

危险却并不具有真正的颠覆性力量。然而，"我"的权威并非不可动摇。斯兹提亚（Penn R. Szittya）曾令人信服地指出，康拉德属于那类能够战胜自身想象的作家，因为他强烈意识到了这一想象的局限，包括"过于夸大、隐秘的放纵以及那些似是而非的判定"；而他的这种自反意识尤其突出地表现在《在西方目光下》叙事的双重性上。[①] 在"我"对俄罗斯的许多指认中，人们难免会怀疑自己听到的是康拉德自己的声音（比如前面那段可疑的日记"译文"，以及后面还将提到的"我"对革命的批判），但无论是小说叙事的矛盾重重，还是康拉德思想本身的复杂与变化不定，都会提醒人们对他与"我"之间的距离加以更谨慎的辨识。想象并精细模拟"我"的"西方目光"意味着将之更彻底地对象化。而对"我"的审视正好为康拉德提供了一个机会，让他可以清楚地看到那些指认背后所隐藏的独断与傲慢——相比康拉德笔下另一个让研究者着迷的叙事者水手马洛，身为语言教师且安享西方小资产阶级生活的"我"经历贫乏，却更热衷于在表述中对有限经验进行理性规整、确认秩序。[②] 而如果说，作为一位"对自己流亡边缘人身份"有着持久意识的作家，康拉德曾"十分小心地用一种站在两个世界的边缘而产生的限制来限制马洛的叙述"，[③] 那么，这种限制在《在西方目光下》变得远为直接，且饱含讽刺意味。

　　小说一开篇，"我"就以从业者的经验指出语言和叙事并不可

---

① See Penn R. Szittya, "Metafiction: The Double Narration in *Under Western Eyes*", pp. 817-819.

② 一个很有趣的现象是，马洛和"我"的生活正对应了作家流亡生活的两个阶段（先是以水手，后是以语言工作者的身份谋生）。他们或许也代表了康拉德对自身形象两种不无矛盾的想象。See Jeremy Hawthorn, "Introduction", p. xxi.

③ 参见爱德华·W. 赛义德：《文化与帝国主义》，李琨译，三联书店，2003年，第31页。

靠，"词语是现实的大敌"，因为现实总是比语言这种人为建构的秩序更为复杂，沉浸于词语意味着对"想象力、观察力和洞察力"的扼杀（《在》: 1）。而按此逻辑，只存在于"我"的叙述中的那个俄罗斯当然也是可疑的。作者甚至让"我"亲身示范了这一指认过程的失败：在明知词语之局限性的情况下，"我"仍然试图用一个关键词来揭示那个庞大帝国的道德风气。一番冥思苦想后，"我"相信这个词正是"愤世嫉俗"（"cynicism"，《在》: 73）。但在"我"的频繁使用中，该词的词义不仅模糊且高度风格化，恰恰显示出作为对象的俄罗斯很难被一言以蔽之：它可以指怀疑一切价值、不惜以狂暴形式摧毁一切；但同时，又可追溯至更久远的古希腊传统，并结合俄罗斯文化中对尘世欢愉的否定，指向遭受苦难时的坚忍与自我牺牲。"我"在霍尔丁小姐身上看到的正是这样一种精神倾向。[1]虽然"我"坚持以成熟世故的庇护人姿态称她的"愤世嫉俗"是幼稚而又无望的（《在》: 115），但在第一次见面时"我"就为其深深吸引。"我"一边强调自己并不理解"东方逻辑"，一边又不断寻找各种理由造访霍尔丁小姐的寓所，从而按照作者的设计，成为"她的理想情怀，宽广心胸和纯真情感"的目击者。[2]而所有这一切都让"我"深刻感受到自己的"衰老"：

　　她的眼神坦荡而直接，像一个还没被人情世故带坏的年轻人。她的目光中透着一股巾帼豪气，但并不咄咄逼人。如果说是

---

　　[1]　此处关于"愤世嫉俗"这一关键词的分析，参考了：H.S.Gilliam, "Russia and the West in Conard's *Under Western Eyes*", pp. 220-221; see also Keith Carabine, "*Under Western Eyes*", pp.126-134.

　　[2]　参见康拉德：《作者札记》，第3页。

天真又多思的沉着自信可能更准确……只要看她一眼就能知道，她的热情会因某种思想甚至某个人而激发出来。……但显然我成不了能令她激情澎湃的人，——我的思想也成不了那样的思想！（《在》：112-113）

　　对于"我"这位保有维多利亚时代拘谨做派的老绅士而言，霍尔丁小姐代表的青春世界可视却不可欲。她对个人信仰与情感的忠实追随，让"我"忍不住感慨（像自己这样的）西方人是不是过分珍视生活，以至于与俄罗斯人一样"滥情夸大"了某些价值（《在》：115）。"我"拒绝接受她有关西方民族实利至上、缺乏超越性追求的批评（《在》：126），但在与这些情感炽热的俄罗斯人身处同一空间时，久居日内瓦的"我"却开始不自觉地感到，这个作为西方文明"窗口"的城市也不尽美好："市镇上整齐划一的斜坡屋勾勒出它那清晰可辨的轮廓"，"显得妥帖但不优雅，舒适却不投契"，天空"非但不显得高远，反而被黝黑丑陋的少女峰形成的屏障一下子挤压得逼仄不堪"（《在》：155）。[①] 尤其是在城市花园陪伴霍尔丁小姐等待拉祖莫夫时，"我"对日内瓦生活的怀疑在想象性的对比中达到了顶峰：毫无疑问，只有在这个自由世界，两位俄罗斯青年才可以获得在本土没有的畅谈机会；但逐渐占据了"我"视野的那对喝着啤酒、"平淡无奇"甚至"土里土气"的瑞士夫妇似乎也并不指向某种值得期待的理想未来（《在》：192）。

---

　　① 长期居住于某一城市，往往代表着人与城市风格的亲近，而这里"我"对日内瓦印象的改变，意味着"我"对"自己的生活方式与思想"产生怀疑，并开始为那些此前加以排斥的特质所吸引。See H.S.Gilliam, "Russia and the West in Conard's *Under Western Eyes*", p. 225.

正如衰老的"我"终究无法点燃霍尔丁小姐的热情，过于成熟理性的西方陷入了平庸；俄罗斯野蛮而落后，但也保留了更多的青春激情——很容易看出，小说中的这类描写无非是重复了"理性的、物质的西方"和"情感的、精神的东方"这样一组经典的二元形象。与康拉德其他作品中那些处于"西方目光之下"的异域一样，这里的"俄罗斯"只是（作者眼中）失去上升活力的西方世界对自我力量的一种想象与召唤。但康拉德并不那么牢靠的西方立场也许会要求我们的分析更为周全一些。事实上，正是这部小说让康拉德的"异乡人"身份在其同时代评论者的眼中变得格外突出。人们声称，与其标题相悖，《在西方目光下》明显有着"带有俄罗斯思维习惯的洞察力"；[1]康拉德的创作"与其说是英式的，不如说是斯拉夫式的……虽然是用英语写作，他却有着东欧的血液"。[2]而自19世纪上半期，在浪漫主义与民族主义思潮的影响下，上面提到的那种关于俄罗斯与西方的想象性对比已盛行于俄罗斯知识界的讨论以及文学创作中，[3]这似乎让上述批评有了更多根据。

应当看到，丰富的跨界经历让康拉德对任何一个世界的认

---

① Unsigned review, in *Nation*, 21 October 1911. Qtd. in Keith Carabine, "*Under Western Eyes*", p.123.

② R.A. Scott-James 发表于 *Daily News*（13 October 1911）的文章，题目不详，转引自：Norman Sherry ed., *Joseph Conrad: The Critical Heritage*, London: Routledge and Kegan Paul Ltd., 1973, p. 20.

③ 最具代表性的，当属斯拉夫派与西方派两大阵营（正式形成于19世纪40年代）对俄罗斯与西方文明特性进行的大量总结与比较。尽管存在观点分歧与细节差异，但总的来说，"斯拉夫主义者痛恨法律、法理思考、胁迫与暴力；所有这些都被归于西方社会的属性"；相对应地，他们号召回到彼得大帝改革前崇尚"风习、仲裁和道德教育"的"有机"的俄罗斯传统。艾恺：《世界范围内的反现代化思潮——论文化守成主义》，贵州人民出版社，1999年，第64-66页。亚历山大·赫尔岑在回忆录《往事与随想》中记录的康·阿克萨科夫等人对斯拉夫传统进行"再发明"的轶事，也很能说明问题。参见赫尔岑：《往事与随想》中卷，项耀星译，人民文学出版社，1998年。

识都很难是本质化的，也不可能拥有"纯粹"的西方或斯拉夫目
光。① 如斯兹提亚所说，当他把小说标题从"拉祖莫夫"改为"在
西方目光下"时，康拉德与其说是进一步明确，不如说是"刻意模
糊了自己对这个俄罗斯故事的立场"；读者很容易发现老教师言行
中的种种矛盾，其"唯一的连贯之处"，也许就是反复申诉，自己
并不能真正理解眼前发生的一切。而康拉德当然也知道他在叙事
中选择的这个面具是"可笑而不胜任的"。② 甚至，我们完全有理
由赞同某些更富有反西方中心主义热情的分析，承认对"我"那种
僵化目光的嘲讽本身正是作者希望表现的"主题的一部分"。③ 但
过分拔高康拉德相对于"我"的高明却是不适宜的。康拉德真正的
尴尬恰恰在于，作为一位对西方主导的帝国秩序并非毫无怀疑的
作家，他自己也无法想象出这个秩序之外的其他可能。④ 而无论他
的位置（如果真的存在这样一个固定的"立足点"的话）更靠向哪
一边，只要是以将理性推举到前所未有之高度的西方现代文明作
为标准，那些彼此存在明显差异的"非西方"文明就会无一例外地
出现在坐标轴的另一端，都表现出某种"非理性""情感化"的特
质。这或许是作家描绘的庞大地图有时也不免给人以色彩单调之
感的根本原因。

---

　　① 康拉德被赛义德称为"自觉的外国人"，而关于流亡状态带来的多重的、非本质化视角，
可参阅爱德华·W. 赛义德：《知识分子论》，单德兴译，三联书店，2013 年，第 54-55 页。

　　② See Penn R. Szittya, "Metafiction: The Double Narration in *Under Western Eyes*", pp. 822-
823. 关于"我"在讲述故事时暴露出的种种破绽与矛盾，可参阅：Willam Freedman, *Joseph Conrad
and the Anxiety of Knowledge*, pp. 92-95.

　　③ See H.S. Gilliam, "Russia and the West in Conard's *Under Western Eyes*", pp. 218-219; see
also Jeremy Hawthorn, "Introduction", pp. xxi-xxii.

　　④ 参见赛义德：《文化与帝国主义》，第 30-32 页。

不过，康拉德毕竟成长于俄罗斯与西方直接竞争文化控制权的波兰，①自己的写作又屡屡被归入"斯拉夫传统"，在所谓的非西方世界中，他对俄罗斯试图建立"另一种秩序"的对抗声音确实格外熟悉，他所产生的情绪也尤为微妙：尽管并未遭受政治与地理意义上的殖民，甚至在周边区域还扮演了殖民者的角色，俄罗斯同样生活在西方这一强势文明的压力之下。在积极向"中心"靠拢的同时，身处东西方之间的特有尴尬也让其率先反弹，成为世界上第一个使用"西方世界"这个概念标示"他者"的地方。②俄罗斯知识界那些关于"情感俄罗斯"与"理性西方"对立形象的书写即出现在这一背景之下。与《在西方目光下》中痛骂西方已然堕落的S夫人在街头进行的、带有神秘意味的公开"展示"一样（《在》：138），它们表现出某种自我东方化倾向；但若非如此，似乎也难以在高压下勾勒自己的形象。毋庸赘言，对于俄罗斯斯拉夫主义中狭隘，甚而带有外扩性霸权倾向的那一面，康拉德深恶痛绝。在波兰的文化归属问题上，他更竭力让西方诸强相信，尽管被帝俄殖民，波兰"在道德和精神上"始终与西方存在"亲密关系"；③不过，这并不意味着康拉德对广义的斯拉夫世界发出的意在标示文明边界、强化共同体内部凝聚力的申诉完全无动于衷。关于这

---

　　① 参见康拉德：《瓜分的罪行》，收入《文学与人生札记》，第133-151页；另参见朱建刚、唐薇：《俄国思想史中的"波兰问题"——保守派的视角》，载《俄罗斯研究》2014年第1期，第3-21页。

　　② 参见艾恺：《世界范围内的反现代化思潮》，第62页。

　　③ 参见康拉德：《瓜分的罪行》，第149页。

一点，研究者已从其 1881 年与舅父的通信中找到一些证据。① 从逃离帝俄到游历西方殖民地，康拉德对强势文明的碾压深有体会。小说中，当看到一位普通日内瓦工人在街头安然享受休憩时光时，拉祖莫夫突然迸出了一声恶毒的咒骂："有选举权！有被选举权！受过启蒙！可还是个畜生。"（《在》：224）这句没头没脑的咒骂也许比任何长篇宏论都更能传达出落后者的满心渴慕与强烈的挫败感。当俄罗斯的形象从"傲慢的专制帝国"摆向"受辱的民族"时，作家如其所承诺，表现出了对个人创伤的"超脱"，流露出某种珍贵的同情。

　　坚信"我们俄罗斯人将会寻找到一种更好的形式实现民族自由"的霍尔丁小姐正是因此而被想象性地赋予了特殊魅力（《在》：117）。"当理智明显看不到出口的时候，情感却可能找到一条出路，没人能够知道这条路是通向拯救还是通向万劫不复——情感甚至根本就不提这个问题。"② 康拉德对波兰的这番寄语，吊诡地在这一俄罗斯女性形象身上得到先行验证。小说中，且不论其对西方的直觉式批评确实抓到了某些要害，霍尔丁小姐的自信与激情似乎就足以让"我"的世界不再那么封闭自满。"我"甚至开始

　　① 在 1881 年的一封回信中，舅父 Tadeusz Bobrowski 表示很高兴看到身处异乡的康拉德能"表现出对我们民族事务的热情"。他指出，来信中对"基于泛斯拉夫主义的理想的描述从理论上看美好而易行，但在实际操作中，将遭遇巨大的困难"，因为各个"有影响力的民族"都希望能争夺这个斯拉夫联盟的领导权，包括康拉德本人，也为了提高波兰的地位而赋予了其一些"并不全然符合实际"的优点。See Zdzislaw Najder, *Conrad's Polish Background*, pp.79-80. 研究者据此判断，虽然在"领导权"问题上与泛斯拉夫主义的主要倡导者俄罗斯保守派知识分子存在分歧，康拉德在这一时期还是接受了该思潮的基本主张，希望实现斯拉夫各民族大联合，走一条不同于西欧的发展道路。See Peter Kaye, *Dostoevsky and English Modernism, 1900-1930*, pp. 137-138; see also Eloise Knapp Hay, "Reconstructing 'East' and 'West' in Conrad's Eyes", in Keith Carabine et al., eds., *Context for Conrad*, Bouder/Lublin: Maria Curie-Sklodowska University, 1993, pp. 24-25.
　　② 康拉德：《瓜分的罪行》，第 141 页。

不自觉地从掌控局面的观看者转而成为被观看者："她看着我，目光中有种令我不自在的超凡的洞察力"（《在》: 145）；"她朝我投来迅速的一瞥。短暂，却不偷偷摸摸……反而是我自己看她时不那么大方"（《在》: 156）。而在这种目光的交互与身份的转化中，"我"那种手握历史剧本的优势地位也被严重动摇：相较于那些俄罗斯行动者，"我"甚至更像虚幻无力的"幽灵"，在霍尔丁母女身旁"盘旋逗留，却无法为她们提供保护"（《在》: 139）。尤其是，"我"曾老到地批评霍尔丁小姐轻视西方"政治自由的各种实际操作方式"，并劝导这位理想主义者"对于爱和坚忍，最理想的设想也需要活生生的人类体现"（《在》: 117）；但随着霍尔丁事件的发酵，连"我"自己也意识到，西方经验并不完全适用于（更不用说轻松解决）俄罗斯问题：

> 我现在不想奢谈自由，因为哪怕一点较为开明自由的观点，对于我们不过是讲几句话，表表雄心，或为选举投票（就算有感觉，也不会触及我们灵魂深处的情感），但对于生活在同一片天空下，和我们几乎没有差别的另一部分人来说，却是对毅力的严峻考验，关系到泪水、悲痛和鲜血。（《在》: 354）

在这番自白中，一直将俄罗斯人描绘为异类的"我"罕有地承认他们"和我们几乎没有差别"，并表达了某种超越民族与政治边界的人道关怀。霍尔丁等人不再是"我"眼中不真实的舞台影像，他们在历史森严的结构中做出的牺牲得到正视，并被归入"我"所说的关于理想的"活生生的人类体现"。更有意思的是，当"我"

日渐为霍尔丁小姐身上那种可以抵御生活中种种不义与苦难的"俄国人的天性"折服时，两人隐含支配性质的性别关系也奇异地发生了颠倒：羞怯的"我"感到她身上有着"英雄"气概（a quality of heroism，《在》: 145）和"阳刚"味道（masculine quality，《在》: 155）。至少在这些时刻，在作者的想象中，霍尔丁小姐及其背后的那个俄罗斯世界已不再只是一个被动接受"我"审视的对象。

三、悲剧性的冲突之地

然而，也正因为仅仅获得了作者情感而非理智层面的认同，小说中俄罗斯的前途命运仍然晦暗不明。甚至，相较于早已成为众矢之的的专制政府，霍尔丁小姐最终选择的革命道路还在小说中遭到了更多质疑。如前所述，从语言到行事，"我"在俄罗斯革命者身上都看到了与其反抗对象一样的气质。而在霍尔丁小姐面前一向木讷寡言的"我"也唯独就革命问题发表过一长篇演说，痛陈"希望被扭曲出卖，理想被丑化嘲讽——这就是所谓的革命成功"（《在》: 148）。

利维斯（Frank Raymond Leavis）直言，这里的老教师"让人毫不怀疑是在替康拉德说话"。[①] 挣扎于理想主义与怀疑主义之间，

---

① 参见 F.R. 利维斯：《伟大的传统》，袁伟译，三联书店，2009年，第287页。小说中的这些文字还曾大大激怒爱德华·加纳特。作为俄罗斯革命与流亡人士的著名同情者，他指责作家将自己的"仇恨"注入小说之中。而在回信辩解时，康拉德重申了这部作品"关心的除了思想再无其他"，并且忍不住抱怨这位左翼友人只看到自己愿意看到的"真相"。See Norman Sherry ed., *Joseph Conrad: The Critical Heritage*, pp. 176-177. 到1920年小说再版时，作家相信刚过去的俄罗斯大革命已经验证了《在西方目光下》的这部分内容。参见康拉德：《作者札记》，第1页。

既无法接受严酷的社会现实，又担心革命走向自由的反面；既想争取集体的进步，又想保全个体的自由，康拉德对这些困境绝不陌生。而众所周知，他选择了远走逃避。但这并不意味着问题的解决。小说中有一幕，"我"远远看着桥上的拉祖莫夫，而拉祖莫夫"身子朝栏杆外探出一大截"，俨然被桥下湍急的河水"摄去了魂魄"（《在》: 217）。乍一看，这幅画面俨然就是 18 世纪以来西方文学对"崇高"景致的描绘。① 然而，在康拉德笔下，那个既安全，又可以通过与对象的对抗获得精神提升的黄金位置已不复存在。现实生活中的康拉德最终站在了"我"的位置，避免被毁灭性的历史洪流瞬间吞没；但在虚构世界中，或许是作为一种补偿，作家将更多热情投入于塑造拉祖莫夫式的人物：与"我"安稳却略显乏味的生活不同，他们被逼入死角，必须在各种同样珍贵，却相互冲突的价值间做出悲剧性的抉择。这种极致的生命体验让康拉德着迷，反复出现于他的作品中，作家甚至宣称："创作唯一合理的基石即在于勇敢承认所有不可调和的对立，它们让我们的生活如此高深莫测、负累沉重，如此令人迷醉、危险重重——却又如此充满希望。"②

这些对立性冲突无疑普遍存在于人类生活中。但在康拉德笔下那"一长串被各种对立观折磨得痛苦不堪的主人公"中，拉祖莫夫被卡拉班判定为一个"最高版本"，因为在他身上集中了太多的矛盾和焦虑。这当然与《在西方目光下》格外贴近康拉德本人的

---

① See Stephen Bernstein, "A Note on *Under Western Eyes*", in *Journal of Modern Literature*, vol.19, No.1（Summer, 1994）, pp. 161-163.

② Frederick R. Karl and Laurence Davies, *The Collected Letters of Joseph Conrad*, Vol.2, Cambridge: Cambridge University Press, 1986, pp. 348-349.

独特经历，尤其是那些他"不赞成却又无法逃避的波兰记忆"有关；[1] 但也许同样重要的是，与康拉德选择栖身的善于调和各种竞争性价值的盎格鲁—撒克逊文化相较，俄罗斯这一空间本身提供了绝佳的观察"标本"。一方面，这里无处不在的专制阴影进一步挤压了选择的"余地"；另一方面，"边地"的特殊位置，又偏偏让俄罗斯人面临着更多种价值、生活模式之间的激烈冲突。前文提到的种种表演或真实抗争无不是在此大背景下展开的。而作为全书核心的告密事件更是对这种选择困境的直接演绎。无须像《吉姆爷》（*Lord Jim*,1900）或《诺斯特罗莫》（*Norstromo*,1904）那样刻意"造境"，拉祖莫夫就在一个再普通不过的日子、在都市的一间小屋里被带到了生死选择的关口。因为背叛霍尔丁而心绪难平，他列出了多达五组矛盾，包括："历史／理论""爱国主义／国际主义""演变／革命""指引／毁灭""统一／断裂"（《在》: 72）。与选择继承十二月党人遗志的霍尔丁兄妹不同，他选择了每组对立性价值的前一项。毋庸赘言，拉祖莫夫的告密是不可辩驳的道德污点；但仅就其对保守立场的选择而言，他确实与诸多拥有卓越心智的俄罗斯人一样充分考虑到了现实的严酷与复杂（《在》: 36）。而他的第二次告密，竟是在日内瓦的卢梭岛上完成的。他写密告信时，小岛一片寂静，"只有那位《社会契约论》作者阴郁的青铜雕像静静地伫立着，俯瞰底下拉祖莫夫低垂的头"（《在》: 325）。这个讽刺性画面所揭示的，有专制政府对拉祖莫夫施加的无形压力，因为立约首先要求个体具有充分的自由，"强力并不能

---

　　① See Keith Carabine, "*Under Western Eyes*", p. 126; see also Jacques Berthoud, "Anxiety in *Under Western Eyes*", in *The Conradian*, vol. 18, No. 1 (Autumn, 1993), p. 1.

产生任何权利"；[①]但更多的讽刺，却是留给被拉祖莫夫告发的那些革命者，以及他头顶的那位契约论作者的。作为卢梭思想的信徒，霍尔丁和日内瓦的革命领袖都不假思索地默认拉祖莫夫必定会与自己立约，"以其自身及其全部的力量共同置于公意的最高指导下"。[②]但拉祖莫夫，这个名字意为"理性"的年轻人的选择却一再动摇了"公意"存在的基础、一个在启蒙时代影响广泛的思想命题——每个理性的主体在相同自然条件下判定的善会相一致，同样好的价值之间会天然和谐。[③]

事实上，除了革命者和代表保守一方的拉祖莫夫外，事件中还有另一个俄罗斯人面临着选择：被霍尔丁寄予厚望的"人民"的代表兹米安尼奇。他的遭遇更能凸显选项间的难以"和谐"：在革命者的想象中，这位马车夫身上"有种对自由不可或缺的需求"（《在》：60），哪怕他的理性力量尚未完全觉醒，也不妨先替他做出觉醒后必然会做出的选择；就连他最后的自杀，在革命者看来也只可能是为了向共同的事业赎罪（《在》：311）。然而，小说不断揭示的真相完全是对这一系列卢梭式推论的嘲讽。读者被告知，兹米安尼奇自始至终沉浸在自己庸俗却也同样真实的酒色生活中；他死于一场失败的爱情，与政治没有丝毫关系（《在》：308）。在他所居住的人口密集的贫民窟里，拉祖莫夫的引路人更三次向其确认，这样的浑噩度日正是"地道"的俄罗斯人的表现（《在》：28-29）。换言之，对于俄国异常庞大的未受教育阶层而言，争取

---

① 卢梭：《社会契约论》，何兆武译，商务印书馆，2010年，第10页。

② 卢梭：《社会契约论》，第20页。

③ 参见以赛亚·伯林：《自由及其背叛》，赵国新译，译林出版社，2005年，第34-40页。

政治权利根本就不是首要需求。相较于"管理自己"，他们很可能会将"被妥善地管理"放在优先位置。而兹米安尼奇们与更加西化的社会精英之间的这种严重隔阂，让人们更难按照所谓的历史或政治进步序列来简单判定霍尔丁与拉祖莫夫的正误。在做出选择的时刻，他们都主动或被迫地牺牲了自己珍视的部分理念。

　　正是作为一个充满悲剧性的冲突之地，俄罗斯让康拉德既恐惧，又难抵窥探的诱惑。对应于他纾解个人创伤与"客观"探究这片冲突之地的两种诉求间的紧张，《在西方目光下》在"渲染专制制度的决定性影响"与"表现比政治更复杂的人心"之间矛盾地摇摆着。拉祖莫夫剧烈而跳跃的心理状态成为小说的焦点。[1] 评论家更称赞这是英国文学里"詹姆斯·乔伊斯《尤利西斯》中利奥波德·布卢姆之前心理刻画最丰富复杂的一个角色"。[2] 但在俄罗斯文学中，这样的心理描写自 19 世纪以来就已形成强大传统。而按照奥尔巴赫（Erich Auerbach）的分析，这恰恰与这个国度承受着多种生活模式与价值观之间异常激烈的冲突有关。[3] 若循此说，哪怕康拉德有意抹除自己阅读俄罗斯文学的一些痕迹，我们至少仍然可以从平行比较的角度指出，在对价值冲突与选择困境的描写

---

[1]　See Frederick R. Karl, *The Collected Letters of Joseph Conrad*, Vol.4, p. 9.

[2]　参见理查德·拉佩尔：《〈在西方目光下〉中文版导读》，《在西方目光下》，第 8 页。

[3]　参见埃里希·奥尔巴赫：《摹仿论》，吴麟绶等译，商务印书馆，2014 年，第 617-618 页。以赛亚·伯林在其经典著作《俄国思想家》（彭淮栋译，译林出版社，2006 年）中详细分析了托尔斯泰、屠格涅夫与赫尔岑等人对帝俄激烈的价值冲突困境的回应，可以作为参考。

中，他前所未有地靠近了不得不直面这些难题的俄罗斯同行。① 而事实上，除了被推向极致的心理描写外，从主题到情节、人物设定，《在西方目光下》与《罪与罚》的互文性都如此之明显，以至于欧文·豪（Irving Howe）、皮特·凯等一批研究者都断言，没有陀思妥耶夫斯基的示例，就不会有这部作品，"它可以被视作对《罪与罚》的系统性重写"。②

　　在此前提下，两部小说的一个明显差异，或许能在最后为我们更好地揭示康拉德写作这个俄罗斯故事时遭遇的困境：身为斯拉夫主义的坚定拥护者，陀思妥耶夫斯基相信俄罗斯终将克服"西方目光"带来的种种挤压。他把救赎的希望放在俄罗斯自身传统，尤其是东正教精神上，为此不惜对作品结尾进行"降神"式的处理；而《在西方目光下》不仅基本悬置了《罪与罚》中最重要的宗教主题，更对冲突的最终解决提出了疑问。与拉斯柯尼科夫不同，拉祖莫夫的忏悔与信仰的觉醒并无关系，他也并未因为正视自己的道德污点而获得索尼娅式的宽恕。他被暴打致残的结局讽刺性地"剥夺了整个叙事都在渴求的忏悔作用，也剥夺了对他的

---

① 苏沃林日记中记录了一段与陀思妥耶夫斯基的对话。后者提出了一个"如果发现有革命者即将炸掉冬宫，我们是否会去告发"的假想，并坦言自己可能会（仅仅）因为担心被自由派视作线民而选择退缩，作家在痛苦中表示这是值得一写的困境。这篇日记完全可与《在西方目光下》中拉祖莫夫的遭遇对读，而日记正写于 1880 年 2 月 20 日，也即姆洛德茨基谋刺曾镇压革命的内政部部长梅利科夫那天。参见伯林《父与子》一文（此文以屠格涅夫为例，讨论的正是在一个意见尖锐对立的社会中保持中间立场所需的敏感与巨大勇气）的附录（《俄国思想家》，第 357-359 页）。

② Peter Kaye, *Dostoevsky and English Modernism, 1900-1930*, p. 120. 该书第五章对康拉德与陀思妥耶夫斯基的关系进行了深入研究。陀思妥耶夫斯基及其创作向来被视为"俄罗斯性"的典型代表，而康拉德一方面毫不掩饰自己对他的憎恶之情，另一方面，却又最了解这位同行的魅力所在，并试图对之加以超越，这样一种复杂关系，正可以视为康拉德对俄态度的一个缩影。关于两位作家之间的关系，还可参阅：Owen Knowles and Gene M. Moore, *Oxford Readers's Companion to Conrad*, pp. 95-96; 胡强：《康拉德政治三部曲研究》，中国社会科学出版社，2008 年，第 234-260 页。

任何真正有意义的宽慰或对他人的作用"。① 作为一个带着怀疑目光的跨界旅行者，康拉德得以避开狭隘的民族与地域主义；② 但与此同时，"无根"也意味着无法与世界建立任何有效的联系。小说付梓数日后，作家发生了严重的精神崩溃。在某种程度上，《在西方目光下》对"俄罗斯灵魂"的追踪与对作家个人记忆、身份的捕捉一样，不断接近又不断脱手：它／他是渴望进入中心的边缘者，却又难以摆脱异类的烙印；文明间的等级秩序让其感到民族心的受辱，但在理智层面却并未发现其他可能的存在；而最终，深陷于种种对立性冲突，却找不到任何坚实的价值内核可以作为支点。在嘲讽没有亲人关爱的拉祖莫夫试图抓住"俄罗斯"作为最后的身份标记的同时，康拉德不得不面对自己更为彻底的无处着力："他活在世上就像一个人在深海里游泳一样孤独。"（《在》：9）

---

① Kenneth Graham, "Conrad and Modernism", in *The Cambridge Companion to Joseph Conrad*, p. 215.

② 《在西方目光下》对霍尔丁小姐这类美好形象的塑造，让《罪与罚》中对波兰人的种族性侮辱尤其扎眼。参见陀思妥耶夫斯基：《罪与罚》，朱海观、王汶译，人民文学出版社，2015年，第378、535页。

以赛亚·伯林与俄罗斯文化

　　在进入以赛亚·伯林异常丰富而又多有矛盾的思想世界时，其复杂的文化基因向来被视为打开第一道大门的钥匙：这是一位出生于俄国里加、以俄语和德语为母语的犹太后裔，年幼时即远离故乡，求学英伦，并最终在此成就了自己在观念史和政治思想领域的非凡声望。而在这一系列的文化印记中，俄罗斯经历最容易让人联想到的，恐怕是革命与专制恐怖带来的负面示范。[①]毫无疑问，在很大程度上正是那些与这片土地相关的极端体验和自己的侥幸逃离，刺激伯林做出了"消极自由—积极自由"的著名区分，并始终坚持将前者（"免于……的自由"）视为不可稍有退让的底线，而对容易导向一元化的后者（"去做……的自由——去过一

---

① 伯林及其研究者都反复提及他幼时曾目睹一名警察在 1917 年的革命风暴中被暴民拖行濒死。伯林承认这一幕给他带来了"一种终生不灭的对肉体施暴的恐怖感"。参见拉明·贾汉贝格鲁：《伯林谈话录》，杨祯钦译，译林出版社，2002 年，第 4 页。而成年后的三次（1945、1956 及 1988 年）访苏经历，亦给伯林留下了很多不愉快的印象。参见张建华：《以赛亚·伯林视野下的苏联知识分子和苏联文化》，载《俄罗斯研究》2012 年第 3 期，第 65-89 页。

种已经规定的生活形式的自由")抱有极大警惕。①

　　然而，这些负面记忆绝非伯林与俄罗斯的全部联系。首次与伯林接触的伊朗哲学家拉明·贾汉贝格鲁（R.Jahanbegloo）"很惊讶他对俄罗斯文化有着非常亲密的感觉"；②而对于那些更熟悉伯林的人来说，他一直是别林斯基、赫尔岑、舍斯托夫、阿赫玛托娃、帕斯捷尔纳克等一批俄罗斯思想家、文学家在西方的热心引介者，是"俄国问题尤其是俄国文学和政治评论界的一尊守护神"。③事实上，在伯林思想与学术理论的形成过程中，俄罗斯文化产生了多重影响。他对俄罗斯知识分子与相关社会、文化现象的丰富阐述，为这些领域的研究提供了可贵视角；而反过来，在破解那些困扰学界已久的伯林思想谜团时，这些论述可以提供的线索也远比想象中的要多。

一、俄罗斯智性传统与伯林的观念史研究

　　观念史研究被认为是以赛亚·伯林"最特别的，也许还是最重要的成就"，20 世纪 30 年代，他因受命写作一部马克思传记而进入这一领域，其中不乏偶然成分；但由哲学而进入历史的研究路向此后贯穿其学术生涯。他的多部作品都被冠以"观念史"的副标

---

　　① 参见以赛亚·伯林：《自由五论》，收入《自由论》，胡传胜译，译林出版社，2003 年，第 199-200 页。

　　② 参见贾汉贝格鲁：《伯林谈话录》，第 2 页。

　　③ 这是乔治·凯南的评语，引自斯特罗布·塔尔博特（Strobe Talbott）为以赛亚·伯林《苏联的心灵：共产主义时代的俄国文化》一书所写的导言（潘永强、刘北成译，译林出版社，2010 年，第 4 页）。

题，如《维柯与赫尔德：对观念史的两项研究》(*Vico and Herder: Two Studies in the History of Ideas*, 1976)、《反潮流：观念史论文集》(*Against the Current: Essays in the History of Ideas*, 1979)、《扭曲的人性之材：观念史篇章》(*The Crooked Timber of Humanity: Chapters in the History of Ideas*, 1990)、《现实感：观念及其历史研究》(*The Sense of Reality: Studies in Ideas and Their History*, 1996)等。[①] 在这些著述中，伯林凭借渊博学识和罕见的历史想象力，突破了现代学科分类的壁垒，对某些中心观念形成及发挥影响的智性气候进行探查，并致力于再现特定时代与文化中人们关于外部世界与自身的看法。哪怕其政治哲学论说日渐为后辈挑剔和覆盖，伯林在观念史领域的声望也始终未被撼动。

有意思的是，很长一段时间内，观念史研究对于他所在的牛津，甚至整个英国的学术传统而言都是十分陌生的，"在缺乏意气相投的同事和支持性的制度背景的时候，伯林差不多是单枪匹马地为自己创造了一座思想的收容所"。[②] 当人们好奇伯林对观念史的这种兴趣到底来自何处时，最容易被追溯到的，仍然是他在俄罗斯革命中的见闻：在"人生的这个相当早的阶段"，他已开始受到"自由、平等、自由主义、社会主义"的影响，并意识到政治观

---

①　参见罗伯特·诺顿：《以赛亚·伯林的思想史》，收入刘东、徐向东主编：《以赛亚·伯林与当代中国：自由与多元之间》，陶乐译，译林出版社，2014 年，第 193 页。

②　诺顿：《以赛亚·伯林的思想史》，第 194 页。

点对人类历史与社会生活可能产生的作用。① 而伯林在回忆中，还
提供了另一条重要线索：青年时代的他在伦敦图书馆读到了亚历
山大·赫尔岑的著作。他相信，"正是赫尔岑使我爱上了社会思想
史和政治思想史。这就是我研究思想史的真正的开端"。② 在《彼岸
书》（ Стого берега, 1847—1850)、《法意书简》和《往事与随想》
（ Былое и думы, 1852—1868 ）等几部日后最常为伯林引用的作品
中，赫尔岑不为任何教条所役，纵谈社会、道德与美学问题，对
同时代俄国与一系列西方流亡地的民风民情进行了生动刻画；尤
其是通过对各国政党主张、领袖形象以及动荡前后社会风向的近
距离考察，为 1848 年的欧洲革命提供了"尸检"报告。它们无疑
为伯林本人的观念史研究提供了绝佳范本。③

　　但除了这些直接触因，在赫尔岑写作背后那个更为深广的俄
罗斯智性与知识分子传统还为伯林的研究提供了深层底色——对
于这一传统，离开故土后一直坚持阅读俄罗斯经典的伯林有着相
当完整的认识。其传记作家约翰·格雷（John Gray）更直言，正是
对此传统的浸淫，让伯林的写作取向迥异于英美同行：

---

　　① 参见贾汉贝格鲁：《伯林谈话录》，第 9 页。伯林曾明确提到，以俄国革命为代表的
20 世纪"这些波澜壮阔的运动其实都是肇始于人们头脑中的某些观念，亦即人与人之间曾经是、
现在是、可能是以及应该是怎样的关系"，他认为人们应该知道，"在领袖们——尤其是那些身
后有一大群军队的先知——头脑中某些最高目标的名义下，这些关系是如何被改变的"。伯林：《理
想的追求》，收入《扭曲的人性之材》，岳秀坤译，译林出版社，2009 年，第 5-6 页。

　　② 贾汉贝格鲁：《伯林谈话录》，第 11-12 页。

　　③ 甚至，伯林与赫尔岑采用的文体与论述风格都颇为相似：他们都偏好以机动灵活的散文
迂回攻击对象论述中的疏漏，对之进行证伪；而自身并不努力建立或证成某一完备的思想体系。
这种攻大于守、本人观点隐藏于论述对象之后的风格正是伯林政治哲学主张备受争议的原因之一。
但它却更为贴合复杂的思想史面貌，也能很好地发挥其"价值多元论"这一思想精髓。参见简森·费
雷尔：《以赛亚伯林与随笔政治》，收入《以赛亚·伯林与当代中国》，牟潘莎译，第 166-176 页；
以及艾琳·凯利关于此文的评议，第 188-189 页。

伯林曾经说过（实际情况也确实如此），他对英国经验主义的深刻理解和毫无疑义的吸取都是经由英美哲学和康德哲学而形成的。然而，在英美哲学那种专业式的枯燥论述与伯林的著作间有一种深刻的差别，这种差别也许不单纯是伯林独特的写作风格问题，也不仅表现为伯林对与他完全不同的思想家具有一种（通过想象的移情作用）深邃的洞察力，而且还表现在他对理智生活和知识分子的责任的理解上，这些都不是英国式的，而是俄国式的。伯林最主要的工作，虽然也体现在他力图寻求一种区别于英国经验论的严密而透彻的标准，但更表现在他对理智的作用（这在英国哲学中是没有得到充分认识的）的理解上，他把理智看作一个人与整个人类生活的概念相联系的能力，伯林这种观点的根源仍然扎在俄国的传统中。①

事实上，在《辉煌的十年》一文中，伯林曾对这一传统的形成历史与独特内涵进行详细探讨：在他看来，拿破仑战争对于俄罗斯观念史的意义不亚于彼得大帝的西化改革。它带来了俄罗斯民族主义情绪的增长，使得受教育者开始对自己产生认同的这一共同体内部之贫穷与野蛮感到强烈不安。而此时又恰逢浪漫主义运动兴起，其核心观念"人格完整"与"整体献身"对民族心受挫的俄罗斯人产生了巨大吸引力。他们对知识的渴求与道德热情、社会责任紧密相连，由此形成的"知识阶层"及其历史后果亦回传西

---

① 约翰·格雷：《伯林》，马俊峰等译，昆仑出版社，1999 年，第 6-7 页。

方，被伯林判定为"俄国对世界上的社会变化的最大一项贡献"。①
如下文将讨论的，伯林并不接受俄罗斯知识分子所信奉的那种
"真理的完整性"，但他们对机械主义模式的拒斥，在人格与思想、
文字间建立的那种强相关性，却赢得了伯林的共鸣。与俄罗斯知
识分子一样，伯林所理解的"观念"不仅是理性层面的认识、判
断，更蕴含着人对内部与外部世界的那些或显或隐的态度。而正
是在捕捉这些态度时，伯林展现了格雷文中提到的那种"想象的
移情"能力，这也被公认为其观念史写作能够如此引人入胜的重
要原因。尤其是人们发现，越是那些信念强烈、言辞激烈的"异
端分子与魅力型领袖"，他越能"深入内里"，尽显其人格与心态。
② 对于愿为自己所执观念承担一切后果的俄式激情，伯林深感警
惕，却也能充分理解和传达其中的诱惑。

　　关于自己这种移情式的观念史研究，伯林曾语焉不详地将之
描绘为"一种复杂的、含糊不清的、需要借助心理学视野以及丰
富想象力的研究工作"。③ 而并非偶然的是，《辉煌的十年》对俄罗
斯"社会批评"传统的开创者别林斯基批评方法的引述，恰恰可以
对伯林本人的工作加以注解：

　　任何时刻，他（别林斯基——引者注）若想传达一项文学经
验，他都用上生命、他整个人，力图捕捉该项经验的本质。……

---

① 参见以赛亚·伯林：《辉煌的十年》，收入《俄国思想家》，彭淮栋译，译林出版社，
2003 年，第138-177 页。
② 参见钱永祥：《"我总是活在表层上"——谈思想家伯林》，转引自刘东：《伯林：跨
文化的狐狸》，收入《以赛亚·伯林与当代中国》，第136 页。
③ 参见贾汉贝格鲁：《伯林谈话录》，第25-26 页。

他自己也说过，要了解一位诗人或思想家，你必须暂时整个进入他的世界、任令自己受他看法支配、与他的情绪浑同合一，简言之，体悟其经验、信仰及信念。①

如果说，别林斯基"就是这样'体悟'莎士比亚与普希金、果戈理与乔治·桑、席勒与黑格尔的影响"，那么，伯林也是如此"体悟"或"移情"别林斯基及在其影响下的俄罗斯进步青年的：

> ……他博读群书而教育不足，激情风烈，既无传统教养的拘束，也没有天生温和的脾气，而且动辄陷入道德的暴怒，胸中如沸，不义或虚伪之事当前，即不顾时地、不顾何人在旁，抗声疾斥。追随他的人采用这种姿态，因为他们是激愤的一群。于是，这腔调成为新真理的传统腔调，凡说新真理，都须以受辱之痛犹新之感，出以怒气腾腾之口。②

对于别林斯基从黑格尔式寂静主义转为激进民主派的思想历程，伯林亦进行了细致追踪。但他更着力挖掘的，始终是这位批评家作为"俄国知识阶层的良心"在道德方面的一贯性。也是从那种宽泛的观念史研究角度出发，伯林认为由别林斯基引入的炽热

---

① 伯林：《辉煌的十年》，第191-192页。毫无疑问，除了个人天赋外，别林斯基的这种"移情"活动也深受德国浪漫主义的影响。而在研究维柯这位"德国历史学派的先见者"以及赫尔德等德国思想家时，伯林对"移情"说也有着详细说明。如罗伯特·诺顿在《以赛亚·伯林的思想史》一文中详细论证的，伯林的观念史研究与其德国文化基因同样有着深刻联系（第196-212页）。但将这一方法运用于对作品的解读，并取消生活与创作间的界限，确为别林斯基领衔的俄国"社会批评"的独特发明。

② 伯林：《辉煌的十年》，第209页。

的社会批评"腔调"在俄罗斯文学中再未消散，而且影响深远——因为检查制度的森严，也因为浪漫主义放大了这一文明体固有的象征传统，文学在别林斯基时代已经是俄罗斯知识阶层活动的中心舞台。文学与社会、政治运动紧密缠绕："在俄国，社会与政治思想家变成诗人与小说家，具有创造力的作家则成为政论家。"①哪怕经历了20世纪的大变革，这一传统也未完全中断。这解释了文学问题在《俄国思想家》（*Russian Thinkers*, 1978）与《苏联的心灵》（*The Soviet Mind*, 2003）这两部伯林直接以俄罗斯为研究对象的论文集中所占据的大量篇幅。而更有趣的是，伯林也至少部分继承了这一综合性写作传统，将人的欲望、情绪以及各种隐秘动机与那些更宏大的观念现象勾连起来。其研究者发现，他在观念史方面的成果"便是关于民众生活和思想的措辞优美、具备了一部小说的全部文学品质的研究论文，同时也是对历史上各种观念的批判性的考察报告"。②关于这一点，从上文引用的那一小幅别林斯基思想肖像已可感受一二。

二、"直击"多元论与一元论的角力

除了将伯林引入一个新的研究领域并影响其论说风格外，俄罗斯对于伯林发挥自己的核心思想，也即价值多元论更有着特殊意义。这一贯穿伯林全部著作的观念相信绝对价值在人类社会是客观存在的，但这些价值却并不必然可以相互通约："人的目的是

---

① 伯林：《辉煌的十年》，第311页。
② 参见贾汉贝格鲁：《伯林谈话录》，第3页。

多样的，而且从原则上说，它们并不是完全相容的，那么，无论在个人生活还是社会生活中，冲突与悲剧的可能性便不可能被完全消除。于是，在各种绝对的要求之间做出选择，便构成人类状况的一个无法逃脱的特征。"[1] 在此，伯林试图反驳的，是古老却仍持续产生强大影响的一元论，一种相信所有真正的问题都有且只有一个真正答案的"柏拉图式的理念"。尽管在不同时代、不同文化圈中找到了马基雅维利、维柯、赫尔德等一批否定"和谐大结局"必然存在的同盟者，但唯有 19 世纪以降的俄罗斯，为伯林提供了一个规模庞大的"角力场"，可以最近距离地观看多元论与一元论的残酷冲突，以及思想者在同一场域下做出的多种选择。关于这一点，伯林作品的重要编辑者之一艾琳·凯利（Aileen Kelly）提供了一个有力证明：

> 伯林论及道德和政治理论的主要著作与他讨论俄国问题的文章之间的内在关系反映在它们平行的著述年谱中。确立了伯林多元主义精髓的主要几篇文章发表在 1949 年至 1959 年之间（继而结成题为《自由四论》的文集）；而在他论述俄国思想家的十篇论文中有九篇首度发表于 1948 年至 1960 年之间（唯一的例外是他晚期对屠格涅夫的研究）。他批判历史目的论思维的长文《历史的必然性》写在 1953 年，也正是在同一年，他发表了《刺猬与狐狸》，描述了托尔斯泰的怀疑论现实主义与其所追求的普世性解释

---

① 伯林：《自由五论》，第 242 页。

原则之间的冲突。①

　　事实上，西方世界往往认为俄罗斯知识分子理性能力不足，
且多为狂热的一元论者。冷战背景下，这种印象被进一步强化。
而伯林在自己的多篇论文与讲演中对此提出异议。在他看来，俄
罗斯思想家绝不缺乏怀疑精神与批判能力。他们本身深受专制之
苦，敏感于思想的压制，渴望打破偶像；而更重要的是，因为身
处欧洲边地，在同时吸收多种竞争性西方思想之余，他们还可凭
依"后发"优势对西方发展道路进行考察。这一切反而让俄罗斯知
识分子更容易对绝对观念产生警惕。众所周知，西方工业化进程
付出的代价一直与俄罗斯知识分子的精神取向及道德感不符，而
欧洲 1848 年革命的失败，更让他们清楚地看到抽象概念对实情的
阉割。他们开始质疑西方模式的普适性，并更多地关注本土的特
殊需求与已有资源。② 但与此同时，伯林也承认，严酷的社会现实、
受辱的民族心，或许再加上东正教神学的影响，都要求俄罗斯知
识分子尽快找到确定、绝对的解决之道。多元的选择和一元化诉
求的相互牵扯就此成为 19 世纪俄罗斯知识分子必须面对的智性与

_____

①　艾琳·凯利：《一个没有狂热的革命者》，收入马克·里拉等主编：《以赛亚·伯林的
遗产》，刘擎、殷莹译，新星出版社，2006 年，第 7 页。引文中提到的十篇论文包括后来收入《俄
国思想家》的七篇，分别为：《俄国与 1848》（"Russian and 1848", 1948），《刺猬与狐狸》（"The
Hedgehog and the Fox", 1953），《辉煌的十年》（"A Remarkable Decade", 1954 年演讲，1955—1956
年出版），《赫尔岑与巴枯宁论个人自由》（"Herzen and Bakunin on Individual Liberty", 1955），《俄
国民粹主义》（"Russian Populism", 1960），《托尔斯泰与启蒙》（"Tolstoy and Enlightenment",
1960 年演讲，1961 年出版）以及论屠格涅夫思想的《父与子》（"Fathers and Children", 1970 年
演讲，1972 年出版）。另外三篇是伯林为赫尔岑《彼岸书》、《俄国人民与社会主义》和《往事与
随想》英译本所作的序言（前两部出版于 1956 年，最后一部出版于 1968 年）。
②　参见以赛亚·伯林：《俄国与一八四八》，收入《俄国思想家》，第 1-24 页。

精神挑战。

而如果说，"自由""平等""正义"这类同样好的价值之间的冲突在那些政治、社会体制相对更成熟的文明体（如伯林一家逃往的盎格鲁—撒克逊文化）中，更容易以代价相对较小的方式实现必要的调和；那么，在选择空间被进一步挤压了的专制俄国，这种平衡、折中似乎很难实现，重大损失更难避免。[①]伯林所强调的价值多元论的潜在悲剧性也因此被大大凸显。最终，绝大多数俄罗斯思想家还是难以直面历史的无解。他们需要相信存在"某种在原则上能够解决这所有问题的理论体系；甚至认为，发现这种体系是一切道德、社会生活和教育的根本出发点和落脚点"。[②]在伯林的层层剖析下，他们可以是某些流行思想最有力的批判者，而同时又因为对确定答案的极度渴求，成为另一些抽象思想、理论最不遗余力的鼓吹者：

托尔斯泰谴责所有关于历史或社会的普遍理论所具有的荒谬的简约性，这是被意欲发现某种统一真理的需要所驱使的，这种真理能够抵抗它所遭受的毁灭性攻击。无政府主义者巴枯宁摧毁了所有体系化思想家的自命不凡，这些思想家寻求确立和规范人类社会的形式。他告诫了"科学社会主义"背后存在的权威主义，但是他自己对毁灭意志之创造力量的浪漫崇拜蕴含着同等险恶的寓意。一些人将民粹主义者对俄国农民之纯正美德所抱的信念视

---

① 参见艾琳·凯利：《伯林与赫尔岑论自由》，收入《以赛亚·伯林与当代中国》，龙瑜成译，第231页。
② 参见以赛亚·伯林：《斯大林统治下的俄罗斯艺术》，收入《苏联的心灵》，第125页。

为乌托邦的幻想而予以摒弃，但其中的许多人继而又接受了主张无产阶级之拯救使命的幻想。①

　　让这些崇拜、幻想变得更危险的是，同样的思想主张在其原生地西方还需要与其他思想传统竞争，并相互制衡、"解毒"，而当它们被抽离出这一对话场，并被俄罗斯知识分子视为最后一根救命稻草时，就更容易被加以功利化和激进化解读，奉以独尊地位。② 不难发现，在关于 19 世纪俄国思想家的解读中，作家那些 20 世纪的经验始终在场。那种让人几乎自愿地摈弃生活经验与道德本能的思想体系操控，确实可被视为这场延续数代的多元选择与一元诉求对抗大剧的最后一幕。③ 但伯林反对将这一幕视为俄罗斯社会与思想发展的必然结果，他反复强调，19 世纪那些最富批判力的俄国思想家对历史的思考与"纯正"的一元论有着明显分歧：

---

① 凯利：《一个没有狂热的革命者》，第 11 页。

② 参见伯林：《辉煌的十年》，第 148 页。这一西方理论跨界失效现象也为当时的俄国知识分子注意到。如布尔加科夫在 1905 年革命后就反思道："在这棵深深根植于历史的、西方文明枝叶繁茂的大树上，我们仅仅选中了一根树枝。我们并不了解，也不愿去理解所有的树枝。我们充分相信，我们已经为自己嫁接了最为正宗的欧洲文明。然而，欧洲文明不仅拥有纷繁的果实和茂盛枝叶，而且还拥有滋养大树的根须，在一定程度上它们以自己健康的浆汁保证诸多含毒的果实无害于人。由此，甚至那些具有否定意义的学说，它们在自己的祖国，在其他许多与之对立的思想潮流中，具有完全不同的心理意义和历史意义。与之相比，当它们出现在文明荒漠时，却企图成为俄罗斯教育和文明的唯一基础。" C.H. 布尔加科夫：《英雄主义与自我牺牲——关于俄国知识阶层宗教特质的思考》，收入《路标集》，彭甄，曾予平译，云南人民出版社，1999 年，第 30 页。

③ 《俄国思想家》一书的编辑者就指出，伯林同一时期在《外交事务》上发表的那些讨论苏联问题的文章"与本书所收诸文颇有可以合勘之处"（第 3 页）。

此二人（黑格尔与马克思——引者注）亦会预测资产阶级在劫难逃，以及死亡、熔岩与新文明。但是，想到脱缰而出的巨大毁灭力量，想到一切纯洁无辜之人、愚妄之徒以及可鄙的平庸无识之辈都大难临头而犹茫然不知可怕命运，黑格尔等人冷嘲热讽、幸灾乐祸之意，溢于言表。赫尔岑想见权力与暴力扬威横行之景，则并不如此拜服迎接；他对人类弱点既无鄙视，也没有虚无主义与法西斯主义核心性格里那种浪漫的悲观。因为他认为这巨变既非不可避免，亦非光荣之事。……（赫尔岑《法意书简》：）"人类由现代科学而解脱贫穷与无法无天的巧取豪夺，却并未自由，反竟不知怎的，被社会吞噬，宁非怪事？要既了解人权的全盘广度与真境，以及所有神圣性质，又不至于摧毁社会，不至于将社会化为原子，是社会问题里最困难的一个。"①

托尔斯泰和马克思一样，清楚看出，历史如果是一门科学，我们必定可能发现并且具陈一套历史准则，持这套准则，与经验观察之资料联合运用，则预测未来即切实可行如地质学或天文学。但是，历史其实不曾达到这等境界，他比马克思及其信徒更明白，而且一本他习惯的独断方式，直言不讳，更补以各种论点，明示这个目标无望达成。他还以一项看法，论定此事，认为这种科学希望如获实现，将会结束我们所谓的人类生命："我们如果承认人类生命能用理性加以规矩编制，生命的可能性也就毁灭了。"②

不无讽刺的是，这些历史决定论、线性进步论的挑战者在苏

---

① 以赛亚·伯林：《赫尔岑与巴枯宁论个人自由》，收入《俄国思想家》，第118-120页。
② 以赛亚·伯林：《刺猬与狐狸》，收入《俄国思想家》，第37-38页。

联被（有所批判地）视为"先贤"，进入思想圣殿陪祭。他们复杂的洞见也随之被大大简化和歪曲。对于这些复杂洞见的过快遗落，伯林深感遗憾。在这位价值多元论者看来，冲突、变化、偶然既是不可避免的，也为个体在历史中发挥能动性提供了更多缝隙。在渴望思想自由的"密闭恐惧症"和渴求确定之物的"广场恐惧症"这两端之间还有诸多可能。19 世纪俄国思想家们虽然饱受多元与一元的角力之苦，却也因此而激发出了惊人的创造力：正是在这个并不多见的思想活跃期里，出现了下文还将继续讨论的那些原创性观念与实践。俄国思想家、文学家对所在共同体的历史可能性提出了种种设想，远较那些被"人为辩证法"控制的后裔更具活力。

三、移情于历史重压下的思想之狐

"狐狸"与"刺猬"是伯林著述中传播甚广的一对区分概念："狐狸多知，而刺猬有一大知"，"狐狸"型思想家多疑善变，"捕取百种千般经验与对象的实相与本质"，而拒绝将之收束到某个无所不包的一元体系；与之相对的"刺猬"型思想家则在观念与生活方面强调某个中心识见的存在，"而本此识见或体系，行其理解、思考、感觉"，非此则觉得没有意义。[1] 不难理解，经过多元论者伯林的渲染，后来者多竞以"狐狸"自勉或誉人。

不应忘记的是，伯林最初提出这一区分，就是在那篇讨论托

---

[1] 参见伯林：《刺猬与狐狸》，第 25-26 页。

尔斯泰历史观念的长文中。而除了托尔斯泰，他还重点分析了19
世纪俄国另外两只感性力量与怀疑精神发达的"巨狐"：屠格涅夫
与赫尔岑。三人都与同时代风靡俄国知识界的德国浪漫主义历史
观保持着相当距离，意识到历史并无"顶点"，终极方案可能并不
存在：除了提出"微积分"论，对各种历史决定论大加讽刺外（《刺
猬与狐狸》），托尔斯泰还格外敏感于"知识"与"幸福"之间的不
谐。他一方面认为在俄罗斯唯有农民以直觉把握了朴素真理，另
一方面又不肯放弃启蒙大众之职责，在"谁来教""教什么"的问
题上苦思不得其解，徘徊于寂静主义与启蒙理想之间（《托尔斯
泰与启蒙》）；西化色彩最浓的屠格涅夫其实仍然身处俄罗斯"文
学中心主义"传统，他的每部长篇小说均触及社会政治焦点问题。
但作家既感佩左派面对社会不义的挺身而出，又深深担忧那种以
为掀翻一切后新世界即告建成的革命虚无主义。因其观点的暧昧，
屠格涅夫一生中屡屡被左、右阵营夹击，对价值间的不可调和可
谓有着切实体验（《父与子》）；至于赫尔岑，伯林曾在《自由四论》
中引其"飞鱼"说（"飞鱼"的存在，并不能证明所有"鱼"都想
"飞"）挑战传统自由主义假定的那种普遍人性。[①]这位"对自由怀
有巨大激情"的俄罗斯文化精英痛苦地承认，对大多数民众而言，
重要的与其说是自由，不如说是更好地被管理，相较于选举权，
人们可能更愿意选择面包（《赫尔岑与巴枯宁论个人自由》）。

　　不过，面对类似的价值冲突困境，三位俄罗斯思想家的选择
却各异，构成了一个小小光谱。而以观点暧昧著称的伯林难得地

---

　　① 参见伯林：《自由五论》，第58页。另外，在《赫尔岑与巴枯宁论个人自由》一文中，
伯林也引用了这一比喻（第113页）。

在这一光谱前明确"站位"，这正有助于厘清围绕其多元论产生的一些常见质疑：不难理解，天性是"狐狸"，却想当"刺猬"的托尔斯泰并未获得伯林的最多认同。如前文所述，这位对同代知识分子多有讽刺嘲弄的大文豪事实上还是融入了19世纪俄国思想的主流。他始终不能放弃对单一、明晰真理的幻想，提出的问题也总是过于笼统。真正耐人寻味的是伯林在屠格涅夫与赫尔岑之间的选择。初看起来，保持独立观察者形象的自由主义者屠格涅夫应该比革命煽动家、社会主义者赫尔岑更能得到伯林的认同。屠格涅夫甚至可以说是伯林"消极自由"观的绝佳代言人：他始终立于岸边，准确地指出俄罗斯社会的种种乱流，而不肯轻易被左、右任何一派"拉下水"。而伯林也丝毫无意将"避免做太明确社会与政治寄托"的中间派贬为骑墙者。在《父与子》一文中他甚至用大量篇幅指出，在一个观点尖锐对立的社会，"道德敏感、诚实、思想负责之人"要坚持自己的怀疑与批判精神，所须付出的代价并不比一头扎进某个阵营，再无反顾的人少。他提示道，屠格涅夫式困境不仅困扰着19世纪60年代到1917年革命的俄罗斯自由主义者，还日益普遍化，"在我们时代已经成为每个阶级里的人的困境"。[1] 其中无疑也包括伯林本人：因为既怀疑传统自由主义的理性主义预设，又坚决批判左派的非理性主义倾向，他同样受到了不同阵营的夹攻。[2] 但这并未动摇他对站队的拒斥。一个令人印象深刻的例子是，1988年，在谈到"左派和马克思主义的命运"时，伯林认为1968年的风暴过后，欧洲的左派运动已经陷入低潮，而

---

① 以赛亚·伯林：《父与子》，收入《俄国思想家》，第356页。
② 参见贾汉贝格鲁：《伯林谈话录》，第135页。

苏联的发展情势更动摇了人们的社会主义信念，"整个世界在向右转"，他感慨道："我真不希望这样。我是一个自由主义者。"① 习惯了伯林对激进政治的批评后，这样的表态多少是让人意外的。其中，当然有自由主义者素来左斜、"与任何打破人类藩篱者亲近"的成分，② 但它更传达出伯林身上（与屠格涅夫一样的）那种喜欢在多种观念之间穿梭的"狐狸"取向。

　　然而，伯林对屠格涅夫这位同盟的认同却是有所保留的。原因在于，后者的极端清醒、不轻使情绪有时竟近于冷淡："他喜欢自持一种中间立场，对于自己缺乏'信仰意志'（will to believe），甚至几有得意太过之势"，"他把他的艺术与他自己分开；作为一个人，他并不深切希望问题得以解决"。③ 这种超然态度让屠格涅夫那些直指社会焦点问题的作品仍能保持一种纤细剔透、"圆成周至"的美感，却在客观上导向了思想者对现实的不加干涉。在这一点上，屠格涅夫与看似处于光谱另一端的、晚年一头扎进某种带有不可知论色彩的新宗教的托尔斯泰其实并无本质区别。而这种超然倾向，恰非伯林所乐见：这位自由主义者和价值多元论者多次声明，消极自由是必要的，却不充分，"否则生活就不值得过了"；④ 而承认我们选择某些善可能意味着对另一些善的损害甚至放弃，也并不像其批评者所说的那样，必然堕入相对主义的深渊。⑤ 在这个问题上，被伯林引为强援的，正是最初将其领

---

① 贾汉贝格鲁：《伯林谈话录》，第 119 页。
② 参见伯林：《父与子》，第 350 页。
③ 伯林：《辉煌的十年》，第 239 页。
④ 参见贾汉贝格鲁：《伯林谈话录》，第 138 页。
⑤ 伯林的辩白及相关评价，参见：Steven Lukes, "Berlin's Dilemma", in *Times Literary Supplement*（March 27, 1998），pp. 8-9.

入观念史研究道路的赫尔岑。

很长一段时间内，赫尔岑在西方知识界以及苏联官方书写中都被匆匆贴上"早期社会主义者"的标签，很少得到更深入的阅读、讨论。而伯林不仅亲自为赫尔岑作品的英译本作序、大力推荐，更在自己的论文中反复展示其作为"一流的欧洲思想家"的超凡魅力。在其观念史写作中，也许只有赫尔岑的作品被如此频繁且大篇幅地引用。作为一只"思想之狐"，赫尔岑同样深知历史没有脚本，人们也不可能一劳永逸地找到某种完备方案；但他并不认为这有多么可怕。在《往事与随想》中，他以一贯的辛辣笔调反问道：

当人们知道，他们吃饭和听音乐、恋爱和玩乐是为了自己，不是为了完成上天的使命，不是为了尽快达到无限（发达的）完美境界，难道他们就会停止吃喝，不再恋爱和生育子女、欣赏音乐和女性的美吗？[①]

而更进一步，赫尔岑指出，恰恰因为历史道路没被预定，人生和历史才会充满深刻的乐趣，个人才能充分调动自己的意志，选择自己的道路，甚至在无路可行之处，"硬辟出一条来"。[②] 也只有放弃对一切抽象原则、普世模式的幻想后，人们才能更具体地应对当下的问题。就赫尔岑本人而言，他珍视个人自由，且坚

---

① 亚历山大·赫尔岑：《往事与随想》下卷，项星耀译，人民文学出版社，1993年，第233页。

② See Alexander Herzen, *From the Other Shore and The Russian People and Socialism*, London: Weidenfeld and Nicolson, 1956, p. 39.

持自由本身就是目的，不能以他物之名（无论多么高尚）牺牲自由，否则就是活人献祭；但除了承认现阶段"想飞的鱼"在俄国只是极少数外，他的政治实践实际上对伯林"两种自由"的划分作出了一个重要补充，即消极自由往往是需要通过积极自由来争取和保障的，在一个没有基本人权保障的专制社会尤其如此。1857年到1867年间赫尔岑在伦敦（后迁至日内瓦）坚持出版俄语杂志《钟声》（Колокол），影响甚巨。可以说，他几乎独力为俄罗斯革命舆论宣传打开了一片天地。然而，对于大暴乱可能毁灭（他本人从属其中的）文化精英们最珍视的那些价值，这位革命家同样也有着清醒认识，"不管他和他的社会主义朋友做出多少努力，他做不到完全自欺欺人"，这让他不断徘徊于"悲观主义和乐观主义之间、怀疑主义和对自己的怀疑主义的怀疑之间"；只是归根结底，他的道德观，他对俄罗斯残酷现实的认识还是不允许他否认一场大变动的正义性。[①] 在这种情况下，赫尔岑能想到的最理想的方案，是一种以俄罗斯村社自治传统为基础，而又充分考虑个性发展的"个人主义的社会主义"，也即希望在几种竞争性价值之间达成一种动态平衡。可惜，即使是这样的折中，"也都因为大众对民粹主义知识分子的宣传的抵触而粉碎"——关于这一点，赫尔岑在被伯林称为"也许是十九世纪关于人类自由的前景最具有指导性和预言性的冷静而动人的文章"《致老友书》（"К старому товарищу"，1869）中做出了坦率回应。[②]

---

① 参见以赛亚·伯林：《压弯的树枝：论民族主义的兴起》，收入《扭曲的人性之材》，第247-250页。

② 此处论述见凯利：《伯林与赫尔岑论自由》，第228页。

　　可以说，伯林笔下的赫尔岑比屠格涅夫多一份激情，又比托尔斯泰少一份执念。他全情投入自己的选择，而这并不妨碍他时刻准备根据实情对之加以调整："牺牲那些自己所憎恶的，这并不困难。关键在于：放弃我们所爱的，如果我们相信它不是真的的话。"① 凭借这种同情地把握特定语境中相互影响的多个因素，并进而进行"灵敏的自我调适"的能力（伯林称之为"现实感"②），赫尔岑的多元论主张与毫无原则的相对主义划清了界限。不容否认的是，伯林对赫尔岑思想的呈现多少有"六经注我"之嫌，例如，他大大弱化了赫尔岑对理性主义的推崇，以及对俄国村社所持的幻想；③ 那些过分移情的刻画有时更像是伯林的热烈自白：他曾声称自己之所以能正视人类悲剧而保持安宁心态，是因为他"总是生活在表层上"，批评者据此批评其"浅薄"，并以此解释其学说的不成体系。④ 但从伯林选择将屡败屡战的赫尔岑（而非更少犯错的屠格涅夫）称为"我的英雄"，足可看出他相信人在森严历史中终究有一定限度的自由，且真切希望个体利用这种自由对生活进行必要的介入，"没有人的选择就没有人的行动，一切事情都是人做的"。⑤ 他之所以常常表现出对积极自由的警惕，是因为它比消

　　① Herzen, *From the Other Shore and The Russian People and Socialism*, p. 53.
　　② 对"现实感"的解释，参见以赛亚·伯林：《现实感》，收入《现实感》，潘荣荣、林茂译，译林出版社，2004年，第27页。伯林关于赫尔岑"有着太强的现实感"之说，见以赛亚·伯林：《赫尔岑和他的回忆录》，收入《反潮流：观念史论文集》，冯克利译，译林出版社，2002年，第247页；以及伯林：《赫尔岑与巴枯宁论个人自由》，第135页。
　　③ See E. Lampert, "Berlin, Isaiah. *Russian Thinkers* (Review)", in *The Slavonic and East European Review*, vol. 57, No. 2 (Apr., 1979), p. 299.
　　④ 伯林的这一说法见伊格纳蒂夫：《以撒·伯林传》，转引自刘东：《伯林：跨文化的狐狸》，第138页。
　　⑤ 贾汉贝格鲁：《伯林谈话录》，第136页。

极自由更频繁地被滥用，然而，这并不影响他同时承认，积极自由在正常生活中可能"更重要"；[①] 他所说的"生活在表层"，的确有不试图建构或投身某个完备体系之义，但这与其说是因为浅薄，莫若说是因为看透人不可能掌握"深层"的终极奥秘。而生活中最需要勇气和"不浅薄"的，恰恰是在承认价值有限性的前提下，仍相信自己可以过一种连贯而富有道德的生活。虽然赫尔岑的具体实践并未取得成功，甚至充满悲剧性，但越是考察价值间的不可调和以及倒向一元体系后可能带来的惨烈结果，伯林越是倾向于相信，（他笔下的）赫尔岑式的"低调"选择，也即坚持在"表层"对多个选项进行平衡与叠加，已经是最稳妥可行的了：

> 在社会或者政治方面，总会有冲突发生；由于绝对的价值之间必然会有矛盾，这就使得冲突在所难免。然而，我相信，通过促成和保持一种不稳定的平衡状态，这些冲突可以降低到最小；这种不稳定的平衡会不断遭到威胁，也不断需要修复——而这一点，我再重复一遍，恰恰就是文明社会的前提。是合乎道德的行为，否则，我们人类就必定会不知所终了。你是不是要说，这种解决问题的办法有点太灰暗了？是不是觉得这种做法，不能像那些鼓舞人心的领导人所做的那样，被称之为英勇的行为？不过，假如这种看法之中还有一些真理的话，也许就足够了。[②]

---

① 参见贾汉贝格鲁：《伯林谈话录》，第 37 页。
② 以赛亚·伯林：《理想的追求》，第 22-23 页。对那些认为伯林"浅薄"的批评的反驳，参看刘东：《伯林：跨文化的狐狸》，第 138 页。该文也对伯林"观念叠加"的思想路向进行了详细论述（第 139-142 页）。

四、选择性忽略"刺猬"

与所有二元区分一样，"狐狸"与"刺猬"之分亦容易失之机械、绝对。当伯林频频用此单一模式来分析、解释取向各异的俄罗斯人物和现象时，本身就不免犯一些"刺猬"的错误。[①] 最明显的莫过于他笔下的"狐狸"其实都多少有些"刺猬"气——哪怕是最"滑溜"不可捕捉的屠格涅夫，也始终坚持自己的古典美学趣味与政治改良立场，即使因此得罪涅克拉索夫与赫尔岑等一干好友也从未退让。此外，因为是从 20 世纪"回望"俄罗斯历史，这位流亡者对自己认定的"刺猬"也很难像对"狐狸"那样予以足够同情，在其评价体系中，二者过分偏于两极。

而尤其引人注目的是，伯林关于俄罗斯思想家的论著对保守派"刺猬"着墨甚少，与后者在历史中产生的实际影响颇不成比例。在与贾汉贝格鲁的谈话中，他更明确将陀思妥耶夫斯基、（更典型的）斯拉夫派成员，以及索尔仁尼琴等人剔除出"知识阶层"，因为他理解中的知识阶层应持启蒙观点，"追求理智，反对墨守传统，相信科学方法，相信自由批判，相信个人自由"，"简单地说，他们反对反动，反对蒙昧主义，反对基督教会和独裁主义的政体"。[②] 这也让他笔下的俄罗斯知识分子史主要呈现为"一出世俗的、自由派的道德剧"，对陀思妥耶夫斯基等保守派的选择动机并未进行深入的挖掘。对于俄罗斯文化至为重要的宗教问题，

---

① See George M. Young, Jr., "Isaiah Berlin's *Russian Thinkers*", in *The Review of Politics*, vol. 41, No. 4 (Oct., 1979), p. 596.

② 参见贾汉贝格鲁：《伯林谈话录》，第 166-170 页。伯林关于"知识阶层"的更多界定，还可参阅以赛亚·伯林：《不死的俄国知识阶层》，收入《苏联的心灵》，第 158 页。

包括被公认为俄国思想家对世界一大贡献的宗教哲学成就更是被
轻易放过了。[①]

　　对论述对象的这种筛选，首先当然与伯林个人气质及智性倾
向有关。在被问及为何从未著文讨论陀思妥耶夫斯基时，他很干
脆地承认自己"是个无可救药的世俗之人"，陀思妥耶夫斯基的生
活哲学无法令其同情。类似的，他也无法接受路标转化派对俄国
知识阶层的批评，认为后者哪怕"犯什么错误"，"在本质上也是
神志清爽的人"。[②] 其次，从伯林具体的论证思路来看，要凸显西
方与国内专制双重压力下 19 世纪俄国"善"与"善"，尤其是个人
自由与正义社会、目的与手段、精英文化与大众需求之间的不可
协调，将那些有自由化倾向的知识分子作为例证确实要更为"得
心应手"。而最后，这样一个"世俗化俄罗斯"也透露出伯林思想
体系的两大支柱、价值多元与自由主义之间的微妙关系。从对赫
尔岑选择的认可，包括对其"飞鱼"一喻的引用确实可以看到，伯
林挑战了理性主义的一元论自由主义。他并不认为可以脱离具体
历史语境赋予"自由"以绝对优先地位。后者是且仅是多种竞争性
价值中的一种（这正是自由主义者认为伯林实际抽掉了自由主义
基石的原因所在）。但与此同时，在《自由四论》中，伯林又曾明
确指出多元主义蕴含着"消极的"自由标准，[③] 因为"多元论与特定
一元论的某种和解，多少设定了后者对其他文化采取了一种宽容
自由的态度"，但"当多元主义的宽容超出人性底线，伯林便会用

①　See George M. Young, Jr., "Isaiah Berlin's *Russian Thinkers*", pp. 596-597.
②　参见贾汉贝格鲁：《伯林谈话录》，第 157-158 页。
③　参见伯林：《自由五论》，第 244 页。

自由概念来约束"。① 在俄国保守派那些"反动""蒙昧"的主张中，伯林看到用思想灌输或压制性手段侵害个人选择权的巨大风险，"而缺乏选择的自由意味着人性的丧失"。② 这应该也进一步导致了伯林对这类"刺猬"的不假辞色。

然而，保守派"刺猬"所选择的传统资源未必就只有僵化和压制性的一面（俄罗斯知识分子深受伯林击赏的那种探索精神与道德感本身就得到了宗教传统的持续滋养）。同时，与伯林笔下那些在西方现代理念与俄罗斯落后现实间挣扎的"狐狸"一样，"刺猬"的选择往往也极富现实感与悲剧性。在评价当代俄罗斯保守派精神领袖索尔仁尼琴时，伯林就显得过于缺乏同情。他批评陀思妥耶夫斯基的这位继承者"是一个俄罗斯的爱国者，酷似一个 17 世纪的信徒，起来反对彼得大帝及其推行的一切现代化"。③ 然而，就在其最为重视的作品《红轮》（*Красное Колесо*, 1989）中，通过对斯托雷平改革（不无想象性成分）的描写，索尔仁尼琴热情宣扬了自己心目中俄罗斯的最佳道路：一条既主动吸纳现代世界主流价值，又能保存民族传统与经验，从而有效抵御进步风险的"平衡之路"。④ 这可以被视作作家的"理想纲领"。而如果说在现实中的政治实践中，索尔仁尼琴表现得远为偏激、强硬，那在很

---

① 参见何恬：《伯林难题及其解答》，载《国外社会科学》2014 年第 4 期，第 155-160 页。文章讨论了国际学界关于伯林"价值多元论能否证成自由主义"问题的三种意见。而本文取第三种，也即思想史解读视角：不以"刺猬"的标准（一套完备的逻辑体系）去强解这只"狐狸"的思想；强调伯林只是历史地、灵活地从各种思想体系中选择了部分观念进行叠加。

② 贾汉贝格鲁：《伯林谈话录》，第 67 页。

③ 贾汉贝格鲁：《伯林谈话录》，第 169 页。

④ 参见亚历山大·索尔仁尼琴：《1914 年 8 月》第 3 卷，何茂正、胡真真等译，江苏文艺出版社，2010 年，第 643-728 页。

大程度上也是因为其"现实感"的发达而非思想上的故步自封——从苏联来到"铁幕"另一端的西方，他不无意外地发现了同样的现代性逻辑；而其晚年所见之新俄罗斯，不仅没有迎来自由派知识分子想象中的世界主义共同体，反而面临着更为严酷的外部挤压与内部分裂。正是在以异见者姿态与这些强势话语（它们也应被归入伯林所说的"权威"之列）进行对抗的过程中，索尔仁尼琴一路逃回了传统，形象也日益保守——这当然与他心目中的理想方案存在距离，但至少是比"斯大林时代的苏联"和"叶利钦时代的俄罗斯"要好的选项。而一旦环境稍有变化，索尔仁尼琴又往往忍不住往平衡点进行微调：其晚年针对东正教提出的种种改革意见在更正统的信教者眼中不免充满"实用主义"的味道；而在与普京会面时，这位所谓的"国家主义"的支持者强调的却是"国家的强大对于俄罗斯统一很重要，但国家的强大并不能给我们带来俄罗斯的繁荣。后者需要打开千百万人的嘴，让他们的嘴和他们的手都获得自由，可以安排自己的命运"。① 这样的保守派其实已经很难被简单地划入"刺猬"阵营，而如果能保持对现实的敏感，对传统不断进行再创造，他们的主张也并不必然会导致伯林所担心的那种一元化灾难。

无论如何，俄罗斯特殊的文化与历史为以赛亚·伯林的思想提供了丰富的灵感；他也以价值多元主义者和自由主义者的特殊视角展现了一个充满冲突与活力、富有思想和精神深度的俄罗斯世界。而即使是其论述中那些"刺猬"式的不足，也与他对"狐狸"的成功描绘一样，证明了这位思想家所倡导的对不同语境中的个

---

① Л. И. Сараскина, *Александр Солженицын*, М.: Молодая Гвардия, 2008, с. 874.

体选择进行移情的、历史化理解的重要性。诚如伯林努力向 20 世纪的"劫余者"说明的，人性、人的思想世界与历史一样复杂难测，理想生活只能在不同文明与多种价值的艰难协商中不断接近。

中国: 追逐"现时"

俄罗斯民族性话语与"中俄相似性"的建构

在 19 世纪末 20 世纪初的"俄国热"中，西方关于俄罗斯固有的负面套话被大大松动。[1] 研究者开始重新定义这块欧洲"边地"，俄罗斯本土自 19 世纪以文学为中心舞台发展起的多种民族性话语亦被积极引介。在此过程中，俄罗斯的民族性与其文学之间最终被建立起了一种近乎同构的关系。俄罗斯小说中的人物，甚至是作家本人都被直接等同于国民之典型；作品在主题和形式方面的特征也常常被归结为某种民族精神的体现。[2] 而众所周知，由于俄语人才的匮乏，直到 20 世纪 20 年代末中国知识界都严重依赖西方资源来认识俄罗斯。[3] 随着五四时期中国迎来接受俄罗斯文学的第一个高峰，关于俄罗斯民族性的种种言说也被大规模引入。一

---

[1]　See Olga Soboleva, Angus Wrenn, *From Orientalism to Cultural Capital: The Myth of Russia in Literature of the 1920s*, Bern: Peter Lang AG, 2017, pp. 17-52.

[2]　See Catherine Brown, "The Russian Soul Englished", in *Journal of Modern Literature*, vol. 36, No. 1(Fall, 2012), pp. 143-145.

[3]　西方资源的这种引入还常常是通过日本这一重要中介国完成的。参见王胜群：《 "俄国想象"与近代中日对俄罗斯文学的引介》，载《外国文学研究》2017 年第 6 期，第 63-72 页。

个不仅仅与虚无党小说、暴力革命以及两国领土冲突等勾连的更复杂多面的俄罗斯形象逐渐浮现。[①]

　　但与此同时，相较于西方，中国这个时期对俄罗斯的兴趣又有着更鲜明和迫切的政治指向。巴黎和会后对西方"公理"的失望，让知识分子们开始将目光更多地转向了这个一开始并未占据所谓文明发展序列之顶端位置，却能另辟道路的邻邦。舍西方而就俄罗斯的思想改道，尤其是著名的"中俄相似性"的广为传播，[②]让俄罗斯民族性不再只是一种"知识"，也不只是一个"俄罗斯"问题。而如果考虑到一个多世纪以来，俄罗斯也一直是在面向西方阐述自我，那么这场关于民族性的多方对话就更值得玩味了。从中，我们正可以看到各历史主体对现代化进程，以及自身在世界空间中所处位置的不同认知与想象。

---

　　①　例如，作为我国第一篇全面讨论俄罗斯文学面貌的论文，田汉的《俄罗斯文学思潮之一瞥》（载《民铎》1919年第1卷第6号，第85-130页）几乎通篇围绕俄罗斯国民精神"东乎西乎"这一核心问题展开。文章使用了大量外文资料，呈现了两希传统以及"亚细亚精神"与"欧罗巴精神"的交融、冲突铸就了俄罗斯复杂的民族性。而最能说明五四时期对俄罗斯民族性之重评的，或许是最容易触及国人神经的俄罗斯"侵略性"，也因为其非战文学的大量存在而得到了一定程度的纾解。参见周作人：《文学上的俄国与中国：1920年11月在北京师范学校及协和医学院之所讲》，载《新青年》1921年第8卷第5期，第5页。后文出自同一著作的引文，将随文标出该著作名称首字和引文出处页码，不再另注。
　　②　梁启超等人此前也从"中国与俄国相类似之点颇多"出发提出过以俄为鉴，但"中俄相似性"开始受到广泛关注，并作为一种话语流行，是在1920年左右，与列宁对华宣言的发表有关。参见林精华：《误读俄罗斯——中国现代性问题中的俄国因素》，商务印书馆，2005年，第104-109页；张立军、王丽云：《自我与他者之间：谈五四时期中俄文学上的"相似性"》，载《辽宁大学学报（哲学社会科学版）》2019年第4期，第110-116页。

一、在西方目光下：中俄的"似与不似"

周作人的《文学上的俄国与中国》（1920）是阐发"中俄相似性"的经典之作，曾多次被转载。其核心论点如下：

中国的特别国情与西欧稍异，与俄国却多相同的地方，所以我们相信中国将来的新兴文学当然的又自然的也是社会的，人生的文学（《文》：4）。

但周作人和其他许多宣扬"中俄相似性"的进步文人都面临着这样一个难题：这一时期他们也正在用一种决定论的语调对中国不同于西方的各种"特别国情"加以大力批判。那么，应当如何解释同样有这些国情的俄罗斯却可以取得成功，甚至取代西方成为效仿的对象呢？

周作人显然意识到了这一尴尬。为了让俄罗斯的成功可以与国内已有的反传统话语对接，在开篇指出"俄国文学的背景有许多与中国相似"后，他马上提醒国人，俄国文学在 19 世纪的崛起是其长期接受欧洲文艺思潮影响的结果，而且"这并不是将'特别国情'做权衡来容纳新思想，乃是将新思潮来批判这特别国情"（《文》：1）；但这并不能完全解释俄罗斯对西方的赶超。于是，作者用更多篇幅展开了一套中俄"似又不似"的论说，即类似的国情、传统培养出的中、俄"国民的精神"终究又有所不同——作为传统的代名词，中国"国民性"在五四时期已经被宣判为一个需要被彻底改造的对象。为了与之区别，周作人以一种包容灵活的态度对俄罗斯的情况逐一进行了评价，称它们虽与中国传统一样造成了种种精神的弊端，但在对民族性的塑造培养方面却几乎无一不有其另一面。例如，俄罗斯历史上的主导思想基督教一样造成了对国民精神的压迫，但不同于中国儒家，它还是“成为人道主义思想的一部分的根本”；虽都是东方式的政治体制，但俄国的阶级政治终究让思想“免于统一的官僚化”，反而是保有一定阶级流通性的中国“官僚思想也非常普及了”；同样生活在地势广大的“大陆的国”，虽也造成了俄罗斯人民的麻木妥协，却又让他们自有一种博大的精神；就连民众生活的困苦也到底还是培养了俄罗斯人“对于人类的爱与同情”，总之不像中国类似国情的影响全然是负面的，国民“颇缺少这些精神”（《文》: 1）。依照这番中俄“似又不似”的逻辑的推演，全文最后总结称，俄国是“少年”的文明，而中国是“老人”的文明，但好在“总还是老民族里的少年”，还是有向俄国靠近的希望的，“只是第一要注意，我们对于特别的背景，是奈何他不得，并不是侥幸有这样背景，以为可望生出俄国一样的文学”，“倘使将特别国情看作国粹，想用文学来赞美或保存他，那是老人怀旧的态度，只可当作民族的挽歌罢了”（《文》: 6-7）。

可以说，在将中俄之文学以及民族气运进行勾连时，周作人始终小心翼翼地不让这种关联影响到关于中国传统 / 国民性的本质化判断。在自如调用当时已经传入中国的各种资源对俄罗斯民族性的形成原因及其影响展开颇具弹性的描述时，他似乎并未意识到自己对中国民族性相关问题的判定采用了完全不同的标准。当然，也可以认为周作人的标准始终是统一的：与这时期流行的种种看似客观的跨文化知识活动一样，中国文明总是从一开始就被作为一个整体放置在负面的一极。如果说中俄的"相似"代表着中国也有奋起直追的希望，那么，中俄间的"不似"则是必须变革的原因所在，它们标示着中国与所谓先进文明的距离，而这个距离实际上早就通过比照西方被丈量出来。并不意外地，我们在这篇《文学上的俄国与中国》中会看到，自王国维到胡适、陈独秀，中国知识界已经非常熟悉，且这时期仍在不断发酵的关于文学的一系列二元比较：

俄国人的生活和文学差不多是合而为一的，有一种崇高的悲剧的气象，……中国的生活的苦痛，在文艺上只引起两种影响，一是赏玩，一是怨恨（《文》: 5）。

俄国文学上还有一种特色，便是富于自己谴责的精神。……在中国这自己谴责的精神似乎极为缺乏；写社会的黑暗，好像攻讦别人的阴私，说自己的过去，又似乎炫耀好汉的行径了（《文》: 6）。

在这类比较的话语中，择取的美学范畴，以及它们所承载的意识形态内涵无疑都是现成的。中国文明所"缺乏"的一切早有定论，比较对象的更换并不会带来新的观察视角。事实上，此前在更发达的西方诸国刺激下形成的关于历史和现代的种种认知始终作为一种底层逻辑在发挥作用，不仅我们看到的中国国情、国民性没有变化，就连我们观看和描述俄罗斯的角度在很大程度上也是先定的。1920 年郑振铎为《俄罗斯名家短篇小说集》写的序言很能说明这一点。文章开篇明确指出，中国文学学习的重心应从英法转至俄罗斯，因为只有后者才能代表"世界的近代的文学的真价"；但接下来，作者列出了俄罗斯文学的四大特点，同时也是中俄文学的几点根本差异，包括有"真"的精神、是"人的文学"、是"平民的文学"，以及长于"悲痛的描写"。① 这些熟悉的范畴加上通篇的程式化表述未免又让人觉得俄罗斯所体现的文学与文明真价与此前文学革命倡导者在"虞哥、左喇之法兰西""狄铿士、王尔德之英吉利"所看到的其实并无二致。②

二、两种现代性："俄罗斯灵魂"的跨界之旅

有趣的是，如本文开篇就已指出的，很大程度上也恰恰是西方资源的加持，包括声望的转借，让既深受文明等级学说之影响，此时又试图挑战西方道路之唯一合法性的五四文人确认了俄罗斯文学已经在进步序列中实现了赶超，进而急于从民族性等角度探究其崛起之奥秘：努力在世界文学市场寻求启蒙、变革资源的国人很早就通过外文材料注意到了西方的俄国热，惊叹俄罗斯文学"已有齐驱先觉诸邦之概，令西欧人士，无不惊其美伟矣"；③ 到了五四时期，俄罗斯文学"于文学界已执欧洲之牛耳耶""直逼欧洲

---

① 参见郑振铎：《俄罗斯名家短篇小说集·序》，耿济之等编：《俄罗斯名家短篇小说集（第一集）》，新中国杂志社，1920年，第4-6页。
② 参见陈独秀：《文学革命论》，载《新青年》1917年第2卷第6号，第4页。
③ 参见鲁迅：《摩罗诗力说》，收入《鲁迅全集》第1卷，人民文学出版社，2005年，第89页。

向来之文艺思想而变之"的赶超奇迹更被反复渲染。① 但随着俄罗斯日益成为中国的一个关键他者，中国知识分子也势必对涌入的各种资源进行更有意识的择选与发挥，无论是与西方对俄罗斯文学的这场"封圣"，还是与此前由西方主导的那种现代性想象之间，都将展开更复杂的对话。

一方面，此时的中国知识界对自由主义的西方改革模式以及"公理"背后的帝国主义实质有了新的认识，又因十月革命之爆发而对马克思主义的兴趣大增。在这一大背景下，面对各种俄罗斯民族性话语，中国研究者最感兴趣的，是其中易与挑战社会不公，反资、反帝相勾连的一面。这一批判传统在俄罗斯由来已久，1848 年欧洲革命失败后，不同阵营的知识分子更达成共识，将之纳入对民族特殊道路的想象中。② 而这一面实际上也最能有力地推动"中俄相似性"的流行。在俄罗斯民族性话语中本来就隐含的俄西对比甚至被中国的论者进一步放大。（同情、普遍友爱、真诚和自省的）俄罗斯文学／民族性被认为优胜于其（冷漠、分裂、虚伪及外扩的）西欧对应物：

英之文学家，窈皇典丽，极文学之美事矣，然其思想不敢越普通人所谓道德一步，众人所是者是之，非者非之，不敢于众论之外，更标异论，更辟新境。其所谓道德，奴性的道德，而非良

---

① 参见田汉：《俄罗斯文学思潮之一瞥》，第 86 页；茅盾：《托尔斯泰与今日之俄罗斯》，原载《学生》1919 年第 6 卷第 4-6 号，转引自陈建华编：《文学的影响力——托尔斯泰在中国》，江西高校出版社，2009 年，第 24 页。

② 参见以赛亚·伯林《俄国与一八四八》，收入《俄国思想家》，彭淮栋译，译林出版社，2003 年，第 6-8 页。

心上直觉之道德也。故一论及道德问题，已有成见，不能发抒其
先天的批评力以成伟论，是英之文学家之通性也。法之文学家则
差善矣，其关于道德之论调，已略自由，顾犹不敢以举世所斥为
无理、为可笑者，形之笔墨。独俄之文学家也不然，决不措意于
此，决不因众人之指责，而委屈其良心上之直观。读托尔斯泰著
作之全部，便可见其不屈不挠之主张，以为真实不欺，实为各种
道德之精髓。盖英也法也俄也，为西方民族之三大代表，有三种
面目。[……]

　　复次，俄国文学犹有一特色，即富于同情是也。盖俄国民族
性，为女性的而感情的。彼处于全球最专制之政府下，逼压之烈，
有如炉火，于日所见社会之恶现象，所忍受者，切肤之痛苦。故
其发为文字，沉痛恳挚；于人生之究竟，看得极为透彻。其悲天
悯人之念，恫矜在抱之心，并世界文学界，殆莫能与之并也。①

　　换言之，在与全然"负面"的中国文学比较时，西方与俄罗斯
文学都可以表现出《俄罗斯名家短篇小说集·序》中列出的几大优
势，但当比较在西方诸强与俄罗斯之间展开时，二者在这几个方
面的表现却有了程度深浅，乃至真伪之差别。不难理解，随着苏
联话语在华影响力的持续上升，俄罗斯这些优胜于资本主义、帝
国主义西方的美学／政治"属性"也将被进一步坐实。提出"俄国
文学是我们的导师和朋友"的《祝中俄文字之交》即以下列文字

---

　　① 茅盾：《托尔斯泰与今日之俄罗斯》，第 25 页。有必要指出，俄与英法等诸国文
学的这种比较，在同时期的西方也十分流行。See Helen Smith，"Edward Garnett: Interpreting the
Russians"，in *Translation and Literature*, vol. 20, No. 3 (Autumn, 2011), pp. 307-308；另可参阅林精华：
《误读俄罗斯》，第 113-114 页。

开篇：

十五年前，被西欧的所谓文明国人看作半开化的俄国，那文学，在世界文坛上，是胜利的；十五年以来，被帝国主义者看作恶魔的苏联，那文学，在世界文坛上，是胜利的。[1]

但相对于易与中国社会政治问题相勾连的这一面，俄罗斯民族性话语中质疑启蒙理性的精神面向，却是很多进步知识分子们难以接受的：归根到底，对西方及自由主义改革模式的失望，并不影响他们对进化与进步、对民主和科学本身的坚定信仰——正如"是否真实""是不是平民的"这类比较的范畴本身不会发生变化一样。[2]而穿梭于俄罗斯与西方的"俄罗斯灵魂"说，正是将对启蒙理性的质疑发挥到极致的一种民族性话语，其在华际遇也尤其值得关注。

从19世纪40年代到80年代，别林斯基、果戈理、格里戈利耶夫（А. А. Григорьев）和陀思妥耶夫斯基等人借助德国唯心主义哲学话语提出了"俄罗斯灵魂"一说。在与激进的民粹主义拉开距离的前提下，这一民族性话语比西方主义更肯定本国传统与价值，又比固步于前彼得大帝时代的斯拉夫主义更面向未来，强调俄罗斯人民，尤其是其宗教信仰蕴含着巨大创造力，可以为分裂的现代世界提供新的秩序渊源。在亚历山大二世"大改革"带来

---

[1] 鲁迅：《祝中俄文字之交》，收入《鲁迅全集》第4卷，第472页。
[2] 参见福司：《思想的转变：从改良运动到五四运动，1895—1920年》，收入费正清编：《剑桥中华民国史（1912—1949年）》上卷，中国社会科学出版社，2006年，第394页。

的震荡中，俄罗斯作家们几乎都以不同形式对此说进行了回应。①
而从 19 世纪 80 年代开始，"俄罗斯灵魂"更随着俄罗斯文学热潮
"回传"至西方，引发了巨大回响，成为西方解释俄罗斯历史与现
实的一个关键视角。② 按照研究者的考察，"俄罗斯灵魂"的神话
化加上俄罗斯文学中"душа"一词的频繁出现，甚至改变了其英语
（也是彼时中国的俄罗斯文学译介最为依赖的一个语种）对译词
"soul"的使用频率和意义。③ 诚然，作为西方为了应对世纪末到一
战前后自身文化与精神危机而挪用的一面俄罗斯之镜，"俄罗斯灵
魂"也会放大两种文化的差异；但无论如何，相关言说并未简单地
落入东方主义的窠臼，将西方之特性上升为普遍原则，将文明差
异换算为正误。"俄罗斯灵魂"终究被承认有其独特价值，代表了
"万流归西"之外的另一种可能。而俄罗斯文学的成功正被视为这
种可能性最直接的表现。

　　这一被不断发挥的"俄罗斯灵魂"自然也飘荡到了中国。例
如，郑振铎在《〈灰色马〉译者引言》篇首即引用了小说英译本序
言的相关说法，并顺势再次强调了俄罗斯国民精神与其文学的紧
密关系：

　　"俄罗斯的灵魂表现于她的文学中的，甚至于比表现于实际

---

① See Robert C. Williams, "The Russian Soul: A Study in European Thought and Non-European Nationalism", in *Journal of the History of Ideas*, vol. 31, No. 4(Oct. – Dec., 1970), pp. 574-585.

② See Robert C. Williams, "The Russian Soul", pp. 585-588; see also Catherine Brown, "The Russian Soul Englished", pp. 132-149.

③ See Catherine Brown, "The Russian Soul Englished", p. 145.

生活上的还明显些呢。"（Vengerova 的《灰色马》英译本序——原文注）

俄国精神生活的每一个时代几乎都表白在几本极有文学价值的书中。所以要研究俄国人的生活，俄国人的内部的精神的变化的，至少也要对于他的文学有很深切的接触。[1]

但"俄罗斯灵魂"并不会随着这类看似毫无阻碍的语际翻译而在中国自然复活。问题并不出在"灵魂"一词上——恰恰相反，得益于"душа"及其各语种对译词在俄罗斯文学与相关评论中的大量使用，原本并非中文常用词的"灵魂"很快高频率地出现在中国知识界关于俄罗斯文学的讨论中，被用来强调这一文学的"深"与"真"；[2] 但一旦加上"俄罗斯"这一限制性成分，作为一种超越西方中心论的民族性话语，其接受处境就变得微妙起来：如果说，对现代性危机的预见，让 19 世纪下半叶的俄罗斯作家们开始更多地回望自己的传统，强调聚议性、节制与牺牲；而这一危机的日益深化又让世纪之交的西方反思自身的唯理性主义和物质主义，将这批写作于几十年前的反决定论、去结构化的作品重新定义为"文

---

[1]　郑振铎：《〈灰色马〉译者引言》，载《小说月报》1922 年第 13 卷第 7 期，第 1 页。

[2]　在陀思妥耶夫斯基批评中尤其如此。鲁迅短短一篇《〈穷人〉小引》（1926）就使用了该词十二次，对陀思妥耶夫斯基和梅列日科夫斯基的相关论述进行了移植（文章与梅列日科夫斯基《托尔斯泰与陀思妥耶夫斯基》的关系，见丁世鑫：《陀思妥耶夫斯基在现代中国（1919—1949）》，山东大学博士学位论文，2006 年，第 85-87 页）。不待言，在中文语境中"灵魂"那种宗教的、神秘主义的色彩被大幅剥除，但其向内可以暗示言说者情感与精神的完全投入，向外可以表示现实世界，尤其是底层苦痛的彻底显现，这使得它特别适合用来强化俄罗斯与西方关于俄罗斯文学是一种不同于传统现实主义的"理想的／主观的／更高的现实主义"的整体判断。而这样的文学形态也深深地契合并参与形塑了五四时代"经常以强烈的感情主义的方式表现出来"的那种"自我与社会相互交织的人本主义气质"（参见李欧梵：《文学的趋势：对现代性的探求，1895—1927 年》，收入费正清编：《剑桥中华民国史（1912—1949 年）》上卷，第 464 页）。

学现时",并从中汲取了后来被称为"现代主义"的文学潮流的灵感;① 那么,对于以启蒙为时代主题,且认定非彻底改造国民性／传统不可与西方已示范的那一种"现代"看齐的中国的论者而言,则实在很难将西方大力推举"俄罗斯灵魂"与自己彻底批判"国粹"的倾向协调起来。归根结底,中国和西方言说者在俄罗斯文学中看到的是两种不同的"世界的近代的文学的真价",也是两种现代性——当然,这并不意味着这两种现代性存在某种简单的时序关系,或者说中国在"排队"入场。"现代"本身就有多种面向,而在现代性的全球扩散中,中国、俄罗斯和西方所反对(以及调用)的传统并不相同。

　　事实上,因为与心目中已有的标准相去太远,在大量阅读和摘引外文材料的情况下,尽管也不可避免地引入了"俄罗斯／斯拉夫灵魂"这类表述,中国学者很少分享其背后的问题意识。当郑振铎在《俄国文学史略》"人种"一节以"我们读她(指俄罗斯——引者注)的文学,便可以明了她的灵魂了"收尾,而没有使用"国民性"或"民族精神"这类更常见的词语来指称俄罗斯民族特性时,恐怕更多地只是在简单对译其写作此书时大量参考的西语材料,而并非像后者舍"character""spirit"而用"soul"那样是一种为了突出差异性、追求陌生化效果的主动行为。"俄罗斯(的)灵魂"终究未像"Русская душа"或"Russian Soul"那样成为一个带有超出民族界限之关怀的专门术语。② 至少,在同一本著作论述陀思妥耶夫斯基的章节中,虽大量引用克鲁泡特金《俄国文学的

---

① See Helen Smith, "Edward Garnett: Interpreting the Russians", p. 308.

② See Catherine Brown, "The Russian Soul Englished", p. 141.

理想与现实》(*Ideals and Realities in Russian Literature*, 1915)的相关文字，提到陀氏被称为"最能表现神秘的斯拉夫族灵魂"的作家，郑振铎却有意无意地跳过了原作紧接着对这一"表现的意义"流露出的质疑：① 作为一名彼时正面向西方听众发言的著名的无政府主义者，克鲁泡特金并不支持"俄罗斯灵魂"宣扬的那些传统价值，直指陀思妥耶夫斯基夸大了俄罗斯人的受难情结。但与此同时，他敏锐地指出，评论者眼中陀氏写的那些"本质地俄罗斯的"东西（既包括各种紧张病态的精神、心理问题，也包括"关于上帝的热情争论"），实为危机中的现代文明所共有。② 换言之，克鲁泡特金也承认，陀思妥耶夫斯基处理的并不是某一个民族的、"僵死"的历史。而主要引克鲁泡特金文字以肯定陀思妥耶夫斯基之人道精神、肯定俄罗斯文学之启蒙价值的郑振铎，并未体会到两位俄罗斯作家面对俄罗斯与西方、传统与现代问题时的复杂心态。

三、强弱之辩："奴性"或"非西方性"？

不过，对于俄罗斯民族性话语的不同面向，也有中国的论者表达了自己的困惑。茅盾在《陀斯妥以夫斯基的思想》一文中就写道：

在陀氏的著作里找寻陀氏的思想，常常觉得他的思想很多前

---

① 可对比郑振铎：《俄国文学史略》，岳麓书社，2010年，第46页；克鲁泡特金：《俄国文学史》（今译《俄国文学的理想和现实》），郭安仁译，重庆书店，1931年，第265页。
② 参见克鲁泡特金：《俄国文学史》，第265页。另外，在本书《再版序言》(1916)中，克鲁泡特金也花了不少笔墨回应彼时流行于西方的俄罗斯灵魂说（第1-2页）。

后自相矛盾。他在《死室的回忆》里说俄国人的主要特点是对于公正的切望，而在《一个著作家的日记》里却又说俄国人的主要特点是甘于忍受苦痛了；他的对于"痛苦"的见解，有时以纯然人道主义者的见解来诅咒痛苦，有时却又以宗教家的见解而说痛苦是罪恶的必要的责罚；他有一时说生活的不公平是毁害人的，另一时却又说是滋养磨砺精神力的。①

　　除了过往研究者已经指出的国人对俄罗斯宗教精神的隔阂陌生，这里接受的难度或许还在于，陀氏笔下所描绘的"甘于忍受苦痛"的俄罗斯人，既与俄罗斯革命爆发的事实过于隔阂，更不符合中国积极引介俄罗斯文学、宣扬"中俄相似性"的深层动机。甚至，陀思妥耶夫斯基这一时期在西方复活的势头越猛，越是被推举为俄罗斯民族性的代言人，② 中国知识分子畅想中俄相似性时需要缝补的裂缝就越大。在引用西方和俄罗斯多种评论详述陀思妥耶夫斯基从其"特殊的斯拉夫主义"出发如何发挥了俄国人"能爱能牺牲"的"本性"后，茅盾承认，对于享乐、消沉的中国现代青年而言，陀思妥耶夫斯基"对将来的乐观，对于痛苦的欢迎"，"犹是一剂良好无害的兴奋剂"。③ 但随即，在文章的最后，他采取

---

① 沈雁冰（茅盾）：《陀思妥以夫斯基的思想》，载《小说月报》1922 年第 13 卷第 1 号，第 5 页。

② 中国学界也引入了这方面的论述，如周作人翻译的英国论者 W.B.Trites《陀思妥夫斯奇之小说》一文（载《新青年》1918 年第 4 卷第 1 号，第 45-55 页）就提到了"陀氏著作近来忽然复活"以及其善写"灵魂"；《东方杂志》1918 年第 15 卷第 12 号（第 85-90 页）刊登的、由罗罗翻译的 George W.Thorn 的《陀思妥夫斯基之文学与俄国革命之心理》一文则完全以陀氏的小说作为解读俄民族性的材料。

③ 沈雁冰：《陀思妥以夫斯基的思想》，第 7-12 页。

了与周作人几乎完全一样的笔调，努力控制这种强调民族主体性的俄罗斯方案对于中国的适用范围：

> 让我们来宝爱生命罢，不要随他灰色的呆滞的过去；我们确信将来罢！社会改造的方法，陀氏曾言俄国不应抄西欧的旧法而应自创俄国的法式的，现在不是已经明明放在那里么？此外我们还缺少了什么？
>
> 但是我希望我们不要误会，也学着陀氏的论调，唱起什么"支那主义"来；更不要误会了他们的民族主义，唱什么"西学为用，中学为体"。如果不致引起人来说中国有中国的改造方法，那就是我写下这篇的大愿望了。①

如果引文中"现在不是已经明明放在那里"的"社会改造的方法"是指俄罗斯革命，那么茅盾显然还对陀氏灵魂说所指的"俄国不应抄西欧的旧法而应自创俄国的法式"进行了意义偷换：19世纪60年代，俄罗斯知识界信奉功利主义伦理观、强调目标坚定和手段强硬的平民知识分子质疑本国文学传统过分偏爱那些内心柔软而富有宽恕与自省精神的"弱者"；而作为"俄罗斯灵魂"说的重要阐释者之一，陀思妥耶夫斯基对此进行了积极回应。他在多部作品中呈现了"猛兽型的西方式人物（或西方的影响）与俄国真

---

① 沈雁冰：《陀思妥以夫斯基的思想》，第13页。

正的温顺型人物之间的冲突"。①尽管对俄罗斯现状多有批判，革命绝非陀思妥耶夫斯基以及同时代大多数俄罗斯作家眼中的救赎之道。关于这一点，茅盾在前文论说陀思妥耶夫斯基思想时原本已有所提及。但这终究还不足以松动其关于俄罗斯与中国这类后发国家须彻底摈弃传统方能进入现代的固有判断。

而随着时代的激进化，尤其是苏联话语影响力的增强，中国研究者势必对 19 世纪俄罗斯文学及其背负和参与塑造的那些传统展开更严格的检省与批判：沉浸于"灵魂"的内审已经不够，原本作为俄罗斯文学/民族性之当家本色的具有普遍意味的人道主义精神更应该细分对象并与行动挂钩。陀思妥耶夫斯基笔下那些忍受苦难的"弱者"激起的不再是困惑，而是对民众"奴性"（一个在批判中国国民性时频繁使用、可以轻松触发接受者联想的表达）的强烈不满。如果作家笔下的这种形象是真实的，那它的全部意义就在于唤起革命的洪流：

　　尽管朵斯杜也夫斯基在社会思想上堕入了观念论的泥坑做了基督教思想的俘虏，如吉尔波丁所指摘的，把忍从的奴隶神格化，祝福自己身上的链条；但因他采取了现实主义的创作方法和现实的题材，他终能替当时受难的俄罗斯描画出这样惨痛的形象来。这不可逼视的惨痛的形象使前世纪大批评家布兰迭斯说：假使这社会真像这个样子，那么在爱正义的青年们的心里会涌起激烈的

---

① 约瑟夫·弗兰克：《陀思妥耶夫斯基：自由的苏醒，1860—1865》，戴大洪译，广西师范大学出版社，2019 年，第 66 页。关于俄罗斯知识界的这场"强弱之辩"，另可参看约瑟夫·弗兰克：《陀思妥耶夫斯基斯基：受难的年代，1850—1859》，刘佳林译，广西师范大学出版社，2016 年，第 349-352 页。

思想是毫不足怪的。①

　　同样是参考克鲁泡特金的著述，周立波在《自卑与自尊》中摘引的正是郑振铎此前略过的一面：

　　"朵斯托益夫斯基最中意的主人公，是把自己看成没有要求尊重的能力，甚至于没有要求人的待遇的权力的那些男女。他们也曾有过捍卫自己的人格的胆怯的企图，但是一次以后，他们就屈服了，而且永远不再尝试，他们将更深更深地沉没在他们的悲境中，于是死去。"

　　克鲁泡特金的话概括了朵斯托益夫斯基式的人物的中心性格。

　　……用他的蘸着天才的笔，他触到了他们的灵魂的深处，夸张着他们的一切奴性的优美；那低徊于奴役的锁链和苦难的泥沼的他们的纤敏的心情，朵斯托益夫斯基是用着那样美丽的诗的沉哀的调子表现着，看着使人流泪，而最糟糕的是也会使人神往。②

　　不待言，在俄罗斯之今日日益被等同于中国之未来的情况下，看到什么样的俄罗斯，也越来越取决于文化先锋们究竟想建设怎样的现代中国。当俄罗斯革命日渐被视为一种历史的必然和高潮，原本混杂而有一定弹性的民族性话语势必要遭到清理。反思启蒙理性、制衡激进思潮的一面成了要被革命的对象，不再有存在的

---

①　田汉：《从〈罪与罚〉的世界到〈马戏团〉的世界》，原载 1936 年 12 月 15 日《南京日报》，转引自《田汉全集》第 14 卷，花山文艺出版社，2000 年，第 540 页。

②　周立波：《自卑与自尊》，原载 1935 年 7 月 5 日上海《太白》第 2 卷第 8 期，转引自《周立波文集》第 5 卷，上海文艺出版社，1981 年，第 175-176 页。

合理性。上面引用的两篇文章就都是以"新世界"为评价标准的：田汉是以"《罪与罚》的世界"与《马戏团》代表的"社会主义世界的崭新的姿态"对比；而周立波则是比较了高尔基与陀思妥耶夫斯基代表和塑造的两种俄罗斯灵魂，并且和同时期的苏联批评家一样坚定站队：①

　　高尔基的每一个肯定的人物，都晓得十分尊重自己；相反地，朵斯托益夫斯基的人物，却总是"比水还恬静，比草还卑微"，在支配自己的尊者之前是这样，在审判自己的"灵魂"之前也是这样。②

　　与坚持俄罗斯特殊性的那些文学前辈们不同，高尔基在1915年发表了批判俄罗斯民族性中的"东方精神"而大力倡导"西方精

---

① 这个时期国内左翼文评家已了解高尔基对陀思妥耶夫斯基的看法，包括1913年对莫斯科艺术剧院上演《群魔》的抗议。参见丁世鑫：《陀思妥耶夫斯基在现代中国（1919—1949）》），第69页。

② 周立波：《自卑与自尊》，第175页。到了20世纪40年代初在延安鲁艺讲授《罪与罚》时，周立波进一步讨论了陀思妥耶夫斯基宣扬的"奴隶道德"，并进行了抨击（《周立波鲁艺讲稿》，见《周立波文集》第5卷，第401-404页），如研究者指出的，讲稿明显参考了勃兰兑斯《俄国印象记》（*Impressions of Russia*, 1888）中的相关内容（参见丁世鑫：《陀思妥耶夫斯基在现代中国（1919—1949）》，第74页）。但有必要指出的是，作为尼采思想的著名宣扬者，勃兰兑斯所说的与"主人道德"相对、受缚于流行善恶观念的"奴隶道德"其实并不等同于国人笔下那种阻碍社会民主变革的"奴性"。勃兰兑斯1888年11月16日给尼采的信中写道："我在那本论俄国的书中，于探讨陀思妥耶夫斯基之处，也提到了您。……他的全部道德观念正是您曾经为之命名过的所谓奴隶道德（Slave-morality）。"勃兰兑斯：《尼采》，安延明译，工人出版社，1986年，第184页。勃兰兑斯写作《俄罗斯印象》一书时也正是与尼采通信频繁的一个时期（勃兰兑斯：《尼采》，第180页）。他同意尼采《道德的谱系》等著作中"对禁欲主义理想的贬斥，对民主主义庸人们的极端厌恶"，并赞同其"贵族激进主义"（第129页）。

神"的《两种灵魂》（"Две души"）。[①] 无论周立波是否读过此文，其笔下的"自卑"者与"自尊"者形象正与"两种灵魂"高度对应。尤其是，正如"俄罗斯灵魂"说之新一代阐释者别尔嘉耶夫当年在批评高尔基文章时所指出的，在对"自尊"的疾呼背后其实潜伏着一种对民族历史与命运的真正"自卑"。[②] 唯有如此，才会将一切历史重负归于民族的"非西方性"而加以摈弃，以便全速奔向西方已经率先抵达的那个高度理性化和物质化的现代世界。而恰恰是在这种历史的重复中，我们能看到一种更深刻的"中俄相似性"！

但本文讨论的归根究底并不是"中俄相似性"是否成立，或者哪种俄罗斯民族性话语更接近"真正"的俄罗斯。值得关注的，是它们为何会在现代中国成为"问题"，它们的具体所指又是如何在特定的历史空间中不断变化、相互铰接的。毫无疑问，用以界定自我/他者的民族性话语的兴起，本身意味着近代俄罗斯或中国不再是一个自足世界，而成为世界民族国家之林中的一分子；所谓"民族性"也不仅仅是由一个民族的"过去"所塑造的，它更是指向未来的，代表着言说者对某一民族在世界舞台上竞争潜力的判断。相较于还只处于西方"眼压"之下的俄罗斯，20 世纪初的中国面对的是更急切的救亡保种的问题。在这一压倒性的事实面前，中国知识分子比当年的高尔基更无心深究 19 世纪俄罗斯作家们发出的民族之思、文明之忧。俄罗斯民族性话语与"中俄相似性"对接过程中那些错位、缝补的地方生动展示了各种意识形态、

---

① См.: А. М. Горький, "Две души"// *Статьи 1905-1916 г*, Петроград: Парус, 1918, с. 174-187.

② 参见汪介之：《关于俄罗斯灵魂的对话》，载《江苏社会科学》2008 年第 5 期，第 163 页。

现实诉求的艰难角力。但另一方面，在对历史予以充分同情的同
时，亦应看到这些作家发出的许多预言已然应验。现代化并没有
唯一且一劳永逸的正解。无论是俄罗斯文学从世界文学空间的所
谓"边缘"对"中心"的逆袭，还是在俄罗斯与西方的文明互动中
生成，并成功反哺西方的"俄罗斯灵魂"说，其实恰恰提供了绝好
的示例，证明文学、文明通往现代的路径要比我们当年想象的更
加丰富。而哪怕仅仅是为了构建和实现这些可能性，除了"面色
红润的歌利亚"，俄罗斯作家笔下那些"柔弱的大卫们"在今日也
同样有存在的理由。①

----

① 这里借用了纳博科夫的说法，参见弗拉基米尔·纳博科夫：《俄罗斯文学讲稿》，丁骏
等译，上海三联书店，2015 年，第 258 页。

两次革命间的回响：马雅可夫斯基在中国

　　20 世纪中、苏两国特殊的地缘政治关系，使得两个不同的文化体系前所未有地靠近，这也提供了更多的文化可能性。不过，无论是中、俄文化内部的丰富多元，还是文化跨界时主体选择与客观情景的种种偶然与随机，都决定了这场亲密接触不是一次简单的叠合相加。

　　例如，借着中、苏语境的亲近，一系列俄苏文化人物和经典曾以异乎寻常的速度和强度走近我们，引起无限共鸣，甚至成为现代中国话语的有机组成部分。然而，由于文化的限制，尤其是因为政治外力的强力介入，很少有人意识到，在一片繁荣景象下，他们的本相离我们其实很远；而到了如今，当我们本已具备相当的言说空间与学术容量，可以真正走近这些丰富的人物时，却自以为他们的创作和时代都已经远去，根本不屑再聆听他们的声音。殊不知，我们可能正在从另一个方向向他们悄然靠拢……

　　诗人弗拉基米尔·马雅可夫斯基在中国命运的沉浮，可以说是上述吊诡现象的最佳演绎。为了更自由地辩说其中的玄机，文章将放弃对整个接受史细节的完整陈述。这一方面，中、苏学者已发表不少专论。[①]这里尝试呈现的，将主要是跨文化语境下，由于各方角力，马雅可夫斯基形象发生的漂移与断裂，并希望以此尽可能地展现那些曾经气壮山河，而如今已是应者寥寥的回响对于当代中国仍有无限述说的必要。

不过，由于历史的迷雾过于浓重，我们需要从马雅可夫斯基在故土的两次死亡说起。

一、诗人之死

与后世的想象相悖，马雅可夫斯基同时代的许多人都曾提到，这位高大、粗野，似乎随时准备与人格斗的大力士，其实是耽于幻想并缺乏自信的："他有一种浪漫气质，但又为自己这种气质感到羞涩"，需要用一种更加狂暴或尖刻的态度来掩饰这一切。[②]考虑到马雅可夫斯基诗歌的个人自传性十分明显，而"自我"也是他

---

① 戈宝权：《马雅可夫斯基与中国》，收入戈宝权主编：《马雅可夫斯基研究》，武汉大学出版社，1980年，第1-16页。《马雅可夫斯基研究》一书收录了1980年4月在武汉举行的"全国马雅可夫斯基讨论会"上的主要论文，且附有资料索引（第257-299页），可以说是20世纪80年代前中国马雅可夫斯基研究的总结性成果。最新的研究可参看陈建华主编：《中国俄苏文学研究史论》第3卷第34章《中国的马雅可夫斯基研究》（重庆出版社，2007年，第256-272页）。而苏联方面，最为完备的研究当属 Л.Е.Черкасский 出版的 *Маяковский в Китае*（Москва: Наука,1976）一书。不过，受时代局限，这部著作（尤其是有关60年代后的部分）的意识形态意味比较浓重。书后也附有中、苏相关研究的详细目录（第204-218页），可为参照。
② 参见伊利亚·爱伦堡：《人·岁月·生活》，冯江南，秦顺新译，海南出版社，2008年，第207页。

可以沉浸其中的唯一对象，[①] 我们自然可以理解，他的这一基本性格特征也成为其诗作的主调。

这表现为各种矛盾特性的奇特混合：这是一位反诗歌的诗人。他像巴扎洛夫一样，声称要摧毁无用的文学，另一方面又将文学视为天启，宣称背负了世人所有泪水的诗人是最崇高的受难者与预言者；在这个年轻人毫无顾忌的大声呼喊中，无理性的欢愉与濒临疯狂的惊恐常常交替出现，甚至叠合为一种狂喜式的绝望；[②] 自我与非我交战的主题在他作品中以各种形式不断出现，而爱情与宗教，则是"持续吸引与背弃马雅可夫斯基的两股力量"。为了摆脱要命的孤独，诗人似乎在向一切索取爱，尤其是那种不可能获得的爱。理所当然地，一切美好的吁求都遭到"非我"，或者说另一些"自我"的残酷回应。"巨大的爱"瞬间转为"巨大的恨"；[③] 至于马雅可夫斯基诗歌与陀思妥耶夫斯基作品的互文关系则早已为学界熟知。在他最优秀的那些抒情诗篇里，这种不断自我否定的"外化的内心独白"满目皆是；[④] 而从其诗歌具体的艺术形式上来看，则充满传统与革新的角力和融合。他创造出无数新的韵律形式来证明韵律的无效性，用滑稽诗的语言机制来表达庄严的事体，或者干脆反过来……

---

① See Edward J.Brown, *Mayakovsky: A Poet in the Revolution*, New York: Paragon House Publishers, 1988, p.7; Roman Jakobson: "On a Generation That Squandered Its Poets", in Edward J. Brown ed., *Major Soviet Writers: Essays in Criticism*, Oxford: Oxford University Press, 1973, p.10.

② See Edward J.Brown, *Mayakovsky: A Poet in the Revolution*, p. 69,140.

③ 在《关于这个》（"Про это", 1923）中这种"自我分裂"达到了巅峰。See A. D. P. Briggs, *Vladimir Mayakovsky: A Tragedy*, Oxford: Willem A. Meeuws, 1979, p. 50.

④ 除了作品内部的这种紧张，马雅可夫斯基的作品之间也可能存在巨大矛盾。《人》（"Человек", 1917）的创作紧随于《战争与世界》（"Война и мир", 1916），却完全反驳了后者关于"自由人类"的乐观布道。See Edward J. Brown, *Mayakovsky: A Poet in the Revolution*, p. 154.

由此，我们可以联想到，"穿裤子的云"（"облако в штанах"）这个临时变更的诗名，能如此妥帖地融入一部典型的"自传"，原来并非偶然：这个美妙的比喻正好暗示着分裂，以及为了克服这一分裂性所导致的"伪装"冲动。而它一开始，恰恰是马雅可夫斯基用来自我描述的一句俏皮话。①

上述评价毫无贬义。事实上，正是这种天生的分裂与刻意的弥合，成就了马雅可夫斯基诗歌的精彩，使"震惊"效果达到了极致："叛逆和抒情的结合，近似野蛮的表达力与内心感情的敏感性的结合使得他的诗歌具有高度的独创性。"② 至于这朵"穿裤子的云"最让人捉摸不透的，当然是他与布尔什维克革命、政治之间的关系。也几乎只有在这一点上，苏联与西方的马雅可夫斯基研究者难得地达成了一致，即：革命前后的马雅可夫斯基形象表现出了相当大的分裂性。

不容否认，"革命"对于马雅可夫斯基而言，从来就不是一个外来的压力。这并不是指他的具体政治观点、信念与无产阶级

---

① 为了向一位女性旅伴表示自己对她毫无邪念，诗人脱口而出，说自己"不是男人，而是穿裤子的云"（参见马雅可夫斯基：《怎样作诗》，收入余振主编：《马雅可夫斯基选集》第4卷，人民文学出版社，1984年，第155页）。马雅可夫斯基用的，并非"裤子"一词，而是"西式男装长裤"（штаны）这个名词，强调的是一种男性的特征，"言下之意是：'云'尽管身穿男装，本身却是中性的，既温和又无害"，不必惊慌。飞白：《译后》，《马雅可夫斯基诗选》下卷，上海译文出版社，1985年，第463-464页。此外，在俄罗斯文化中，也有以"裤子"代表男人的传统。在这个有趣的小故事发生两年后，当检察官因为长诗原题"第十三个使徒"的粗鲁与渎神发难时，诗人灵机一动，用"穿裤子的云"这个美妙的比喻重新命名了这部杰作，并再次声明："如果你们愿意，我就做个最温柔的人，不是男人，而是穿裤子的云。"参看马雅可夫斯基：《在红布列斯尼亚共青团大厦文学活动二十周年纪念晚会上的讲话》，收入《马雅可夫斯基选集》第4卷，第671页。

② 马克·斯洛宁：《苏维埃俄罗斯文学（1917—1977）》，浦立民、刘峰译，毛信仁校，上海译文出版社，1983年，第18页。

级革命的完全一致。准确地说，是一种更抽象，因此也更具诱惑力的关于"革命"的想象，捕获了这位天生具有分裂气质与破坏性冲动的诗人。如卢那察尔斯基所说，马雅可夫斯基是怀着一种消除孤独的强烈渴望"冲向"革命的："这里的'革命'是指这个词的广义，即否定和企图破坏现存事物，而争取另一个更高、更令人信服的东西。"[1] 早在 1917 年以前，他便已经多次在作品中充当革命的预言者与献祭者："我 ,/ 被今天的人们讥笑着，/ 当作一个冗长的 / 猥亵的笑柄，/ 但我却看到谁也看不到的——/ 那翻过时间的重山而走来的人"；"当 / 以骚乱宣布着 / 它的到来，/ 你们向救世主奔去时——/ 我给你们 / 掏出灵魂，/ 踏扁它 / 使它变得更大！——/ 把这血淋淋的灵魂交给你们，作为旗帜。"（《穿裤子的云》，1915）[2] 而革命的真正爆发，则赋予了诗人渴望已久的行动力。在新文化的建构问题上，新生政权必须依赖先锋派。于是，当"那些学院的学究和象征主义者们"从帕那萨斯山岭"四下溃逃"时，马雅可夫斯基终于走上前来，用自己的嗓音代言革命，震动世界了："街路——我们的画笔。/ 广场——我们的调色板。/ 伟大的 / 革命编年史 / 还没有完成。/ 到街头去，/ 未来主义者们，/ 鼓手和诗人！"（《给艺术大军的命令》，1918）[3] 即使是对革命后马

---

① 卢那察尔斯基：《革新家马雅可夫斯基》，收入《论文学》，蒋路译，人民文学出版社，1978 年，第 389-390 页。事实上，马雅可夫斯基兴高采烈地接受了推翻旧制度的二月革命，但对十月革命，尤其是布尔什维克意识形态则持一种谨慎观望的态度，他在"1917 年秋天写的两首革命诗《我们的进行曲》和《革命颂》体现出笼统的高涨情绪，但并未对任何具体的政治路线表示支持"。参见本特·扬费尔德：《生命是赌注：马雅可夫斯基的革命与爱情》，糜绪洋译，广西师范大学出版社，2020 年，第 118 页。

② 本文所引诗句，凡正常移行，均以"/"标示，凡为"楼梯式"移行，以"//"标示。

③ 参见斯洛宁：《苏维埃俄罗斯文学（1917—1977）》，第 19 页。

雅可夫斯基的创作活动持保留态度的西方学者，也很难否认，其语言与形式的实验仍在继续，因为诗人相信"新的内容需要新的形式"；① 就算是他写于生命最后几年的那些最政治化的作品，也仍然打着马雅可夫斯基风格的鲜明烙印。

但相比起这种延续性，马雅可夫斯基诗歌的变化显然更为直观。如其在自传中所言，《好！》（"Хорошо!"，1927）已经取代《穿裤子的云》，成为新时期创作的"一篇纲领性的东西"。而这篇歌颂社会主义革命与建设的长诗代表着"限制抽象的诗的做法（夸张、虚饰而自负的形象）"以及"创造处理新闻和鼓动材料的方法"，这些是马雅可夫斯基创作的新特色，或至少是他给自己设定的一个新目标。可以说，马雅可夫斯基试图变得更"简单"。② 这既是未来主义实用主义与社会性的诗歌美学使然，也与主流意识形态的引导有关。更加不能否认的是，这种简单的、不容置疑的冲击性力量最能代表那个激情时代对于共产主义世界的炽烈追求，也是最能鼓动大众革命热情的。过分的"合乎时代要求"让马雅可夫斯基的一大批作品注定短命。但即使仅仅从美学的角度来看，马雅可夫斯基的这种简化也不能说是完全负面的。他对公众经验"招贴画式"的表达不仅成功拓宽了现代诗歌的表现领域与方式，也成就了朗诵诗史上的一座高峰。③

真正的问题在于，作为一位面向未来的诗人，马雅可夫斯基

---

① 参见扬费尔德：《生命是赌注》，第 304-305 页。
② 参见马雅可夫斯基：《我自己》，《马雅可夫斯基选集》第 1 卷，第 35 页。
③ 关于马雅可夫斯基诗歌的这种开创性意义，以及对其"街头美学"的具体分析，可参看：Korney Chukovsky: "Akhmatova and Mayakovsky", in Edward J. Brown ed., *Major Soviet Writers: Essays in Criticism*, pp.33-53.

躁动的心灵很难通过某次具体的革命得到彻底的抚慰。随着研究
的深入，以及新材料的不断披露，我们发现，与革命前一样，革
命后其实也并不存在一个统一的马雅可夫斯基形象：一方面，马
雅可夫斯基确实是有意识地努力将自己塑造为一个"社会主义诗
人"。他不仅提出了比当权者的政令更为激进的文艺政策，而且更
自觉地用政治化标准检查、修改自己的作品。这一点无疑为日后
对他的狭隘化阐释大开方便之门；① 但另一方面，在他的创作实践
中，表现出了远比他的文章、宣言更多的矛盾情绪。无论公众姿
态如何激进，马雅可夫斯基并未失去对诗歌的真挚感觉。他总是
难以完全抑制自己的抒情天性，一再在诗行中流露出自己在文学
宣言与说教诗中多次斥责过的个人主义浪漫情调，终其一生，其
"历史、史诗性的作品都是与抒情作品交替创作的，就仿佛是为
了内在的平衡：他既需要前者，也需要后者"；② 不无悲剧性色彩的
是，根据爱伦堡在回忆录中提供的细节，他自己也怀疑自己以前
的作品"可能更好"。③ 而《魏尔伦和塞尚》（"Верлен и Сезан"，

---

① 关于马雅可夫斯基对《穿裤子的云》1918 版的修改和再阐释，以及《关于这个》诗稿的变化，参见：Edward J.Brown, *Mayakovsky: A Poet in the Revolution*, pp. 114-115, 233；又如诗人接受纽约工人的建议，在《布鲁克林桥》末加上一段，以便表现出隐藏在资本主义现代文明下的被剥削者的悲惨境地（《马雅可夫斯基选集》第 1 卷，第 383 页，注解 1）；而最常为研究者提及的，是《回家》一诗的改动："我想让自己为祖国所理解，/ 而如果她不理解——/ 那又有什么办法呢；/ 我只好从一边轻轻绕过我亲爱的祖国，/ 煞像夏日里落下的一阵斜雨。"按照"社会订货"理论的一位主要倡导者勃里克的建议，这些与全诗那种强烈的社会意识不协调的句子被全部删除。而在一封劝导投稿诗人应有更多"倾向性"的信里，马雅可夫斯基也将这些个人化的感伤抒情称作美丽而无用的"羽毛"，必须"拔除"。See Edward J. Brown, *Mayakovsky: A Poet in the Revolution*, pp. 301-302. 此处翻译引自张冰：《悲剧——符拉基米尔·马雅可夫斯基》（序言），阿·米哈依洛夫：《最后一颗子弹——马雅可夫斯基的一生》，冯玉芝译，华夏出版社，2001 年，第 9 页。
② 参见扬费尔德：《生命是赌注》，第 230 页。
③ 参见爱伦堡：《人·岁月·生活》，第 207 页。

1925）一诗中的抱怨即使不能算是对"社会订货"理论的反思，至少也证明，诗歌创作与政治要求间的裂缝让诗人备受折磨："您要懂得 // 我只有 // 一张脸——// 一张脸，// 不是一面风信旗！"① 至于那批数量庞大的政治讽刺诗，以及 20 世纪 20 年代末的两部剧作《臭虫》（*Клоп*, 1928）、《澡堂》（*Баня*, 1929），更充满了诗人对官僚主义、教条主义等的辛辣嘲弄与痛苦反思。

既然存在如此多的怀疑与犹豫，马雅可夫斯基为何还要坚持"踩着自己的喉咙唱歌"，如此不遗余力地将自己的诗歌才华运用于政治宣传品的重复生产呢？

强大的政治话语力量，文学流派间异常残酷的竞争，甚至是对既存利益的分享等，都可以提供部分解释。② 但这些外在的压力不可能是最根本的理由，"没有人可以强迫诗人，除非是诗人自己"。③ 最终支持这种自我强迫的，是马雅可夫斯基内心对终极的极度渴求。帕斯捷尔纳克曾多次指出，马雅可夫斯基总是让他想到陀思妥耶夫斯基作品里那些年轻的主人公：④ 与周围世界格格不

---

①　See Edward J.Brown, *Mayakovsky: A Poet in the Revolution*，pp. 266-267.

②　例如，根据莉·尤·勃里克（Л. Ю. Брик）与马雅可夫斯基的通信，马雅可夫斯基之所以长期服务于"罗斯塔之窗"，确实与经济压力有直接关系。See Bengt Jangfeldt ed., *Love Is the Heart of Everything: Correspondence Between Vladimir Mayakovsky and Lili Brik (1915-1930)*, Julian Graffy trans., Edinburgh: Polygon, 1986, p.77. 关于他与列夫的复杂关系，可参看：Edward J. Brown, *Mayakovsky: A Poet in the Revolution*, p. 305, 360-361.

③　在与莉·尤·勃里克的通信中，马雅可夫斯基写道，自己的性格有两大特点，其一为诚实，其二为厌恶任何形式的限制，"将按自己的自由意志来做任何一件事"，而抗拒任何外在的规则。See Bengt Jangfeldt ed., *Love Is the Heart of Everything*, p.130.

④　例如，在《日瓦戈医生》中，帕斯捷尔纳克曾借人物之口，指出马雅可夫斯基的作品就如由陀思妥耶夫斯基"创造的某一个年轻有为的人物所写成的一部抒情诗"（蓝英年、张秉衡译，外国文学出版社，1987 年，第 243-244 页）。另可参看鲍·帕斯捷尔纳克：《人与事》，收入帕斯捷尔纳克等著：《追寻——帕斯捷尔纳克回忆录》，安然、高韧译，花城出版社，1998 年，第 48 页。

人，暴烈地诅咒和反抗着一切偶像与规则，内心却流淌着对一切
受难者的悲悯，愿以自己的献身成就一种新的人道的宗教，换来
"自由的人类"。他们以一种自我毁灭的狂热守护着某种圣洁而抽
象的信念。如别尔嘉耶夫所说，这种启示录主义与虚无主义的对
立统一，正是俄罗斯民族的基本精神结构。对终极的渴望与信仰
往往可以引向对现存一切文化、规则的彻底否定，而无限的否定
与怀疑又总是以终极目的的存在为指向的。看不到"俄罗斯的虚
无主义是变形的俄罗斯的启示录情绪"，也许就很难理解俄罗斯革
命的那种极端倾向与迷狂气质。①

　　事实上，改天换地，呼唤"新人"的情绪从 19 世纪末 20 世纪
初即开始弥漫整个俄罗斯文化界。对永生力量的迷恋，对"全能
的人"的畅想，以及对"诗人即先知"观念的宣扬，在这一时期也
远不只出现在马雅可夫斯基的作品中。只是他以自己一贯的倔强
和大嗓门，将这种精神气质呈现到了极致。在其权威性的马雅可
夫斯基研究中，雅克布逊（Р. О. Якобсон）深刻地指出，无论在
主题、思想、情绪与风格上存在着怎样的分裂、矛盾，马雅可夫
斯基的所有作品仍然构成了一个完整的象征体系，指向一个突破
"此在"、迎向新世界的神话。②反过来说，只有看到了这种终极关
怀，才有可能辨识诗人的各种"面相"，真正理解诗人面对"此在"
的种种紧张、怀疑、否定与偏执："我们这颗星球 // 欢愉 // 本来就
不多。// 应当 // 从未来的日子里 // 夺取 // 欢乐。"（《致谢尔盖·叶

---

　　① 参见尼·别尔嘉耶夫：《陀思妥耶夫斯基的世界观》，耿海英，广西师范大学出版社，
2008 年，第 5-7 页。

　　② See Roman Jakobson, "On a Generation That Squandered Its Poets", pp.7-32.

赛宁》，1926）尽管并不明确知道"未来"到底是怎样的，但马雅可夫斯基始终让自己相信，共产主义就是那个将彻底解决一切问题的最终方案。布尔什维克人那种以"对过去的排斥或对理想未来的奋争"为基本特征的历史观，那种以人工设计未来生活、培育和组织"新人"以及"新的生活方式"的雄心，足以让他热血沸腾，相信一切分歧都是暂时的。"党"对于马雅科夫斯基而言，更像是一种理想化的存在。①

然而，现实中，革命后的个人生活与社会生活未免显得缺乏诗意。②新政权允诺的"未来"尚模糊不明，奔腾的想象力已开始让位于驯服的"现实主义"，更遑论当时文学界的宗派斗争极尽残酷，作为"同路人"，诗人必须不断自我表白与证明。理想屡屡在现实面前低头。③这的确不是一个适合诗人的时代，即使他是一位"反诗歌"的诗人。在最后几年的诗歌创作中，在那无数的商业广告与政治性"纪实"中，马雅可夫斯基所进行的更像是一种"加工"，而且只是工厂式的批量生产。尽管形式技巧成熟，语言也依然尖刻犀利，却越来越难找到以前那种激动人心的理想主义和英雄主义。他曾经说过，"就一个社会活动家而言，青春在于思想的真实"，而"就一个诗人而言，青春不在于美好的信念，而在于用身体和精神来表达他所感受的一切"。当作为诗人的马雅可夫斯基写出了自己身体和精神所感受到的一切，包括"革命""政治"时，

① 参见伊琳娜·古特金：《象征主义美学乌托邦的遗产：从未来主义到社会主义现实主义》，收入林精华主编：《西方视野中的白银时代》上册，东方出版社，2001 年，第 195-228 页。

② See Bengt Jangfeldt, "Introduction: Vladimir Mayakovsky and Lili Brik", in Bengt Jangfeldt ed.: *Love Is the Heart of Everything*, pp. 20-21.

③ 马雅可夫斯基最终于 1930 年 2 月，也即自杀前两个月脱离列夫，加入拉普，但仍然受到拉普成员的强烈敌视。参见米哈依洛夫：《最后一颗子弹》，第 439-440、461-463 页。

他写出了永远年轻的作品；当他开始用非诗人的标准，也即"思想真实""信念美好"来指导自己的创作时，他就不能不极力约束"身体和精神"的自由表达，也就越来越难保持作品中那种永远年轻的力量。一个老去的马雅可夫斯基，其实已经提前经历了自己的第一次死亡。

1930 年，马雅可夫斯基在莫斯科的住所自杀。这样一位充满张力的诗人，本可以为后人提供丰富的心灵感受和理性反思。可惜，五年后斯大林的一纸批示，借着政治的铁腕，再一次扼住了诗人的喉咙。领袖郑重宣布："马雅可夫斯基过去是现在仍然是我们苏维埃时代最优秀的、最有才华的诗人。对他的纪念和他的作品漠不关心是犯罪。"这一纸批示背后的政治斗争背景在此不宜赘述，① 但斯大林之所以选中马雅可夫斯基替下帕斯捷尔纳克作为苏联诗人的最佳代表，一个最浅显，却未必是最不重要的原因，无疑是马雅可夫斯基已经死去，可以任人评说，是一个最安全的官方偶像。

接踵而至的，是对马雅可夫斯基的彻底神话化。他的塑像、纪念碑以及以他的名字命名的各种地标、组织遍布苏联，"他的作品就被当成了经典，对马雅可夫斯基的研究成为每所学校的教学大纲和教科书中必不可少的部分"，"一部十月革命后的俄罗斯文学史，几乎等同于一部高氏、马氏的创作史"。②

---

① 详细情况可参看蓝英年：《马雅可夫斯基是如何被偶像化的？》，收入《被现实撞碎的生命之舟》，花城出版社，1999 年，第 89-96 页。

② 斯洛宁：《苏维埃俄罗斯文学（1917—1977）》，第 31 页；刘文飞：《有感于马雅可夫斯基》，收入《思想俄国》，山东友谊出版社，2006 年，第 208 页。另可参看作为苏联中等学校十年级教材的季莫菲耶夫《苏联文学史》上卷的篇章安排（水夫译，作家出版社，1956 年）。

可想而知，这个官方的马雅可夫斯基已经经过严格把关，掐头去尾，以便能完全塞入"社会主义现实主义诗歌的奠基人"这一光辉头衔之中。1940 年是马雅可夫斯基逝世十周年，这"为（苏联）出版界提供了装作绝对正确的机会。他们赞颂他的政治与美学信念的一致性。他的未来主义和他与形式主义者的关系不是被忽视，就是被缩小了，至于他的自杀也几乎从未提及"。① 苏联学者们纷纷强调，让诗人感到压抑与厌恶的，只是旧的社会阶层与私有制，而这些都已随着革命的炮火轰然倒地。他们努力在其后期作品中寻找乐观因素，证明诗人与新时代的完全融合。② 而马雅可夫斯基的挣扎，他那些"不正确"的作品，也被各种政治辞令层层涂饰或干脆划为禁区。③ 难怪帕斯捷尔纳克在庆幸自己逃过一劫之余，也不能不为亡友叹息："到了人们好像在叶卡捷琳娜时代强迫推广种马铃薯一样来对待马雅可夫斯基的时候，这已是他的第二次死亡了。"④

可以说，正是这两次死亡，而非肉体上的逝去，让马雅可夫斯基成为一个真正的悲剧人物。作为一朵"穿裤子的云"，马雅可夫斯基和他的诗歌始终是复杂而多面的。面对包括自己在内的各种"检察官"，它们甚至也可以伪装成各种不同的面貌出现。人们大可从不同的角度甚至极端来对之进行解释。然而，"云"始终是要飘扬在理想高空的。马雅可夫斯基的作品虽然极具现实精神，

① 参见斯洛宁：《苏维埃俄罗斯文学（1917—1977）》，第 30 页。
② See Edward J.Brown, *Mayakovsky: A Poet in the Revolution*, pp.156-157.
③ См.: С.И.Кормилов, И.Ю.Искржицкая, *Владимир Маяковский*, М.:изд-во Моск.ун-та, 2003, с. 99.
④ 帕斯捷尔纳克：《人与事》，第 54 页。

却从未被现实驯服。一旦试图以某个具体政治概念或立场来套牢马雅可夫斯基，则无异于将"云"机械分解为水滴，注定要使之堕入庸俗。

二、初入中国：缝隙与弹性

从 20 世纪 20 年代初的首次引介开始，中国知识分子对马雅可夫斯基的诠释，便与对苏联（俄）激进政治文化、对中国革命自身的判断与想象勾连在一起。相较于俄国白银时代其他同样晦涩难懂的文学流派，未来主义因其"革命性"与"进步性"，明显获得了更多认同与译介机会。这一点，在这一时期流行的几部俄苏文学通史性论著的篇章安排上有着直观的体现。① 但一方面，20 年代无论是苏联还是中国，文坛气氛都还相对活跃开放，马雅可夫斯基也还是一个正在被言说、被争论的对象；同时，由于语言、文化以及信息渠道的限制，中国的论者多只能根据西语和日语材料辗转论述，对原作的体认终究隔了一层。在译介过程中，论者对自身经验的频频调用也就在所难免。这两点，都决定了这一时期马雅可夫斯基在华接受情况的多元化与随机性。

先来看中国左翼知识分子对马雅可夫斯基的论说情况。与苏联政治文化语境相类，左翼也已成为时代的主流，他们热烈推崇苏俄的无产阶级文学观念，主张以"无产阶级文化"为历史之至高

---

① 例如郑振铎的《俄国文学史略》（由瞿秋白代写最后一章"劳农俄国的新作家"）（1924）；蒋光慈编《俄国文学概论》（1929）；以及汪倜然的《俄国文学 ABC》等都将未来主义的创作与象征派、阿克梅派严格区分开来，或是与无产阶级文学合为一章，或是单辟一节，给出的评论也基本是正面的。

点，重新认识和梳理整个俄国文学史。① 他们不仅接受了拉普对马雅可夫斯基"同路人"的定位，更利用这个暧昧不定的诗人形象来解释从"文学革命"转向"革命文学"的必要性。例如，他们对马雅可夫斯基在俄国文学改革中的伟绩不吝赞美之辞，称其诗作是对"颓废"的、"脱离现实与大众"的旧传统的激烈反抗，其诗体的"极端自由"，"不但不受韵律的拘束，甚至不受文法的制限"，他对文学语言的"口语化"改革，创造出了"新的白话"等等。② 显然，这些措辞都让人想起中国文坛刚刚经历的那场文学革命。不过，光有这些还是不够的。比起他那些沉迷于形式技巧的未来主义同僚，马雅可夫斯基"更具政治与社会意识"，这才是其伟大所在；而他的局限，则在于"他最终仅仅将自己局限在个人主义无政府主义者的阵营"，因而越来越脱离大众，无法真正理解和表现劳工阶级的伟力，必将被革命淘汰。③ 在这一时期翻译或编写的大量文学史中，马雅可夫斯基的功绩与不足，几乎都是如此比照着其与"无产阶级文学"的距离来进行论说的。依循着一种线性上升式的进化论述说框架，马雅可夫斯基等"同路人"的创作虽然不乏过渡性的历史意义，但始终不被认为具有任何超越性的价值。

　　在这类文字中，托洛茨基在《文学与革命》（*Литература и революция*, 1923）中的观点频繁出现，用以指出革命并未能彻底

---

① 参见林精华：《误读俄罗斯——中国现代性问题中的俄国因素》，商务印书馆，2005 年，第 197-200 页。

② 参见化鲁（胡愈之）：《俄国的自由诗》，载《东方杂志》1921 年 18 卷 11 号，第 67-68 页；布利乌沙夫（即勃留索夫）：《俄国诗坛的昨日今日和明日——革命后五年来（1917—1922）的俄国诗坛略况》，耿济之译，载《小说月报》1923 年 14 卷 7 期；以及《俄国革命诗人马亚科夫斯基之自杀》，载《大公报》1930 年 6 月 9 日。

③ 参见柯根：《伟大的十年间文学》，沈端先译，南强书局，1930 年，第 425-466 页。

清除马雅可夫斯基骨子里的虚无主义与个人主义。他在革命后虽努力创作宣传作品，但"一离开个人底轨道便显得弱了"，他似乎成为"官样的玛耶阔夫斯基"。特别是由于诗人"有意识的追求"与"创作的潜意识过程"之间存在距离，以致他"该说的地方，偏要狂喊。有些该呐喊的地方，喉舌却哑了"。实则"马氏之惊人处，亦全在其初期作品之中。乃一真实之常人而已"。[①] 但不能不指出，托洛茨基的观点之所以被反复引用，恐怕主要是受到客观条件的限制：当时国内翻译过来的苏俄文论十分有限，而《文学与革命》不仅有中译本（1928），更受到鲁迅等人的热情推荐，影响很大。从上述文章中也频频出现对"纯粹的无产阶级文化"的肯定来看，论者可能并没有怎么意识到，托洛茨基这些强调艺术创作之复杂性的论述，其实正是与所谓无产阶级文化论针锋相对提出来的——于此也可窥见一斑，苏联文论在这一时期虽被当作"思想源泉"广泛引用，但中国知识分子对其面貌了解并不全面，而多以一种实用性的、简单化态度对之加以混杂利用。但无论如何，通过采纳托洛茨基这种考虑到艺术之自律性，也更为宽容的评价方式，诗人气质中的那些矛盾、犹豫还是以一种曲折的方式得到了更多的介绍。

　　而在左翼文人关于马雅可夫斯基的论述中，最值得玩味的，还是瞿秋白写于不同时期的两段文字。一般认为，他在《赤都心史》中的部分文字，是中国人有关马雅可夫斯基的最早记载（1921

---

　　① 参见陆立之：《玛耶阔夫斯基底诗》，载《现代文学》1930 年第 1 卷第 4 期，第 35-47 页；以及方璧（茅盾）：《西洋文学通论》，世界书局，1930 年，第 254-255 页。托洛茨基对马雅可夫斯基的论述，参见托洛斯基：《文学与革命》，刘文飞等译，张捷校，外国文学出版社，1992 年，第 111-145 页。

年 2 月 16 日）。当时旅居苏俄的瞿秋白不仅与马雅可夫斯基有一席交谈，更获赠了诗人的作品。事后，作者生动地记录了"将来派"，也即未来主义作品带给自己的新奇体验。从中，我们不难发现，在当时，即使对于瞿秋白这样具备相当俄罗斯文化与语言素养的中国现代知识分子而言，马雅可夫斯基的另类表达也还是十分艰涩难解的：

　　前日，我由友人介绍，见将来派名诗家马霞夸夫斯基，他殷勤问及中国文学，赠我一本诗集《人》。将来派的诗，无韵无格，避用表词，很像中国律诗之堆砌名词、形容词，而以人类心理自然之联想代动词，形式约略如此，至于内容，据他说和将来派的画相应，——他本来也是画家。我读他不懂，只有其中一篇《归天返地》，视人生观似乎和佛法的"回向"相仿佛。①

　　瞿秋白关于马雅可夫斯基的另一段评述，则收录于他为郑振铎《俄国文学史略》写的最后一章"劳农俄国的新作家"（1923）中，这篇文章明显借鉴了勃留索夫《俄国诗坛的昨日今日和明日——革命后五年来（1917—1922）的俄国诗坛略况》一文（由耿济之翻译，发表于 1923 年《小说月报》第 14 卷第 7 期），但他并不同意勃留索夫将马雅可夫斯基与帕斯捷尔纳克并置的做法。因为按照当时最新的文学观念，诗人的思想立场应当对其艺术成就具有决定性的意义：

---

　　① 瞿秋白：《赤都心史》，广西师范大学出版社，2004 年，第 11-12 页。

未来主义创造新的韵格，颠毁一切旧时的格律，制作新的字法。能充分的自由运用活的言语，——然而这不是马霞夸夫斯基所独有的，如珀斯台尔纳克（Posdernak——引者注：即帕斯捷尔纳克）于此亦有很大的功绩。这仅是文学之技术的方面。马霞夸夫斯基的才却在于他的神机——他有簇新的人生观。……马霞夸夫斯基是超人——是集合主义的超人，而不是尼采式的个性主义的超人。马霞夸夫斯基是唯物派——是积极的唯物派，而不是消极的定命主义的唯物派。①

　　紧接着，瞿秋白再次提到了"诗集《人》"中的"《归天返地》一篇"，认为从这些诗行中看到了"歌颂自由的'人'俯视一切嘲笑一切"的革命激情与乐观情绪。②

　　由于瞿秋白本人后来在中共革命史上的崇高地位，他对马雅可夫斯基的上述两次评介都经常出现在中、苏相关研究中，"以添荣光"。然而，竟没有人注意到，两段文字之间有着明显的矛盾。前者是"读他不懂"的爽快自嘲，而后者则一转为言之凿凿的深度剖析，与其强辩说两年间瞿秋白语言与文学修养突飞猛进，不如说是此时的他已有百试百灵的政治图谱在胸：他两次都提到的"诗集"《人》，其实是马雅可夫斯基写于1916到1917年初的一部长诗，其基本情节结构乃戏拟福音书而成，瞿秋白所说的"《归天返地》一篇"大概是长诗中"马雅可夫斯基的升天"与"马雅可夫

---

①　瞿秋白：《劳农俄国的新作家》，收入郑振铎：《俄国文学史略》，岳麓书社，2010年，第148-149页。

②　参见瞿秋白：《劳农俄国的新作家》，第153页。

斯基的归来"等章节。至于诗中流露出的孤独，以及对天国与尘世两重世界的失望与悲观，与瞿秋白所熟稔的"回转自身所修之功德而趣向于所期"的佛教修行有着根本的差别。[①] 但较之几年后他循着政治逻辑在诗篇中赫然发现的激情与伟力，那种调动自身经验（"中国律诗""回向"）进行的艰难体贴反而更可贵。毕竟，只有意识到了文化的陌生与限制性，人们在跨文化对话时才能保持必要的警惕与灵活。而一旦以政治话语强力荡平这种隔膜，我们看到的，无非是一个脑海中早已有之的影像，不可能有任何智识上的补益。可以说，瞿秋白两次评价的变化，其实已提示了日后马雅可夫斯基在华接受情况的最大尴尬。

但如上文所说，这一时期中国文坛毕竟还广泛存在着其他不同声音。以汪倜然在《俄国文学 ABC》（1929）这部著作中的态度为例。著作中相关章节也明显受到勃留索夫文章的影响，但从他对材料截然不同的剪裁、取舍中，多少能看出这位右翼文人对当时正愈演愈烈的"革命文学"之争抱有的某种谨慎态度：他也将未来主义作为"今日的艺术"与象征派、阿克梅分别开来，放入"新俄文学"一章，并比较详细地介绍了未来派的建设性理论与创作实绩。但在介绍完未来主义者、转向无产阶级文学家的创作时，汪倜然对勃留索夫文章的转述变得克制了许多。他没有像勃留索夫以及郭沫若、瞿秋白等众多无产阶级革命文学倡导者那样，热情评价、展望无产阶级作家的创作，认定其必将超越马雅可夫斯基等人所代表的"今日"，成为光明的"未来"。相反，他仅称这些作家为"最时髦"者，简略而不乏深意地称其"至今还不能够产生

---

① 见：Л.Е.Черкасский, *Маяковский в Китае*, с. 28-29.

什么伟大的无产阶级文学来，他们的成绩是要到了明日才能够知道的"。而在具体论述未来主义时，汪倜然则基本袭用勃留索夫的论述，用差不多的篇幅对两位主将马雅可夫斯基、帕斯捷尔纳克进行了比较公正的评价。虽然他也认可马雅可夫斯基和帕斯捷尔纳克创作的"革命精神"，但显然无意用"革命性"的彻底程度来衡量文学成就之高下。他甚至指出，相比"与劳农的诗人相近"的马雅可夫斯基，"更近于智识阶层"的帕斯捷尔纳克"辞章更优"，对青年诗人的影响并不小于马雅可夫斯基。[①] 这种"双雄并峙"的介绍不仅相对更接近苏俄诗坛实况，也多少呈现出马雅可夫斯基创作的"对话场"，其实更有利于读者对马雅可夫斯基的理解。

就是通过这样一个随机调动各方资源，或隐或显地抒发自家心境的过程，深奥难懂的马雅可夫斯基居然也开始一点一滴地暗度陈仓，在中国呈现出模糊轮廓。纵观这一时期各家论述，我们发现，这位诗人一方面有着摧毁一切、呐喊街头的粗犷，在其革命诗歌中充满英雄主义，"绝无悲观情调"，[②] 但同时又满怀柔情，写出了《我爱》（"Люблю"，1922）这样的"离开唯物和机械的立场使用幻想以写爱情的最能动人的叙事诗"；[③] 他从十月革命中获得了勇气，"受着群众的强烈的刺激"，似乎"置身于漩涡之中而与之同化"，但其诗歌却始终"纯粹之共产精神甚少，而个人之色彩较深"；他的诗歌既自由奔放，充满了"人们嘴里的粗壮的活言语"，同时又极其讲求"词调之改创"，开创了俄语诗歌形式的新

---

① 参见汪倜然：《俄国文学 ABC》，ABC 丛书社，1929 年，第 100-101 页。
② 参见愈之：《俄国新文学的一斑》，第 73 页。
③ 参见杨昌溪：《玛耶阔夫司基论》，载《现代文学》1930 年第 1 卷第 4 期，第 49 页。

天地……① 十多年间，各方论者对马雅可夫斯基形象不断进行远观、补充与调整，其中讹误自然在所难免，但在这种开放式的层层累积之下，马雅可夫斯基的复杂、多面还是得到了初步显示。通过下文的论述，我们将发现，这种保持好奇的杂碎描述反而比真理在握的简明定义更能接近这位"云"一般的诗人。

可以设想，身兼革命的代言者与献祭者，马雅可夫斯基身上的各种缝隙也在暗暗补充，甚至有可能部分地调整中国对激进政治文化的想象与判断。1930 年马雅可夫斯基自杀，消息迅速传入中国，引起讨论的热潮，他身上的张力也得到最大程度的显现。其中戴望舒发表于《小说月报》第 21 卷第 12 号的《诗人玛耶阔夫司基的死》（1930 年 12 月），可以说是这一时期，甚至在此后很长时间都是对马雅可夫斯基与革命之关系问题最有独到见地的文章。

戴望舒参阅了大量法文资料，并将马雅可夫斯基生前最后一次讲演的片段、遗书等重要资料首次翻译为中文。根据这些资料，戴望舒指出，马雅可夫斯基的死绝不可能只是因为各种偶然的生活挫折，相反，"是一种使他苦闷了长久，踌躇了长久的，不是体质上而是心灵上的原因"造成了诗人之死。接着，他条分缕析，指出作为一位未来主义代表诗人，马雅可夫斯基从一开始就是"用他自己的方式接受了革命"，这条"浪漫的，空想的，英雄主义的道路"注定与无产阶级革命分道扬镳：

现在，革命的英雄的时代已终结，而走向平庸的持久的建设

---

① 参见方璧：《西洋文学通论》，第 254 页；布利鸟沙夫：《俄国诗坛的昨日今日和明日》，第 20-21 页。

的路上去。现在，玛耶阔夫司基已分明地看见他所那样热烈地歌颂过的革命，只是一个现实的平凡的东西，则其失望是可想而知了。Nep（新经济政策）之现实，五年计划的施行，都不是他想象中的英雄事业。……他是被称为"无产阶级的大诗人"，"忠实的战士"。他不能辜负了这样的嘉誉，无论他的内心是怎样地失望与苦闷。于是，在玛耶阔夫司基的心里，现实的山丘（Sancho）试想来克制幻想的吉诃德（Don Quichotte）了。①

　　在马雅可夫斯基身上，钟爱《堂吉诃德》的戴望舒看到了那个与风车作战的"最后的骑士"的影子。他指出，作为一位天生的理想主义者，这位革命的热情宣扬者注定要为革命的巨轮碾碎：

　　革命，一种集团的行动，毫不容假借地要强迫排除了集团每一分子的内心所蕴藏着的个人主义的因素，并且几乎近于残酷地把各种英雄的理想来定罪；……玛耶阔夫司基是一个未来主义者，是一个最缺乏可塑性（plasticity）的灵魂，是一个倔强的，唯我的，狂放的好汉，而又是——一个革命者！他想把个人主义的我熔接在集团的我之中而不可能。他将塑造革命呢，还是被革命塑造？这是仅有的两条出路，但决不是为玛耶阔夫司基而设的出路。②

---

　　① 戴望舒：《诗人玛耶阔夫司基的死》，原载《小说月报》1930年第21卷第12号，转引自王文彬、金石主编：《戴望舒全集·散文卷》，中国青年出版社，1999年，第114页。
　　② 戴望舒：《诗人玛耶阔夫司基的死》，第116页。

　　个人还是集团？塑造革命还是被革命塑造？对于诗人戴望舒而言，在这出有关"诗人之死"的真正悲剧里，他绝不只是一个观众。当国事日艰，而戴望舒因痛感国防诗歌之"不了解艺术之崇高，不知道人性的深邃"而与"左联"最终决裂时，他未尝不是以一种相反的方式做了一个和马雅可夫斯基一样的梦。可以说，归根究底，正是"革命"这个让中国现代知识分子念兹在兹的主题，让他们与马雅可夫斯基一拍即合，对后者予以如此之多的关注：作为一个见证了十月革命胜利的诗人，马雅可夫斯基以自己"精悍的短句，雷吼似的音调，以及火刺刺的气势"提示了人们从文学直接走向革命的可能；① 但同时，对于一些更敏感的心灵而言，他的悲剧性命运又恰恰提示了革命背后可能潜伏的危机。

三、血与火中的共振

　　然而，抗日战争的爆发让中国的形势变得空前严峻，思考与选择的空间急剧压缩。随着苏联对华政治影响力的增强，关于马雅可夫斯基是"社会主义现实主义诗歌奠基人"的再评价也迅速传入。②

　　苏联风标的这次转向，为中国知识分子再次聚焦这位诗人提供了新的动力。要知道，按照此前苏联与中国文坛主流对马雅

---

① 参见茅盾：《战后文艺新潮·未来派文学之现势》，载《小说月报》1922年第13卷第10号，第1-5页。

② 抗日战争的爆发并没有打断中苏文学关系大步迈进的趋势，反而为之提供了更大发展空间。可参看陈建华在《二十世纪中俄文学关系》（高等教育出版社，2002年）第5章"俄苏文学在'大夜弥天'的中国"中的有关论述。

可夫斯基的定位，这样一位革命立场不坚定、性格软弱的自杀诗人本来并不与战争年代的精神特别契合。而现在，借着这股"北风"，有苏联背景的各大组织、报刊利用自己的有利条件，不断推动苏联马雅可夫斯基研究最新动态的传播；[①] 无论是在前线，还是大后方，甚至是孤岛上海，都经常可以通过报刊、油印本读到马雅可夫斯基的作品，而且不少作品直接翻译自俄文。[②] 至于最先接触到马雅可夫斯基新形象的苏联专家，更以自己的权威性，对中国知识界此前的众说纷纭进行了彻底否定，并通过反复引用斯大林的批示竖立起了新的马雅可夫斯基标准像。

然而，不难想象，在那样一种极端的战争与建设环境中，广大知识分子显然是以一种更朴素、实际的目的在持续宣传马雅可夫斯基。1938 年 4 月茅盾主编的《文艺阵地》在广州创刊。创刊号卷首即登出了马雅可夫斯基像，并载有李育中的《玛耶阔夫斯基八年忌》一文。文字中明显能看出，作者很难将最新获得的苏联信息与此前建立起的马雅可夫斯基印象完全拼合起来，甚至毫不讳言对诗人自杀一事的"嫌恶与痛惜"。但他依然找到了马雅可夫斯基创作对于中国诗界的重大意义：一为有力的讽刺，二为强烈的反抗，其三则为永不厌倦的创造，这三点正是针对当前抗战文艺创作之不足提出来的，"欢迎他也正是适逢其候。因为中国诗歌里正缺少未来主义的爆炸性的力，和新形式的美"，"在炮火中

---

① 例如，仅《中苏文化》1941 年第 8 卷第 5 期"玛耶阔夫斯基逝世十一周年纪念特辑"就包括了 O. 拍斯克：《玛耶阔夫斯基审美观点的批判》（焦敏之译，原文载俄文《艺术》杂志 1940 年第 3 期）；包略克等：《玛耶阔夫斯基的作诗法》（苏凡译，摘译自《苏联现代文学史》第 8 章第 3 节）；《高尔基论未来主义》（张西曼据《苏联画报》1940 年第 7 号译）等多篇苏联当时发表的专论。

② 参见戈宝权：《马雅可夫斯基与中国》，第 14 页。

锻炼就是一首真实的未来派的诗呢"。① 对中国现实的这种强烈关
注，也是这一时期马雅可夫斯基译介者的共同倾向。他们热烈呼
吁中国知识分子发扬马雅可夫斯基在"罗斯塔之窗"时期的苦干
精神，放弃"为艺术而艺术"、鄙弃宣传文艺的精英意识，用高昂
的斗争精神与高超的诗歌技能鼓舞士气，争取抗战胜利。② 至于
这一时期的普通民众与士兵，更是将马雅可夫斯基视为战友与鼓
舞者，因为心灵的渴求与感动而久久传诵马雅可夫斯基的诗篇：
"你的 // 千万行的 // 诗句，// 多么嘹亮地 // 在我们的 // 心脏上 //
荡漾着！// 我们 // 用最大的热情，// 来读你的诗，// 获得的 // 是
那满腔的欢乐！// 热血，// 在我们的心里 // 沸腾，// 你的诗句 //
和着有力的 // 节奏，// 跳跃地进行！// 我们，// 在这里向你三
呼；// 伟大革命的诗人，// 布尔什维克的诗人——// 乌拉地米尔·玛
耶可夫斯基万岁！"③

　　与此前学界对马雅可夫斯基究竟属于哪个主义的论争不同，
在炮火的轰鸣中，马雅可夫斯基的诗句已经转化为一股直达受众
心灵的巨大力量。除了两次革命之间相似语境的回响外，这股力
量更来自马雅可夫斯基诗歌的朗诵特性与街头美学：为了达到最
佳的听觉效果，马雅可夫斯基吸取民歌经验，创作了大量以诗行
为基本节奏单位的重音诗（Акцентный стих）。这类诗的特征是
每一行都有数量基本固定的重音，一个诗节的几行诗排列在一起，

———————

　　① 李育中：《玛耶阔夫斯基八年忌》，载《文艺阵地》1938年第1期，第27页。
　　② 参见戈宝权：《玛耶可夫斯基十年祭》，载《大公报》（香港）1940年4月14日；萧
爱梅（萧三）：《论玛耶可夫斯基》，载《中苏文化》1941年第8卷第5期，第88-90页。
　　③ 春鸣：《给苏联革命诗人玛耶可夫斯基》，载《中苏文化》1941年第8卷第5期。献
诗用马雅可夫斯基的"楼梯式"诗体写成。

形成鲜明的节奏。而在诗行内部，重音间的非重音音节数量不再
作限制，各个音步长短不一。① 相较于节奏相对严谨整一的古典
诗歌，马雅可夫斯基这些未来主义者就是要打破音步的精致框架，
"用叫喊代替吟咏，用战鼓的轰响代替催眠曲"。② 一旦不需要再按
固定的音步走路，整个表达自然将变得更自由、更多变，且"包
含着激烈的运动和跳荡，突然的休止，纯属口语的对话和长短不
一的新名词"，特别适合在广场和集会上放声朗诵。③

　　概而言之，鼓点般的节奏，轰响的韵脚，夸张的形象，粗野
放肆的语言，再加上激情四溢的公众朗诵，让马雅可夫斯基的作
品成了革命时代的最佳代言。虽然因为翻译，马雅可夫斯基这些
朗诵诗对中国听众听觉的轰炸效果肯定大减，但作品中那种横扫
一切的激情，以及革命年代听众的特定心理需求还是在很大程度
上弥补了这一缺失。就连本来不喜欢马雅可夫斯基这种"把情感
完全表露在文字上"的、"缺乏诗意"的表达方式的朱自清、艾青
等人，在听完了这类作品的朗诵后，也都承认："那种鼓动的力
量，强烈地激动了所有的听众。那种感动，不是别的形式的东西
所能代替的。"毕竟，"今天，诗人已不再以在客厅里吟哦为满足，
却以在广大群众之间朗诵为光荣"。④ 可以说，马雅可夫斯基的朗
诵体将诗歌还原到其最古老、朴素，也最直接，最具传播力的表

---

① 参见徐稚芳：《俄罗斯诗歌史》，北京大学出版社，1989 年，第 371 页。这种革新是
针对俄语语言特性展开的，俄语单词相对较长，重音位置也非常多变。

② 马雅可夫斯基：《怎样写诗》，收入《马雅可夫斯基选集》第 4 卷，第 145 页。

③ 参见飞白：《译后》，第 468 页。

④ 参看艾青 40 年代写的《我怎样写诗的》中"我所受的影响"一节（《艾青全集》第 3 卷，
花山文艺出版社，1991 年，第 132 页）；另可参看其《多写朗诵诗》一文（收入《艾青全集》第 3 卷，
第 248 页）；以及朱自清：《论朗诵诗》，收入《论雅俗共赏》，三联书店，1983 年，第 43-55 页。

达形态。而正是在中国的战垒与街头，在中国诗人的笔下，马雅可夫斯基又一次被革命的激情复活："站立在 / 智慧的高峰 / 向全世界 / 播送 / 革命的语言，/ 钢铁的语言；/ 不灭的 / 辉煌的诗章，/ 带来了 / 世纪的骚音。/ 永远是不可比拟的 / 玛也珂夫斯基。"（艾青，《玛也珂夫斯基》，1940 年）

　　反过来说，也正是通过马雅可夫斯基，几代中国人在理解着革命，并拥抱着世界。一方面，顶着官方颁发的桂冠，他代表着已经胜利的苏维埃革命与建设。而当时的国人，面对苏联时总是带有一种"确立榜样，确认姻亲关系"的精神诉求；另一方面，马雅可夫斯基笔下的革命又是国际主义的。上述两面恰恰又可以自由转化。透过马雅可夫斯基笔下那个阳光万丈、人民自由幸福的世界，国人看到的，不仅仅是"新俄"，也是"新中国"，甚至是整个"新人"的"新世界"。而他创作的那些支持中国革命的诗篇，如《滚出中国》（"Проч руки от Китая!"，1924）、《最好的诗》（"Лучший стих"，1927）等，在抗战时期便被翻译为中文，新中国成立后更成为中苏两国友谊的绝佳证明。[①] 很大程度上，正是这类作品及其背后所代表的"国际正义力量"，让物质极度匮乏的先辈们可以底气十足地"三倍地赞美祖国的未来"，并义无反顾地为着那个"红太阳照遍全球"的理想付出无数汗水与热血。

　　同样不容忽视的一点是，对于当时的国人来说，无论是马雅可夫斯基的诗句，还是他个人的风姿，甚至包括其译本语言与形式的陌生性，都必然充满浪漫情调，洋味儿十足。毕竟，由于闭

---

　　① 参见曹靖华：《马雅可夫斯基同中国人民在一起——纪念马雅可夫斯基诞辰六十周年》，载《人民日报》1953 年 7 月 20 日。

塞与资源匮乏，在很长一段时间内，这也是当时中国人能想象的全部世界了。尤其对于那些接受了新式教育，但又学不像官方肯定的民歌、民谣的中国新诗诗人而言，马雅可夫斯基成了一个绝佳的学习对象。

　　我们不妨从中国新诗发展的角度来分析一下这一学习过程。朱自清在《抗战与诗》一文中曾总结道，抗日战争爆发后，"为了诉诸大众，为了诗的普及"，中国新诗从"纯诗化"的路重新走到了"散文化的路上"。不过，由于在语言与形式方面已经过前期的探索，又带有明确的斗争任务，这一时期的散文化与新诗运动初期的并不完全相同：诗歌里的散文成分是"有意为之"，表现出一种明显的"民间化"趋势。同时，"朗诵诗的提倡更是诗的散文化的一个显著的节目"。简言之，当时的中国诗坛需要的是一种既明白晓畅，又上口易诵，可以起到广泛的宣传与鼓动效果的诗歌形式。民歌民谣虽然浅显易懂，但一方面如上文所说，它们并不为这一时期诗歌创作的主力军所喜、所长；另一方面，因为复沓过多，"夸张而不切实"，程式化的痕迹也过重，其实并不特别适合表现激烈动荡、变化万千的现代生活，尤其是很难在广场集会中根据主题与听众的反应进行自由发挥，不断掀起情绪的高潮。在这种情况下，作为一种与政治生活联系紧密的朗诵诗体，同时从语言到形式又都充满"洋味"的马雅可夫斯基诗歌，理所当然地受到了中国诗人与诗论家的隆重推介。如苏联汉学家切尔卡斯基（Л.Е.Черкасский）在《马雅可夫斯基在中国》（*Маяковский в Китае*, 1976）一书中所指出的，中国现代白话诗歌此前二三十年的探索，已经为马雅可夫斯基自由诗体的翻译提供了必要的语言与形式基础。① 同时，因为翻译，马雅可夫斯基诗歌原有的严密的音韵机制被大量屏蔽。这自然造成了许多美学特性的严重缺失，下文将对此展开详细论述；但长短不一的自由句式，自由多变的节奏，活泼生动的口语与大量政治用语，加上浓烈的情感，"不讲格律"的马雅可夫斯基诗歌似乎仍然很有感染力，很适合群众宣传（这本身当然也说明了马雅可夫斯基诗歌特性的丰富多层），甚至更容易被快速地掌握和模仿。在某种程度上，中国诗人确实从中找到了一种能将粗野直露的政治鼓动与激昂痛快的抒情自白完全糅和在一起，同时又还保存有一定诗歌味道的表达方式。

如果说马雅可夫斯基对中国新诗创作的影响从抗日战争开始，那么到了 20 世纪 50 年代中后期，它终于迎来了真正的高峰。这一方面得益于新中国成立后马雅可夫斯基译介与研究的蓬勃发展，另一方面，则与 1956 年毛泽东宣布社会主义改造胜利结束后，社会主义文学的主要话语类型由"叙事"逐渐转向"抒情"有着直接关系——中国作为一个现代民族国家的历史已被建构，抒情的主体已然浮现。政治抒情诗成为时代的需要。② 而如上文所说，马雅可夫斯基影响力的最大表现，其实就在于他提供了一种在诗歌中直接表达公众观点与抒发政治情感的方式。

于是，无论是在艾青那些抨击资本主义世界种族与阶级压迫的出访作品中，③ 在邵燕祥那些歌颂社会主义工业建设、眺望未来

---

① 见：Л.Е.Черкасский, *Маяковский в Китае*, c. 87-89.
② 参见李杨：《抗争宿命之路——"社会主义现实主义"（1942—1976）研究》，时代文艺出版社，1993 年，第 156 页。
③ 关于艾青出访诗歌与马雅可夫斯基同类诗歌主题的相似，可参看元明：《苏联大诗人马雅可夫斯基》，吉林人民出版社，1957 年，第 112-114 页。

的劳动赞歌中，在袁水拍那些与教条主义与官僚主义作战的讽刺诗中，还是在郭小川、贺敬之献给所有公民与伟大祖国的长篇放歌中，以及在郭沫若、李瑛、邹荻帆、李季等一大批诗人致十月革命、列宁，甚至马雅可夫斯基本人的一系列献诗中，[①]我们都能看到对马雅可夫斯基诗歌主题、诗体、形象、句式等的挪用和模仿。

　　从这些诗篇中更可以明显看到当代诗人以诗歌迅速介入政治、介入公众生活的自觉意识。诗人们往往采取一种演讲式的口吻，与默认在场的听众不断交谈、进行表白，诗篇情绪紧张而富有感染力。这是一批"外向"的诗歌，它们拒绝抽象而倾向形象，不以思想和理智见长，而直接敲打感觉和心灵。这种倾向同样也是马雅可夫斯基朗诵诗体的鲜明特征。尽管对马雅可夫斯基的诗歌美学并无系统完整的了解，但相似的时代主题与革命情怀，还是让中国诗人与马雅可夫斯基达成了某种精神气质上的契合。可以说，马雅可夫斯基的朗诵诗体，以及一大批仿作有力地传递、回响着俄、中几代人的激情与理想。这些恰是几十年革命历史中最血性、最动人的一面，也是它虽历经曲折，但仍将我们引到了今天的力量所在。不容否认，即使在今天看来，贺敬之、郭小川等人的一些作品还是能以其强健的理想主义激情打动人心。它们用革命包装着自己的激情与青春，而这，正是为了拥抱整个世界："呵，我的 // 新鲜的 // 活跃的 // 忙碌的生命！// 饱饮 // 共和国每一个早晨的 // 露珠，// 沾满我们的新麦 // 和原油的 // 香气，// 我呵，// 前进，

---

　　① 关于马雅可夫斯基对邵燕祥、贺敬之的影响，以及其他一批诗人对马雅可夫斯基诗句的摘引、学习情况，可参看：Л.Е.Черкасский, *Маяковский в Китае*, с. 172-186.

// 前进！// 永不停息。"（贺敬之：《放声歌唱》，1957）毫不夸张地说，正是这批诗作造就了社会主义诗歌史上的一座高峰。

四、熟悉的陌生人

然而，如果说诗歌与革命的天然联系就在于主体生命力量的扩张、在于对有限界的突破，那么一旦政治话语完全覆盖了诗人的声音，成为不可撼动的新界限，那么原有的互相催生的关系就会被打破，诗歌被政治俘虏、碾碎。这可以说是马雅可夫斯基两次死亡最重要的"死因"。可叹的是，新中国成立后，中、苏政治和文化势能的严重不对等，以及接受语境的过分单一，终于导致了马雅可夫斯基悲剧在中国的继续演绎。

一方面，马雅可夫斯基作为"社会主义现实主义诗歌的奠基人"，获得了空前的荣誉与国家资源的大力支持。从 1955 年开始，人民文学出版组织了一批功力雄厚的专家学者编译 5 卷本《马雅可夫斯基选集》，1957—1961 年陆续出完。我国第一次对诗人的作品有了比较全面的介绍。1958—1959 年出版了戈宝权编的《马雅可夫斯基诗选》；1960 年，出版了卢永编的《马雅可夫斯基论美国》组诗；其他出版社，如中国时代出版社、中国青年出版社在 50 年代也都推出了不同主题的马雅可夫斯基选集。至于马雅可夫斯基的某些"重点"诗篇，如《列宁》（"Владимир Ильич Ленин"，1924）、《好！》不仅推出了单译本，而且有不同译者的多个译本，发行总量十分可观。① 除了诗集的大量翻译出版外，关于马雅可夫斯基的纪念、研究文字更是频频见诸报纸、书刊。仅按《马雅可夫斯基在中国·资料索引》（武汉大学图书馆编印，1980）的统计，从 1950 年到 1964 年，这类文章、书籍便有 130 余种。而其中，又有相当大的一部分，发表于马雅可夫斯基的生辰或忌日。每逢这两个纪念日，中苏友好协会和全国文协都会联合举办纪念晚会，由文学界与政治界权威人士致辞。同时，《人民日报》《解放日报》《光明日报》等各大权威报刊以及《文艺报》等文艺专报都会转发致辞，或另外发表专文纪念诗人。这种仪式化的集体纪念显然有其超出文本的意义。马雅可夫斯基的创作被赋予了巨大政治寓意，尤其是与两国关系的沉浮紧密地联系了起来。②

另一方面，在马雅可夫斯基在华命运的这种"辉煌"背后，却隐藏着巨大的陷阱。如上文所说，作为一个被苏联官方慎重推举的"神话"，马雅可夫斯基已经经过了太多的变形，并且变成了一个不能被真正言说的文化符号。中国接受的大量研究资料，例如文学史、传记、论文、报道等等，其实都已经经过了苏联或"苏联意识"的二次处理。加上长期与西方研究界隔绝，中方看似多样的选择其实都被约束在一个苏联事先画好的圈子里。这样一位

① 参见陈建华主编：《中国俄苏文学研究史论》，第 259-260 页。
② 例如，在"马雅可夫斯基诞辰六十周年纪念会"上的发言中，苏联驻华大使馆临时代办华司考便强调："中苏两国牢不可破的友谊，就是纪念马雅可夫斯基的最好的纪念碑。"参见《中苏友好协会和全国文协联合举行马雅可夫斯基诞辰六十周年纪念会》，载《人民日报》1953 年 7 月 20 日。而 19 日晚出席人员包括中苏友协会总理事蔡廷锴、邵力子，苏联驻华大使馆的高层官员，茅盾（主持）、郑振铎、曹靖华、周立波、沙汀、邵荃麟、冯至、何其芳、袁水拍、田间、赵沨、孙伏园等文坛名人和北京的青年文艺工作者共三百多人。

社会主义文化英雄成长的每一步都被精心"设计"。他头顶的光环能照多少，我们便只能看到多少：早在少年时代，马雅可夫斯基就为社会主义思想所吸引，加入社会民主工党（很少有人提到他的退党）；初登文坛时，他不慎与颓废的形式主义的未来主义走到了一起，但其主要目的仍是反抗资本主义旧社会，"他的诗歌在当时已经以他所赋予的社会内容底深刻性与尖锐性而著名"，同时受到另一无产阶级文化巨人高尔基的鼓励与大力支持（两人的决裂从未被提及①）；而革命后，他更是迅速转变为一位彻底的无产阶级革命诗人，热情地讴歌着新时代与伟大领袖，所有的诗歌都洋溢着一种乐观、积极的革命激情，而"大部分讽刺诗是用来讥讽、暴露美国资本主义社会与帝国主义战争的罪恶的，用来揭发资产阶级的'自由'和'民主'的"；最神奇的是，他的自杀也从"让苏俄蒙羞"逆转为一种充满崇高意味的"牺牲"——作为一位具有高度党性和人民性的无产阶级斗士，他的自杀，当然不可能是因为个人与社会的冲突，甚至也不能是因为个人性格的软弱、私生活的不如意，而是因为"托派和法西斯匪徒的间谍做了大量破坏的工作"，"为了表示自己的纯洁性，于是采用了自杀"。②

　　更要命的是，如果说，苏联研究者在对马雅可夫斯基进行意识形态化处理时，还需要面对丰富材料一步步推导、变形，以便

---

① 关于高尔基与马雅可夫斯基之间的复杂关系，参见：Дмитрий Быков, *Был Ли Горький?* М.: Молодая гвардия, 2008, c. 200-203, 306, 336.

② 郭沫若：《学习苏联天才诗人——马雅柯夫斯基》，收入北京市中苏友好协会编：《马雅柯夫斯基》，时代出版社，1950年，第141-156页；赵瑞蕻在《马雅可夫斯基的道路》（收入赵瑞蕻辑译：《马雅可夫斯基研究》，正风出版社，1950年，第187页）一文中也有对托派的类似指责。从其措辞看，应当是引自（解放前就曾出版过的）季莫菲耶夫《苏联文学史》中的说法。参见季莫菲耶夫：《苏联文学史》，第358-359页。

对马雅可夫斯基的那些异端因素进行解释；那么，由于接受的惯性，中国研究者和普通读者则往往只是从苏联权威的"最终定位"倒推，忽视其前因种种，而一概按"社会主义现实主义""革命浪漫主义"等标签对本来就干瘪的马雅可夫斯基形象做进一步抽空。同时，更以这个僵化形象作为一把尺子，一颗证明一切文艺政策之合法性的万应宝丹，以不容置疑的权威感召着中国知识分子不断改造自我，向之靠拢。例如，当艾青提出诗歌不能随便"赶任务"时，批判者居然能将马雅可夫斯基当作一个"赶任务"的典型提出来，对艾青予以"有力"反驳。① 事实上，马雅可夫斯基虽然也强调及时反映政治动态与社会事件，但却有其创作底线，因为"轻易仓促的诗化只是阉割和歪曲材料"，"被认为是轻易的鼓动品，实际上要求最紧张的劳动和使用多种多样的巧计，来补偿时间的不足"。除了极端情况外，他每天创作的实际"产量"非常有限，以保证诗歌效果。② 又如，马雅可夫斯基的"炼镭"说在这一时期被诗论家、诗人广泛引用，但其意义已被完全政治化。马雅可夫斯基本来是用这个比喻形容提炼诗歌语言的艰难，"只为了一个字眼，要耗上万吨字汇的矿物"。从他对词汇意义、韵脚、节奏等的反复推敲看，这可以说是非常实在的创作甘苦谈。这样的论述在当时本不免有脱离现实生活、走形式化道路之嫌。但论者偏偏能根据"社会主义现实主义"的精神，生生发挥出这一比喻的另一层"深意"：

---

① 参见晓雪：《艾青的昨天和今天》，载《诗刊》1957年12月号，第92页。
② 参见马雅可夫斯基：《怎样写诗》，第166、169页。

炼诗的"基本功"，却是从炼人开始。对于我们许多人来说，是要从精神领域中淘汰掉无数吨旧社会影响的杂质，提炼出几克无产阶级革命品质的镭。……也只有把革命的品质提炼为纯净的"镭"，才能炼出我们时代所需要的诗歌语言的"镭"。马雅可夫斯基在革命的烘炉中，其实是同时在做着这两件事的。①

显然，从苏联到中国，马雅可夫斯基的形象从左走到了更左。20世纪以降，中国与异文化碰撞时的一个常见梦魇再次显现：因为只是将对象从母文化中单拎出来，并当作最后真理无限放大，而完全割裂了原有语境中错综复杂的文化联系与平衡机制，作为接受方的中国往往走得比原创者更远，心态更为偏狭封闭。1953年，西蒙诺夫（К. М. Симонов）针对苏联马雅可夫斯基研究中出现的种种反历史倾向提出了谨慎批评，并引发了苏联学界的热烈讨论。这份报告虽然也很快被翻译为中文，介绍给学界，但除了接受西蒙诺夫提出的"马雅可夫斯基创作三阶段论"这一具体结论外，学界似乎并未受到真正触动，更未能借机对中国的马雅可夫斯基研究进行反省与清扫。②

可见，这一时期的马雅可夫斯基研究其实只是一个热闹的禁区，依靠一套固定的话语逻辑不断进行着重复性生产，很少有真正意义上的知识增长。当然，在这一造神过程中也不是完全没有反拨。那些凭借语言优势掌握了更多真相的苏联专家们，也

① 陈山：《炼镭》，载《诗刊》1964年5月号，第65页。
② 可参看《记关于马雅可夫斯基的座谈会》，载《文艺报》1953年第13号，第20-21页；何其芳：《关于写诗和读诗》，作家出版社，1957年，第1-8页。

曾提示人们关注马雅可夫斯基诗歌的更多面向。但他们的发言也都谨慎地控制在话语内部，并匆匆地将一切归于马雅可夫斯基的政治觉悟与革命热情，而终究不可能对马雅可夫斯基具体的语言、形式技巧做过多分析。这其实反而进一步加强了原有逻辑的权威性。[①]

　　另外，必须承认，与整个俄罗斯白银时代文化在中国的接受命运相一致，马雅可夫斯基身上那种否定此在、渴望终极的宗教情结，在很长时间内对于整个中国学界都是陌生而难以理解的。[②] 不同的是，马雅可夫斯基本人的许多表达都很容易与（经过布尔什维克处理后的）马克思主义思想勾连起来。古特金（Irina Gutkin）就撰文指出，看似断裂甚至敌对的象征主义、未来主义与社会主义现实主义其实有着相似的未来学美学冲动。在社会主义现实主义的形成与阐释过程中，"对'形式主义'的排斥同对那些形成生活建设理论核心的先锋理论的重新挪用并行不悖"，[③] 这使得人们很容易用社会主义现实主义的术语置换马雅可夫斯基的许多极左表达，尽管这二者之间其实有着质的区别。加上文化传统的限制、翻译的磨损等，当中国读者读这些诗作时，已经很难意识到其中的偷梁换柱。例如，"быт"（中文一般将之译为"庸俗生活"或"日常生活"）是马雅可夫斯基诗歌中最常出现的攻击对象。雅各布逊指出，这个词在西方语言中并无对等的词语，但在俄国文化传统中却拥有极为特殊而重要的意义。它指的是僵化不变的

---

　　① 可参看萧三在 1962 年 4 月 19 日与参加第 2 届第 3 次全代会的诗人，以及首都诗人们一起座谈时的发言，《诗座谈记盛》，载《诗刊》1962 年 3 月号，第 18 页。

　　② 参见林精华：《误读俄罗斯》，第 357-396 页。

　　③ 古特金：《象征主义美学乌托邦的遗产》，第 223 页。

"现在"所具有的"安定"力量。它将用"以一种静止的黏液窒息生活"，让生活禁锢在一个不变的模式之中。对于渴望创造激情，渴望自由人类的马雅可夫斯基而言，让人精神矮化的"быт"自然是万恶之首。雅克布逊在文中对其诗歌中基本的抗争模式进行了详细分析，指出对于诗人/诗歌主人公而言，"敌人是一个普遍化的形象"，诗歌中受到诗人诅咒与反抗的主宰者、自然、习俗、人等等，"都只是它偶然的面向以及伪装"。如果一定要对这个"马雅可夫斯基式"的反抗逻辑加以概括，只能勉强称之为"我"与"非我"间的永恒敌对。① 而马雅可夫斯基从马克思主义中借用的"无产阶级"（动力的、奋争的、激进的）与"资本主义"（静止的、自足的、保守的），往往只是对这两种力量的另一种称呼罢了：在这样一组松散概念里，马克思主义意义上的用法当然有，而且是非常重要的一个义项，但同时，它们也包含有费奥多罗夫、陀思妥耶夫斯基、尼采等多个层次的意义。② 我们应该时刻记住，马雅可夫斯基是一位诗人，而非一位有着完整思想体系的思想家，更不是一位政治家。

　　然而，通过意识形态的反复言说，这些词语政治层面的所指逐渐与词语能指建立起了稳定且排他的对应关系，原本义项丰富的符号被压扁。而生活在一种政治化语境中的普通读者，对这些"术语"，更是已经形成条件反射（如"быт"="庸俗生活"="颓废、腐朽的资产阶级生活方式"），却很难想到还有其他所指存在的可能。语言符号这种表面上的熟悉亲切，无疑也是苏联努力炮制的

① See Roman Jakobson, "On a Generation That Squandered Its Poets", pp.11-12.
② See Edward J. Brown, *Mayakovsky: A Poet in the Revolution*, p. 254.

这个神话在中国长兴不衰的原因之一。而这种思想和语言的惰性，本身正是"быт"之魔力的再次显现。这真是历史的讽刺，马雅可夫斯基原本想用一种新的语言颠覆生活，结果却被生活颠覆了他的语言！

　　凡此种种，终于形成了一个悖论性的事实：相较于那些没有被苏联官方重点关照的诗人、作家，在中国影响最大、最为人熟知的马雅可夫斯基反而可能离本相最远。例如，作为一位诗歌形式技艺大师，马雅可夫斯基却基本是凭借其诗歌"内容"受到国人追捧。而就是其内容，也一直锁定于有"正确"政治倾向的内容。那些让马雅可夫斯基享有盛名的爱情篇章几乎从未真正进入人们的视野，[①] 尽管"爱情"不仅是马雅可夫斯基终身挚爱、反复探索的主题，更是其丰富精神世界的强大源泉。即使是在《好！》这类"标准"的政治抒情诗中，也不时能看到"爱情"作为一个重要动机的浮现。正是因为已经有了十分封闭的前理解，即使到了20世纪50年代末，选题相对丰富的《马雅可夫斯基选集》出版发行，人们对马雅可夫斯基诗歌的认识仍基本停留在"社会主义号角"的一面。下面这类诗行要么被曲解，要么被彻底忽视："尽管我是青铜铸就，/尽管我的心——冷铁打成，/但这对我全都无用。/夜里还想让自己的声音/藏进柔情的/女人的心中。"（《穿

---

　　① 1956年郭小川的一次发言，颇能说明这种"抽空"的程度："我自己，确实更喜欢马雅可夫斯基，他的作品强烈地表现了时代精神，真正说得上是社会主义革命的进军的号角。但是，我觉得，不同于马雅可夫斯基的风格的诗，也可以表现时代精神的，就是情歌，也可以写，也可以通过爱情的抒写表现新的生活，新的思想感情。当然，如果只有情歌，那就万分不够了，生活还有许多更重要的方面。"郭小川：《在中国作家协会创作委员会诗歌组座谈会上的发言》，首刊于《文艺报》1956年第3期，题为"沸腾的生活和诗"。此处转引自《郭小川全集》第5卷，广西师范大学出版社，2000年，第456页。

裤子的云》）同样，因为政治话语的严密控制，除了《开会迷》（"Прозаседавшиеся"，1922）一篇因为受到过列宁称赞、被不断提及外，马雅可夫斯基数量庞大的政治讽刺作品也并未受到真正的重视。浏览这个时期数量惊人的马雅可夫斯基研究，我们惊奇地发现，原来真正被论者反复讨论、引用的，除了上述有关中国革命的作品外，其实始终只有《列宁》《好！》《开会迷》以及《向左进行曲》（"Левый Марш"，1918）、《苏联护照》（"Стихи о советском паспорте"，1929）等不到十篇。这几篇由苏联文学史遴选出来，被认定为马雅可夫斯基创作最高成就。当然，它们确实集中代表了中国人民渴望学习的"苏联先进的建设经验"以及"苏维埃人的高贵品质"。① 然而，一旦政治逻辑将美学现象的所有缝隙都抹平，国人对马雅可夫斯基的接受就不再可能是充分调动主体性的误读，而只能是越来越被动的曲解。这一点也最突出地表现在 20 世纪 50 年代风靡一时的"马体诗"写作上。

所谓"马体诗"，是人们对马雅可夫斯基"楼梯式"分行诗歌的亲切称呼。提起它，许多人脑中最先浮现的，大概就是贺敬之《放声歌唱》的篇首："无边的大海波涛汹涌……// 呵，无边的 // 大海 // 波涛 // 汹涌——// 生活的浪花在滚滚沸腾……// 呵，生活的 // 浪花 // 在滚滚 // 沸腾！"然而，无论是从"楼梯式"这一概括，还是从上引诗行的实际效果来看，人们强调的都是这种分行在视觉与意象方面的铺展作用。而如上文已经强调的，马雅可夫斯基诗歌最大的特点便是诉之于听觉。通过下文的分析，我们将看

---

① 参见张铁弦：《歌颂伟大十月革命的长诗〈好！〉》，载《文艺学习》1955 年第 11 期，第 14 页。

到，说透了，"楼梯式"其实只是为声响效果（韵律、节奏）服务的一种具体手段。而这种声响效果恰恰是被中国诗界屏蔽得最严重的部分：前面已经介绍了马雅可夫斯重音诗体对诗歌形式的解放。但这只是街头美学的一面而已。重音诗虽然自由，但却容易"散"，让听众抓不住重点。马雅可夫斯基的高超之处，就在于从"散"又走向了"紧"。其中的奥秘，除了对句法形式的简化和对语言的磨炼外，主要就在于对韵脚与节奏的紧密掌控。

先来看马雅可夫斯基的押韵技巧。如他在《怎样写诗》中所言，"韵脚使你回到上一行去，叫你记住它，使得形成一个意思的各行维持在一块儿"，没有它，"诗就会散架子的"。他经常把最重要的字眼安在句尾，"并且无论怎样要找到它的韵脚"。但必须指出，马雅可夫斯基押韵的方式"几乎常常是异乎寻常的"。他很少用同一词性，或包括同一词根或词性变化的词押韵，因为这些韵往往"自己就来了，念出来不惊人，不引起你的注意"。他押的韵不仅要元音相似，还要辅音相似；不仅押末一个音节，还可以押几个音节、几个词，"称之为韵脚倒不如称之为谐音更为确切"；①不仅押韵脚，还可押头韵，甚至"可以把第一句末和第二句末，同时和第三句或第四句末押韵"等等，"直到无限数"。为了达到这种"语不惊人死不休"的效果，马雅可夫斯基称自己每个昼夜都要花十到十八个小时的时间来积蓄各种语言和形象的材料，"而且嘴里常常在嘟囔着什么，全神贯注于这件事，可以拿臭名远扬的所谓诗意的恍惚来解释"。对语词世界的这种沉迷，可以说是对马雅可夫斯基本人那些激进生产理论的绝妙自嘲。

---

① 参见飞白：《译后》，第 465 页。

再来看马雅可夫斯基诗歌的节奏。他将节奏、拍子视为诗的"基本力量，基本动力"，认为诗人必须根据各种生活与精神体验自己发展这种韵律的感觉：在他的诗行中，充满了现代生活中的各种节奏，如"工厂的节奏、冲击的步伐和心脏的搏动"等等，它们"反映着马雅可夫斯基所处的革命时代的那种粗犷强烈的脉搏，充满着波涛滚滚的'能量'"。[①] 也正是它们构成了马雅可夫斯基诗歌的内在骨架。一旦确定了诗歌的主要意旨，一系列音响便开始在诗人脑中躁动，而他的诗格就是"用一些字眼来覆盖节拍轰响的结果"。这种节奏感决定，并牢牢控制了重音诗诗行内部的设计：每行诗都围绕固定数量的重音形成几个波浪，"写进行曲及一些豪迈的'放歌'一般是每行三波，其他诗多数是每行四波，也有二波、三波的"，"为了英雄地或雄伟地表达，需要采用长的诗句，字数要多些；而为了快乐的东西，用短的"，等等。[②]

当然，相对于诗人高度性灵的创作过程，任何说明、图解都只能是苍白的。本文只想指出，马雅可夫斯基的诗歌经过从意义到声响的反复磨合，高度凝练，而绝非像中国诗坛长期认为的那些，是一种"不押韵"、"节奏完全自由"的、"散文化"的自由诗。换言之，中国诗坛只看到了马雅可夫斯基诗歌"散"的一面，而没有看到他紧束的一面；感觉到了这些诗歌适合朗诵，却不知道诗人究竟是如何实现最佳朗诵效果的。在这样的情况下，中国诗人对"楼梯式"的运用，也必然是问题重重。

形象地说，"楼梯式"分行就是一种可以造成停歇的"新标

---

① 参见飞白：《译后》，第 469-470 页。
② 飞白：《译后》，第 468 页。

点"。由于每一梯级都提示一处停顿，它最直观的作用，自然是可以避免由断句错误造成的歧义，同时帮助朗诵者准确把握住诗歌意义与内在节奏；其次，在何处停顿，应该取决于诗人要凸显的韵脚，以及对节拍的补全，"这和乐曲中用休止（停顿）来代替不必要的音符，使节拍无误是一样的"。[①] 再次，楼梯诗各小行包括的重音数并不相同，这自然可以进一步丰富节奏变化。总的听起来，它比不分行的时候要"停顿多而节拍短促"，容易产生击鼓般的震撼效果。

从上面的分析可以看出，楼梯式的效果体现在朗诵过程之中，并且服从于韵律和节奏的要求。事实上，马雅可夫斯基本人在自己的手稿上，往往并不做这种分行。[②] 而西方、俄苏学者一向公认马雅可夫斯基为诗歌韵律、节奏方面的大师，对他的"楼梯式"这一实用技巧却远没有表现出像中国论者、诗人这样高涨的热情。可以说，形式上的"容易"模仿、掌握，反而让人们买椟还珠，很难更深入地走进马雅可夫斯基的诗歌世界。尤其是因为一直缺乏对韵律、节奏等各种内部机制的认识，中国诗坛对马雅可夫斯基"楼梯式"的模仿在很大程度上都是舍本逐末、缺乏反思的。

例如，许多诗人都将其理解成了一种简单的断句，用它来代替对诗句语言本身提炼。郭小川便曾指出，自己之所以采取"楼梯式"，主要是因为"不善于使用中国语言"，写出来的句子"总是老长老长的"，为了让读者好念，只能将它们断开。如"我们早就

---

① 汤毓强：《马雅可夫斯基的"楼梯式"》，载《作品》1963 年第 5 期，第 123-124 页。
② 参见刘白羽：《响亮的马雅柯夫斯基的声音》，收入北京市中苏友好协会编：《马雅柯夫斯基》，第 164 页。

以 // 做个真正的中国人 // 而感到自豪，// 那末 // 社会主义的新的一代 // 更是多么光辉的称号！// 我们的祖国 // 为了抚育我们 // 从来没有吝惜过辛劳，// 现在我们长大成人了 // 该怎样奋不顾身地 // 把祖国答报！"（《把家乡建成天堂》，1956）。当然，郭小川在断句时还是考虑了各行的听觉效果，并通过押韵、排比等方式保证了相当的可诵性。[1] 而他后来索性放弃"楼梯式"，采用长句"排赋"，可能也与他意识到这样运用"楼梯式"的意义其实不大有关。至于一些纯粹取巧的诗人则可能只是以"楼梯式"藏拙，"即把一些念不断，比散文句式还散的句子伪装成诗"。这种为了断句而断的做法，不仅没有起到收束的作用，反而让诗篇变得更"散"。这也是日后有论者将中国的马雅可夫斯基体的诗视作"大量运用散文化的句子，毫无节奏感"之典型代表的原因所在。[2] 同样不容忽视的一点是，马雅可夫斯基所运用的断行方式是特别针对俄语这种词法复杂、句法相对自由的屈折语言的。通过打破词语之间的句法联系，将句法形式进一步简化，他的短句显得先锋味十足。而只是简单地将句法复杂的现代汉语套入"楼梯式"这一外部形式，打乱了基本的语法单位，变成纯粹的"断句"，且不说听众听着别扭，连有的诗人读起自己的这些诗行都会"感觉吸气吐气有点不顺"。[3] 事实上，从中国"楼梯式"诗歌出现之日开始，关于它

---

① 参见郭小川：《几点说明》，收入《致青年公民》，作家出版社，1957年，第128-129页。

② 参见刘汉民：《新诗要进一步民族化》，载《诗探索》1980年第1期，第32-36页。作者引用了下面这首楼梯诗作为例："——呵，今天 // 多么美丽！// 多么好！// 但是，// 这 // 还不够！// 明天呵，// 必须，// 那样！"

③ 参见方冰：《刘镇的成长——序刘镇〈晨号集〉》，载《诗刊》1964年7月号，第69-70页。

不符合民族语言、审美习惯的批评就不绝于耳。[①]但因为不知道问题究竟出在哪儿，论者也很难提出建设性的修改意见。

客观地说，像"楼梯式"这样的诗体形式，仍然是有一定独立性、可以传播的。而由于语言的差异，尤其是翻译的磨损，这一传播和学习过程中必然充满误读。这可以说是跨文化交流中的常态，本身也揭示了不同语言、文化的某些深层特性。萧三等熟悉俄文原诗的专家从 20 世纪 40 年代起便已着力厘清这一问题。然而，按照"社会主义现实主义"的眼光，"内容"与"形式"实际上不仅被截然二分，而且还分出了明显的主次优劣。人们无法真正从美学层面对马雅可夫斯基的诗歌形式进行细致全面的考察，而只能以一种功利与实用的态度快速地捕捉其外部形态。可是，对于马雅可夫斯基这位未来主义闯将而言，最重要的探索即在于通过语言的各种音响效果，表征充满力与速度、旋转不安的现代世界。在他笔下，声响本来就是语言意义的有机组成部分，根本不可能被简单剥离。否定了这一点，不管怎么学习他的"政治觉悟与革命热情"，结果都只能是隔靴搔痒。

比较起来，在众多采用楼梯式的中国诗人中，贺敬之可以说是最成熟的一位。他不仅语言相对凝练，更能在不同的节奏中较好地控制起伏不定的情感。在他后期的楼梯诗创作中开始杂糅古典诗句或民歌体式，加强诗歌格律（如《三门峡歌·中流砥柱》，1958）。到了《雷锋之歌》（1963）中，他更开始尝试将"楼梯式"改造为"凹凸体"，进一步增强了诗句的整齐与对称性。这一方面

---

① 参见杜荣根：《寻求与超越——中国新诗形式批评》，复旦大学出版社，1993 年，第 245-248 页。

当然是受到当时文艺政策的直接挤压；但另一方面，从这些诗篇语言的成熟以及韵律的和谐来看，似乎也可以猜测，这位特别擅长抒情长篇的诗人，也依循着传统的路径与自己的诗性，意识到了，并在一定程度上解决了政治抒情诗中"散"与"紧"之间的微妙关系。只是，十分讽刺的是，无论是相对成熟的贺敬之，还是因为磨炼语言、控制情绪与节奏等问题而备受困扰的田间等人，[①]都不曾料想，被他们时时挂在嘴边、作为偶像的马雅可夫斯基，正可以在"紧束"语言与情绪方面提供丰富借鉴。这样的讽刺，也最有力地说明了，在中国复活的马雅可夫斯基，其实只是一个幻影。革命热情包裹下的政治话语使之无限膨胀，但也让其失去了原有的弹性与活力。

随着中苏交恶以及"文化大革命"爆发，与政治紧密相关的马雅可夫斯基接受热潮也迅速回落。从 20 世纪 60 年代中期开始，中国停止了对马雅可夫斯基的译介，"马体诗"也逐渐淡出人们视野。[②]直到时代风暴平息后，人们似乎突然发现了马雅可夫斯基的那一大批政治讽刺诗，不仅在新编的四卷本《马雅可夫斯基选集》中加大了这一类型诗歌的数量，更纷纷撰文讨论这些诗篇，检省与反思当代中国政治中的教条主义与官僚主义问题。[③]然而，不难

---

① 参见洪子诚、刘登翰：《中国当代新诗史（修订版）》，北京大学出版社，2005 年，第 45-46 页。

② 从《诗刊》楼梯式诗歌发表数量来看，1956—1957 年，尤其是到了 1957 年下半年，中国诗人对"楼梯式"的推崇和模仿达到了高潮。但从 1958 年后五四新诗传统被完全打为"逆流"，全国范围内展开新民歌运动开始，《诗刊》上"楼梯式"诗歌已经开始明显减少，直至最后消失。

③ 比起 50 年代末的五卷本，1984 的新版《马雅可夫斯基选集》新增的十几首诗歌中大多数都是马雅可夫斯基写作于 1926 年后的讽刺官僚主义与教条主义的作品，如《官僚制造厂》《机器人》《初学拍马屁的人应用的一般指南》等等。同时，按照《马雅可夫斯基在中国·资料索引》的统计，1978—1980 年，马雅可夫斯基讽刺诗的翻译、研究专论数量明显增加。

看出，对马雅可夫斯基的这种读解，其实还是在延续以前那种猴子掰玉米似的心态：人们总是只抓住马雅可夫斯基的一面，而且往往是比较表浅、容易模仿的一面。他们很少意识到，这样一个被粗暴肢解，而且越掰越碎的偶像，已经离诗人的形象非常遥远。

　　终于，80年代以后，随着苏联文化和苏化时代光环的消失，马雅可夫斯基在中国，尤其是普通读者中的影响也日渐消退。最后，诗人被彻底遗忘。很大程度上，正因为仅仅被当作一种由政治催生的时尚，马雅可夫斯基和他的作品才会随着中国社会政治风气的转变，如此轻松地被我们遗弃。而另一个重要的原因，则是随着欧美文化的大行其道，受着西方诗学的教导，我们的诗歌已经变得越来越高雅，越来越视觉化，成了一种考验智性和书袋子的精英读物。于是乎，对于中国当代诗人和精英读者而言，马雅可夫斯基式的呐喊便显得太过简单和粗浅了。与那些深奥玄妙的意象相比，曾经最"洋"的他竟已变得太"土"。

　　然而，真的只有从街头走向暗室，从公共走向私人，才配得上缪斯桂冠吗？从响亮变成嗫嚅，又真的是诗歌艺术发展的唯一正途吗？马雅可夫斯基和他的诗歌在当代俄罗斯的复活，[①]以及其在西方斯拉夫学界引发的持续关注，似乎都在提示我们诗歌传统中另一些因子的强大和无限可能。如果不能真正检省跨文化交流中的种种浮躁偏狭，习惯追逐西方时髦的我们，也许还将在不断地来回折腾中，错过眼前的矿脉：中国当代诗人没有意识到，自己正在努力追逐的，竟又与马雅可夫斯基的"另一半"不无相通之处。只是他们一直未能体会后者身上的那种复杂张力，因此总不

①　参见刘文飞：《有感于马雅可夫斯基》，第209页。

免显得比人家简单，并且总是有"瞻之在前，忽焉在后"的困惑。表面上，是马雅可夫斯基在中国被再三看"扁"，然而实际上，他倒像一面哈哈镜，映照着中国的那些时尚追逐者，他们不是太高太瘦就是太胖太矮。当然，无须赘言，本文只是将马雅可夫斯基当作讨论文化交流问题的一个由头，而绝对无意将他的创作视为唯一正解。但我们也许可以大胆断言，正是中国新诗发展到了哪一步，决定了我们能回看到一个怎样的马雅可夫斯基。

　　而另一个也许更加刺痛人们神经的问题是：无论国人对马雅可夫斯基的解读有着怎样的创造性误读或被迫曲解，这次跨文化遭遇的深层动因，仍在于双方革命语境的共鸣，以及知识分子在道义与理想上的投契；而在今天这样一个消费主义时代，我们还需要马雅可夫斯基吗？或者，我们还能读懂那个激情澎湃的马雅可夫斯基吗？背对历史，简单地摆向钟摆的另一端，就如赤身跃入生活的激流，虽无"负担"，亦无主动定义（而非无休无止地追逐）"现时"的可能。足够的判断力与创造力往往来自对经验的反复咀嚼，马雅可夫斯基们身上的历史尘埃还远未落定。

参考文献

Алексеев М. П., *Русско-английские литературные связи (XVII век -- первая половина XIX века)*, М.: Наука, 1982.

Бердяев Н.А., *Истоки и смысл русского коммунизма*, М.: Наука, 1990.

Боткин В. П., "Две недели в Лондоне"// *Сочинения. В 3 т*, Т. 1, С.-Петербург : журн. *Пантеон лит.*, 1890.

Быков Д. Л., *Был Ли Горький?* М.: Молодая гвардия, 2008.

Габдуллина В.И., "Искушение Европой: роман Ф. М. Достоевского «Игрок»"// *Вестник Томского государственного университета*, 314 (2008).

Горький А. М., "Две души"// *Статьи 1905-1916 г,* Петроград: Парус, 1918.

Гусев Н. Н., *Л. Н. Толстой. Материалы к биографии с 1855 по 1869 год*, М.: Наука, 1957.

Долинин А. С., "Достоевский и Герцен"// А.С.Долинин ред., *Ф.М.Достоевский. Статьи и материалы*, Петербург: Мысль, 1922.

Достоевский Ф. М., "Игрок"// *Полное собрание сочинений. В 30 т*, В. Г. Базанов (гл. ред.) и др., Т. 5, Л.: Наука, 1973.

Достоевский Ф. М., *Статьи и заметки.1862-1865*// *Полное собрание сочинений. В 30 т*. В. Г. Базанов (гл. ред.) и др., Т. 20, Л.: Наука, 1980.

Кибальник С.А., "«Положительно прекрасный» герой-иностранец в романе Ф. М. Достоевского «Игрок» (мистер Астлей и его литературные прообразы)"// *Вестник Башкирского университета*, vol. 19, No. 2 (2014).

Кормилов С.И., И.Ю.Искржицкая, *Владимир Маяковский*, М.:изд-во Моск.ун-та, 2003.

Лотман Ю. М., Б. А. Успенский, "*Письма русского путешественника Карамзина и их место в развитии русской культуры*"// Ю. М. Лотман, *Карамзин*, СПб.: Искусство-СПБ, 1997.

Назиров Р. Г., *К вопросу об автобиографичности романа Ф. М. Достоевского «Игрок»*, https://cyberleninka. ru/article/n/k-voprosu-ob-avtobiografichnosti-romana-f-m-dostoevskogo-igrok-1/viewer.

Сараскина Л. И., *Александр Солженицын*, М.: Молодая Гвардия, 2008.

Толстой Л.Н., *Произведения, 1856-1859*// *Полное собрание*

сочинений в 90 томах, ред. В.Г. Чертков, Т. 5, М.: Гослитиздат, 1935.

Черкасский Л.Е., *Маяковский в Китае*, М.: Наука, 1976.

Чернышевский Н. Г., *Статьи. 1858-1859//Полное собрание сочинений : В 15 т*, В. Я. Кирпотина (гл. ред.) и др., Т. 5, М.: Гослитиздат, 1950.

Эйхенбаум Б. М., *Лев Толстой. Книга первая. Пятидесятые годы// Лев Толстой : исследования, статьи*, ред. И. Н. Сухих, СПб.: Факультет филологии и искусств СПбГУ, 2009.

Эйхенбаум Б. М., *Лев Толстой: семидесятые годы*, Л.: Советский писатель, 1960.

Ayers, David, *Modernism, Internationalism and the Russian Revolution*, Edinburgh: Edinburgh University Press, 2018.

Baring, Maring, An Outline of Russian Literature, London: Thornton Butterworth Ltd., 1929.

Baring, Maurice, *Landmarks in Russian Literature*, London: Methuen and Co. Ltd., 1910.

Beasley, Rebecca, "On Not Knowing Russian: The Translations of Virginia Woolf and S. S. Kotelianskii", in *The Modern Language Review*, vol. 108, No. 1(January 2013).

Bell, Anne Olivier ed., *The Diary of Virginia Woolf, Vol. 4, 1931-1935*, N. Y.: Harcourt Brace Jovanovich, 1982.

Berthoud, Jacques, "Anxiety in *Under Western Eyes*", in *The Conradian*, vol. 18, No. 1 (Autumn, 1993).

Billington, James H., *The Icon and the Axe: An Interpretive History of Russian Culture*, N.Y.: Vintage Books, 1970.

Briggs, A. D. P., *Vladimir Mayakovsky: A Tragedy*, Oxford: Willem A. Meeuws, 1979.

Brown, Catherine, "The Russian Soul Englished", in *Journal of Modern Literature*, vol. 36, No.1(Fall, 2012).

Brown, Edward J. ed., *Major Soviet Writers: Essays in Criticism*, Oxford: Oxford University Press, 1973.

Brown, Edward J., *Mayakovsky: A Poet in the Revolution*, New York: Paragon House Publishers, 1988.

Carabine, Keith et al., eds., *Context for Conrad*, Bouder/Lublin: Maria Curie-Sklodowska University, 1993.

Casanova, Pascale, "Literature as a World", in *New Left Review*, vol. 31(2005).

Chamberlin, William Henry, "Russia under Western Eyes", in *Russian Review*, vol.16, No.1 (Jan., 1957).

Coetzee, J. M., "Confession and Double Thoughts: Tolstoy, Rousseau, Dostoevsky", in *Comparative Literature*, 1985, vol. 37, No. 3 (Summer, 1985).

Conrad, Joseph, *Under Western Eyes*，Oxford: Oxford University Press, 2008.

Costlow, Jane Tussey, *Worlds Within Worlds: The Novels of Ivan Turgenev*, New Jersey: Princeton University Press, 1990.

Dalgarno, Emily, *Virginia Woolf and the Migrations of Language*,

Cambridge: Cambridge University Press, 2012.

Davis, Thomas S., "The Historical Novel at History's End: Virginia Woolf's *The Years*", in *Twentieth Century Literature*, vol. 60, No.1(Spring, 2014).

Dickinson, Sara, *Breaking Ground: Travel and National Culture in Russia from Peter I to the Era of Pushkin*, Amsterdam-New York: Editions Rodopi B.V., 2006.

Evans, Elizabeth F., "Air War, Propaganda, and Woolf's Anti-tyranny Aesthetic", in *Modern Fiction Studies*, vol. 59, No. 1(Spring, 2013).

Fernald, Anne E. ed., *The Oxford Handbook of Virginia Woolf*, Oxford: Oxford UP, 2021.

Fokkema, Douwe, "Chernyshevsky's *What Is to Be Done*? and Dostoevsky's Dystopian Foresight", in *Perfect Worlds: Utopian Fiction in China and the West*, Amsterdam: Amsterdam University Press, 2011.

Frank, Joseph, "'The Gambler': A Study in Ethnopsychology", in *The Hudson Review*, vol. 46, No. 2 (Summer, 1993).

Freedman, Willam, *Joseph Conrad and the Anxiety of Knowledge*, Columbia: University of South Carolina Press, 2014.

Froula, Christine, *Virginia Woolf and the Bloomsbury Avant-garde: War, Civilization, Modernity*, N.Y.: Columbia University Press, 2005.

Gasperetti, David, *The Rise of the Russian Novel: Carnival, Stylization, and Mockery of the West*, DeKalb: Northern Illinois University Press, 1997.

Gilliam, H.S., "Russia and the West in Conard's *Under Western Eyes*", in *Studies in the Novel*, vol. 10, No. 2 (Summer, 1978).

Gooding, John, "Toward *War and Peace*: Tolstoy's Nekhliudov in *Lucerne*", in *The Russian Review*, vol. 48, No. 4 (Oct., 1989).

Gustafson, Richard F., *Leo Tolstoy: Resident and Stranger. A Study in Fiction and Theology*, Princeton: Princeton University Press, 1989.

Harrison, Jane Ellen, *Russia and the Russian Verb: A Contribution to the Psychology of the Russian People*, Cambridge: Heffer, 1915.

Herzen, Alexander, *From the Other Shore and The Russian People and Socialism*, London: Weidenfeld and Nicolson, 1956.

Hoffmann, Charles G., "Virginia Woolf's Manuscript Revisions of *The Years*", in *PMLA*, vol. 84, No. 1(Jan., 1969).

Holquist, Michael, *Dostoevsky and the Novel*. Evanston: Northwestern UP, 1977.

Hynes, Samuel, *The Edwardian Turn of Mind*, London: Pimlico, 1991.

Jackson, Robert Louis, "Polina and Lady Luck in Dostoevsky's *The Gambler*", in *Close Encounters: Essays on Russian Literature*, Boston: Academic Studies Press, 2013.

Jangfeldt, Bengt ed., *Love Is the Heart of Everything: Correspondence Between Vladimir Mayakovsky and Lili Brik (1915-1930)*, Julian Graffy trans., Edinburgh: Polygon, 1986.

Jones, M. V., "The Enigma of Mr. Astley", in *Dostoevsky Studies: New Series* 6 (2002).

Kabat, Geoffrey C., *Ideology and Imagination: The Image of Society in Dostoevsky*, N.Y.: Columbia University Press, 1978.

Karl, Frederick R. and Laurence Davies, *The Collected Letters of Joseph Conrad*, Vol.2, Cambridge: Cambridge University Press, 1986.

Karl, Frederick R., *The Collected Letters of Joseph Conrad*, Vol.4, Cambridge: Cambridge University Press,1990.

Katherine, Bowers and Ani Kokobobo eds., *Russian Writers and the Fin de Siècle: The Twilight of Realis*m, Cambridge: Cambridge UP, 2015.

Kaye, Peter, *Dostoevsky and English Modernism, 1900-1930*, New York: Cambridge University Press, 1999.

Knowles, Owen and Gene M. Moore, *Oxford Readers's Companion to Conrad*, Oxford: Oxford University Press, 2000.

Layton, Susan, "Our Travelers and the English: A Russian Topos from Nikolai Karamzin to 1848", in *The Slavic and East European Journal*, vol. 56, No. 1 (Spring, 2012).

Layton, Susan, "The Divisive Modern Russian Tourist Abroad: Representations of Self and Other in the Early Reform Era", in *Slavic Review*, vol. 68, No. 4 (Winter, 2009).

Leatherbarrow, William and Derek Offord eds., *A History of Russian Thought*, N. Y.: Cambridge University Press, 2010.

Lee, Hermione, *The Novels of Virginia Woolf*, Abingdon: Routledge, 2010.

Literature, vol. 60, No.1(Spring, 2014).

Lukes, Steven, "Berlin's Dilemma", in *Times Literary Supplement* (March 27, 1998).

Magil, Lewis M., "Joseph Conrad: Russia and England", in *A Quarterly Journal Concerned with British Studies*, vol. 3, No. 1(Spring, 1971).

Melzer, Arthur M., "Rousseau and the Modern Cult of Sincerity", in *The Legacy of Rousseau*, Clifford Orwin and Nathan Tarcov eds., Chicago: University of Chicago Press, 1997.

Meyer, Priscilla, *How the Russians Read the French: Lermontov, Dostoevsky, Tolstoy*, Madison, WI: University of Wisconsin Press, 2008.

Moretti, Franco, "World-Systems Analysis, Evolutionary Theory, 'Weltliteratur'", in *Review (Fernand Braudel Center)*, vol. 28, No. 3 (2005).

Najder, Zdzislaw, *Conrad's Polish Background:Letters to and from Polish Friends*, Halina Carroll trans., London: Oxford Universtiy Press, 1964.

Nicolson, Nigel ed., *The Letters of Virginia Woolf, Vol. 3, 1923-1928*, London: The Hogarth Press, 1977.

Offord, Derek, *Journeys to a Graveyard: Perceptions of Europe in Classical Russian Travel Writing*, Dordrecht: Springer, 2005.

Offord, Derek, *Portraits of Early Russian Liberals*, N.Y.: Cambridge University Press, 1985.

Peters, John G., *Joseph Conrad's Critical Reception*, New York: Cambridge University Press, 2013.

Phelps, Gilbert, "The Early Phases of British Interest in Russian Literature", in The *Slavonic and East European Review*, vol. 36, No. 87 (1958).

Randall, Rryony and Jane Goldman, eds., *Virginia Woolf in Context*, N. Y.: Cambridge UP, 2012.

Reinhold, Natalya, "Virginia Woolf's Russian Voyage Out", in *Woolf Studies Annual*, vol. 9(2003).

Rubenstein, Roberta, "*Orlando*: Virginia Woolf's Improvisations on a Russian Theme", in *Forum for Modern Language Studies*, vol. 9, No. 2(April, 1973).

Rubenstein, Roberta, *Virginia Woolf and the Russian Point of View*, N. Y.: Palgrave Macmillan, 2009.

Savage, D. S., "Dostoevski: The Idea of 'The Gambler'", in *The Sewanee Review*, vol. 58, No. 2 （Apr.-Jun., 1950).

Sherry, Norman ed., *Joseph Conrad: The Critical Heritage*, London: Routledge and Kegan Paul Ltd., 1973.

Smith, Helen, "Edward Garnett: Interpreting the Russians", in *Translation and Literature*, vol. 20, No. 3 (Autumn, 2011).

Soboleva, Olga and Angus Wrenn, *From Orientalism to Cultural Capital: The Myth of Russia in British Literature of the 1920s,*

Bern: Beter Lang AG, 2017.

Solzhenitsyn, Alexander, *The Mortal Danger: How Misconceptions about Russia Imperil America*, New York: Harper & Row, Pub., 1980.

Stape, J. H. ed., The *Cambridge Companion to Joseph Conrad*, Cambridge: Cambridge University Press, 1996.

Stevens, Harold Ray, "Conrad, Geoplitcs, and 'The Future of Constantinople'", in *The Conradian*, vol. 31, No.2(Autumn, 2006).

Szittya, Penn R., "Metafiction: The Double Narration in *Under Western Eyes*", in *ELH*, vol.48, No.4 (Winter, 1981).

Waddington, Patrick, "Some Salient Phases of Turgenev's Critical Reception in Britain (Part I: 1853-1870)", in *New Zealand Slavonic Journal*, No. 2 (1980).

Ward, Bruce K., *Dostoyevsky's Critique of the West: The Quest for the Earthly Paradise*, Waterloo: Wilfrid Laurier University Press, 1986.

Wellek, René, "Introduction: A Sketch of the History of Dostoevsky Criticism", in René Wellek ed., *Dostoevsky: A Collection of Critical Essays*, Englewood Cliffs, N. J.: Prentice-Hall, 1962.

Williams, Robert C., "The Russian Soul: A Study in Euripean Thought and Non-European Nationalism", in *Journal of the History of Ideas*, vol. 31, No. 4(Oct. – Dec., 1970).

Wood, Alice, *Virginia Woolf 's Late Cultural Criticism*, London:

Bloomsbury Academic, 2013.

艾恺：《世界范围内的反现代化思潮 —— 论文化守成主义》，贵州
　　人民出版社，1999 年。

艾青：《艾青全集》，花山文艺出版社，1991 年。

爱伦堡：《人·岁月·生活》，冯江南、秦顺新译，海南出版社，
　　2008 年。

奥尔巴赫：《摹仿论》，吴麟绶等译，商务印书馆，2014 年。

巴格诺：《西方的俄国观》，刘文飞译，载《外国文学评论》，2012
　　年第 1 期。

巴特：《神话 —— 大众文化诠释》，许蔷蔷、许绮玲译，上海人民
　　出版社，1999 年。

巴特利特：《托尔斯泰大传：一个俄国人的一生》，朱建迅等译，现
　　代出版社，2014 年。

白璧德：《卢梭与浪漫主义》，孙宜学译，商务印书馆，2019 年。

贝尔：《弗吉尼亚·伍尔夫传：伍尔夫夫人，1912—1941》，萧易译，
　　广西师范大学出版社，2018 年。

贝克尔：《启蒙时代哲学家的天城》，何兆武译，江苏教育出版社，
　　2005 年。

贝奇柯夫：《托尔斯泰评传》，吴钧燮译，人民文学出版社，
　　1981 年。

别尔嘉耶夫：《俄罗斯思想》，雷永生、邱守娟译，生活·读书·新
　　知三联书店，2004 年。

别尔嘉耶夫：《陀思妥耶夫斯基的世界观》，耿海英译，广西师范
　　大学出版社，2008 年。

伯林：《俄国思想家》，彭淮栋译，译林出版社，2006 年。

伯林：《反潮流：观念史论文集》，冯克利译，译林出版社，2002 年。

伯林：《浪漫主义的根源》，吕梁等译，译林出版社，2008 年。

伯林：《扭曲的人性之材》，岳秀坤译，译林出版社，2009 年。

伯林：《苏联的心灵：共产主义时代的俄国文化》，潘永强、刘北成译，译林出版社，2010 年。

伯林：《现实感》，潘荣荣、林茂译，译林出版社，2004 年。

伯林：《自由及其背叛》，赵国新译，译林出版社，2005 年。

伯林：《自由论》，胡传胜译，译林出版社，2005 年。

伯曼：《一切坚固的东西都烟消云散了 —— 现代性体验》，徐大建、张辑译，商务印书馆，2004 年。

布尔加科夫：《东正教 —— 教会学说概要》，徐凤林译，商务印书馆，2001 年。

布尔加科夫：《英雄主义与自我牺牲 —— 关于俄国知识阶层宗教特质的思考》，收入《路标集》，彭甄，曾予平译，云南人民出版社，1999 年。

布莱宁：《浪漫主义革命：缔造现代世界的人文运动》，袁子奇译，中信出版集团，2017 年。

布里格斯：《英国社会史》，陈叔平等译，商务印书馆，2015 年。

布利鸟沙夫：《俄国诗坛的昨日今日和明日 —— 革命后五年来（1917—1922）的俄国诗坛略况》，耿济之译，载《小说月报》，1923 年 14 卷 7 期。

布鲁姆：《爱弥儿》，收入《巨人与侏儒（1960—1990）》，张辉等译，华夏出版社，2020 年。

曹蕾：《自传忏悔：从奥古斯丁到卢梭》，中国社会科学出版社，
　　2012 年。

陈独秀：《文学革命论》，载《新青年》，1917 年第 2 卷第 6 号。

陈建华：《二十世纪中俄文学关系》，高等教育出版社，2002 年。

陈建华编：《文学的影响力 —— 托尔斯泰在中国》，江西高校出版
　　社，2009 年。

陈建华主编：《中国俄苏文学研究史论》，重庆出版社，2007 年。

陈燊编选：《欧美作家论列夫·托尔斯泰》，中国社会科学出版社，
　　1983 年。

丁世鑫：《陀思妥耶夫斯基在现代中国（1919—1949）》），山东大
　　学博士学位论文，2006 年。

杜荣根：《寻求与超越 —— 中国新诗形式批评》，复旦大学出版
　　社，1993 年。

方璧：《西洋文学通论》，世界书局，1930 年。

费吉斯：《克里米亚战争：被遗忘的帝国博弈》，吕品、朱珠译，南
　　京大学出版社，2018 年。

费吉斯：《娜塔莎之舞：俄罗斯文化史》，郭丹杰、曾小楚译，四川
　　人民出版社，2018 年。

费正清编：《剑桥中华民国史（1912—1949 年）》，中国社会科学出
　　版社，2006 年。

弗兰克：《俄国知识人与精神偶像》，徐凤林译，学林出版社，
　　1999 年。

弗兰克：《陀思妥耶夫斯基：受难的年代，1850—1859》，刘佳林译，
　　广西师范大学出版社，2016 年。

弗兰克:《陀思妥耶夫斯基:自由的苏醒,1860—1865》,戴大洪译,
　　广西师范大学出版社,2019 年。

高尔基:《两种灵魂》,收入《高尔基集:不合时宜的思想》,余一
　　中译,上海远东出版社,2004 年。

戈宝权主编:《马雅可夫斯基研究》,武汉大学出版社,1980 年。

格雷:《伯林》,马俊峰等译,昆仑出版社,1999 年。

古特金:《象征主义美学乌托邦的遗产:从未来主义到社会主义现
　　实主义》,收入林精华主编:《西方视野中的白银时代》,东方
　　出版社,2001 年。

郭小川:《致青年公民》,作家出版社,1957 年。

哈里斯:《伍尔夫传》,高正哲、田慧译,时代文艺出版,2016 年。

何其芳:《关于写诗和读诗》,作家出版社,1957 年。

何恬:《伯林难题及其解答》,载《国外社会科学》,2014 年第 4 期。

赫尔岑:《往事与随想》,项星耀译,四川人民出版社,2018 年。

赫弗:《高远之见:维多利亚时代与现代英国的诞生》下卷,徐萍、
　　汪亦男译,社会科学文献出版社,2020 年。

赫拉普钦科:《艺术家托尔斯泰》,刘逢祺、张捷译,上海译文出
　　版社,1987 年。

洪亮:《凡登布鲁克与"俄国神话"》,载《俄罗斯研究》,2013 年
　　第 6 期。

洪子诚、刘登翰:《中国当代新诗史(修订版)》,北京大学出版社,
　　2005 年。

胡强:《康拉德政治三部曲研究》,中国社会科学出版社,2008 年。

霍布斯鲍姆:《革命的年代:1789—1848》),王章辉等译,中信出

版集团，2017 年。

霍布斯鲍姆：《极端的年代：1914—1991》，郑明萱译，中信出版集
　　团，2017 年。

霍布斯鲍姆：《民族与民族主义》，李金梅译，上海世纪出版集团，
　　2006 年。

霍布斯鲍姆：《如何改变世界：马克思和马克思主义的传奇》，吕增
　　奎译，中央编译出版社，2014 年。

霍布斯鲍姆：《资本的年代：1848—1875》，张晓华等译，中信出版
　　集团，2017 年。

吉登斯：《现代性与自我认同：晚期现代中的自我与社会》，夏璐
　　译，中国人民大学出版社，2016 年。

贾汉贝格鲁：《伯林谈话录》，杨祯钦译，译林出版社，2002 年。

蒋虹：《英国现代主义文学中的俄罗斯影响》，载《外国文学评论》，
　　2008 年第 3 期。

津科夫斯基：《俄国思想家与欧洲》，徐文静译，上海三联书店，
　　2016 年。

津科夫斯基：《俄国哲学史》，张冰译，人民出版社，2013 年。

康拉德：《文学与人生札记》，金筑云等译，中国文学出版社，
　　2000 年。

康拉德：《在西方目光下》，赵挺译，上海译文出版社，2014 年。

柯根：《伟大的十年间文学》，沈端先译，南强书局，1930 年。

克鲁泡特金：《俄国文学史》，郭安仁译，重庆书店，1931 年。

蓝英年：《被现实撞碎的生命之舟》，花城出版社，1999 年。

李杨：《抗争宿命之路 ——"社会主义现实主义"（1942—1976）

研究》，时代文艺出版社，1993 年。

里拉等主编：《以赛亚·伯林的遗产》，刘擎、殷莹译，新星出版社，2006 年。

利维斯：《伟大的传统》，袁伟译，三联书店，2009 年卢梭：《社会契约论》，何兆武译，商务印书馆，2010 年。

梁赞诺夫斯基、马克·斯坦伯格：《俄罗斯史》，杨烨、卿文辉等译，上海人民出版社，2007 年。

林精华：《俄罗斯问题的西方表述 —— 关于欧美俄苏研究导论》，载《俄罗斯研究》，2009 年第 3 期。

林精华：《误读俄罗斯 —— 中国现代性问题中的俄国因素》，商务印书馆，2005 年。

刘东、徐向东主编：《以赛亚·伯林与当代中国：自由与多元之间》，译林出版社，2014 年。

刘文飞：《伊阿诺斯，或双头鹰：俄国文学和文化中斯拉夫派和西方派的思想对峙》，中国社会科学出版社，2006 年。

刘文飞：《有感于马雅可夫斯基》，收入《思想俄国》，山东友谊出版社，2006 年。

刘文飞编：《俄国文学史的多语种书写》，东方出版社，2017 年。

卢那察尔斯基：《论文学》，蒋路译，人民文学出版社，1978 年。

卢梭：《忏悔录》，范希衡等译，人民文学出版社，2017 年。

卢梭：《论科学和文艺（笺注本）》，刘小枫等译，华东师范大学出版社，2021 年。

卢梭：《论科学与艺术的复兴是否有助于使风俗日趋纯朴》，李平沤译，商务印书馆，2016 年。

卢梭：《致达朗贝尔的信》，李平沤译，商务印书馆，2011 年。

鲁迅：《鲁迅全集》，人民文学出版社，2005 年。

罗伯茨等：《英国史（下册）：1688 年—现在》，潘兴明等译，商务
　　印书馆，2021 年。

罗扎诺娃编：《思想通信》，马肇元、冯明霞译，文化艺术出版社，
　　1997 年。

马雅可夫斯基：《马雅可夫斯基选集》，余振主编，人民文学出版社，
　　1984 年。

梅列日科夫斯基：《托尔斯泰与陀思妥耶夫斯基》，杨德友译，华
　　夏出版社，2009 年。

米尔斯基：《俄国文学史》，刘文飞译，人民出版社，2013 年。

米哈依洛夫：《最后一颗子弹 —— 马雅可夫斯基的一生》，冯玉芝
　　译，华夏出版社，2001 年。

米罗诺夫：《俄国社会史：个性、民主家庭、公民社会及法制国家
　　的形成（帝俄时期：十八世纪至二十世纪初）》，张广翔等译，
　　山东大学出版社，2006 年。

纳博科夫：《俄罗斯文学讲稿》，丁骏等译，上海三联书店，2015 年。

帕斯捷尔纳克等著：《追寻 —— 帕斯捷尔纳克回忆录》，安然、高
　　韧译，花城出版社，1998 年。

瞿秋白：《赤都心史》，广西师范大学出版社，2004 年。

赛义德：《文化与帝国主义》，李琨译，三联书店，2003 年。

赛义德：《知识分子论》，单德兴译，三联书店，2013 年。

沈雁冰：《陀思妥以夫斯基的思想》，载《小说月报》，1922 年第 13
　　卷第 1 号。

斯洛尼姆:《陀思妥耶夫斯基的三次爱情》,吴兴勇译,广西师范
　　大学出版社,2003 年。

斯洛宁:《苏维埃俄罗斯文学(1917—1977)》,浦立民、刘峰译,
　　毛信仁校,上海译文出版社,1983 年。

斯坦纳:《托尔斯泰或陀思妥耶夫斯基》,严忠志译,浙江大学出
　　版社,2015 年。

泰勒:《自我的根源:现代认同的形成》,韩震等译,译林出版社,
　　2016 年。

汤普逊:《帝国意识:俄国文学与殖民主义》,杨德友译,北京大学
　　出版社,2009 年。

特里林:《诚与真:诺顿演讲集(1969—1970)》,刘佳林译,江苏
　　教育出版社,2006 年。

田汉:《俄罗斯文学思潮之一瞥》,载《民铎》,1919 年第 1 卷第
　　6 号。

屠格涅夫:《屠格涅夫全集》,刘硕良主编,河北教育出版社,
　　2000 年。

托尔斯泰:《忏悔录》,第 18 页;高尔基:《回忆托尔斯泰》,巴金
　　译,人民文学出版社,2020 年。

托尔斯泰:《列夫·托尔斯泰文集》,人民文学出版社,2013 年。

托尔斯泰:《托尔斯泰日记》,雷成德译,陕西人民出版社,
　　1998 年。

托洛斯基:《文学与革命》,刘文飞等译,张捷校,外国文学出版
　　社,1992 年。

陀思妥耶夫斯基:《费·陀思妥耶夫斯基全集》,陈燊主编,河北教

育出版社，2010 年。

陀思妥耶夫斯基：《少年》，岳麟译，上海译文出版社，2015 年。

陀斯妥耶夫斯卡娅：《回忆录》，倪亮译，广西师范大学出版社，
　　2013 年。

丸山真男：《福泽谕吉与日本近代化》，区建英译，北京师范大学
　　出版社，2018 年。

汪介之：《关于俄罗斯灵魂的对话》，载《江苏社会科学》，2008 年
　　第 5 期。

汪倜然：《俄国文学 ABC》，ABC 丛书社，1929 年。

伍尔夫：《岁月》，莫昕译，华中科技大学出版社，2021 年。

伍尔夫：《伍尔夫散笔全集》，石云龙等译，中国社会科学出版社，
　　2001 年。

徐稚芳：《俄罗斯诗歌史》，北京大学出版社，1989 年。

扬费尔德：《生命是赌注：马雅可夫斯基的革命与爱情》，糜绪洋
　　译，广西师范大学出版社，2020 年。

杨洋：《被删除与被遮蔽的政治实践 —— 论〈地下室手记〉的被
　　审核及其对作家意图的颠覆》，载《俄罗斯文艺》，2017 年第
　　3 期。

张建华：《以赛亚·伯林视野下的苏联知识分子和苏联文化》，载
　　《俄罗斯研究》，2012 年第 3 期。

赵瑞蕻辑译：《马雅可夫斯基研究》，正风出版社，1950 年。

郑振铎：《〈灰色马〉译者引言》，载《小说月报》，1922 年第 13 卷
　　第 7 期。

郑振铎：《俄国文学史略》，岳麓书社，2010 年。

郑振铎:《俄罗斯名家短篇小说集·序》,耿济之等编:《俄罗斯名家
　　短篇小说集(第一集)》,新中国杂志社,1920 年。

周立波:《自卑与自尊》,收入《周立波文集》第 5 卷,上海文艺出
　　版社,1981 年。

周作人:《文学上的俄国与中国:1920 年 11 月在北京师范学校及
　　协和医学院所讲》,载《新青年》,1921 年第 8 卷第 5 期。

朱建刚、唐薇:《俄国思想史中的"波兰问题"——保守派的视
　　角》,载《俄罗斯研究》,2014 年第 1 期。

朱自清:《论雅俗共赏》,生活·读书·新知三联书店,1983 年。